O PARA SEMPRE DE
ELLA & MICHA

PODE O AMOR DURAR UMA VIDA INTEIRA?

Jessica Sorensen

O PARA SEMPRE DE
ELLA & MICHA

PODE O AMOR DURAR UMA VIDA INTEIRA?

Tradução
Marsely Dantas

Título original:
The forever of Ella and Micha

Copyright © 2013 by Jessica Sorensen

1ª edição — Junho de 2014

Grafia atualizada segundo o Acordo Ortográfico da Língua Portuguesa de 1990, que entrou em vigor no Brasil em 2009

Editor e Publisher
Luiz Fernando Emediato

Diretora Editorial
Fernanda Emediato

Produtora Editorial e Gráfica
Priscila Hernandez

Assistente Editorial
Carla Anaya Del Matto

Auxiliar de Produção Editorial
Isabella Vieira

Capa
Marcela Badolatto

Projeto Gráfico e Diagramação
Ilustrarte Design e Produção Editorial

Preparação de Texto
Karla Lima

Revisão
Rinaldo Milesi
Juliana Amato

Dados Internacionais de Catalogação na Publicação (CIP)
(Câmara Brasileira Do Livro, SP, Brasil)

Sorensen, Jessica
  O para sempre de Ella e Micha / Jessica Sorensen ; tradução Marsely Dantas. – São Paulo : Geração Editorial, 2014.

  Título original: The forever of Ella and Micha
  ISBN 978-85-8130-233-1

  1. Ficção norte-americana I. Título.

14-02432   CDD-813

GERAÇÃO EDITORIAL

Rua Gomes Freire, 225 – Lapa
CEP: 05075-010 – São Paulo – SP
Telefax: (+ 55 11) 3256-4444
E-mail: geracaoeditorial@geracaoeditorial.com.br
www.geracaoeditorial.com.br

Impresso no Brasil
Printed in Brazil

Prólogo

Ella

Há algo de ameaçador naquela ponte, mas mesmo assim há um impulso interno que me faz sentir atraída por ela. Não dói tanto quanto antes, mas ainda há lembranças sensíveis ligadas à ponte que irão me assombrar para sempre.

O céu está nublado e a brisa gentil beija minha pele. Fecho a jaqueta ao olhar para a água escura, perdida em meus pensamentos sobre aquela terrível noite em que pensei em pular.

— Você tem certeza de que vai ficar bem? — Micha repete a pergunta que tem feito nos últimos dias. Suas articulações ficam brancas quando ele se segura no gradil e olha para baixo, para o lago.

— Você passou por muita coisa neste final de semana.

Estremeço ao lembrar-me do tom raivoso de meu pai ao dizer que desejava que eu não fosse filha dele, quando Dean e eu o confrontamos sobre o alcoolismo. Ele berrou palavras cruéis que dilaceraram meu coração. Fico tentando me convencer de que é o vício falando, e não ele; contudo, não acredito inteiramente nisso. Meu corpo e minha mente estão exaustos com todo esse drama, mas vou dar conta, da mesma forma que dei conta da última vez. Não vou mais fugir, vou apenas lidar com isso para finalmente seguir em frente.

Micha não sabe a história inteira sobre o que aconteceu e quero poupá-lo desse fardo. Ele se preocupa comigo o tempo todo e a culpa me consome. Ele tem de ser feliz, amar a vida, fazer o que tiver vontade. Ele merece isso.

Faço uma careta, detestando o fato de que, quando ele descer da ponte, vai me deixar para voltar à estrada com sua banda.

— Estou um pouco triste por você ter que ir.

Ele solta a mão do gradil e seus olhos azuis como água brilham quando me abraça. Afundo meu rosto em seu peito e sinto todo o perfume dele, sem querer soltar nunca.

— Eu te amo, Ella May — ele diz, beijando minha cabeça.

Fecho os olhos e seguro as lágrimas, dizendo:

— Também te amo.

Ele pressiona os lábios contra os meus de forma apaixonada, seu *piercing* vai fundo em minha boca. Minha pele se aquece com suas mãos explorando minhas costas e seus dedos acariciando meu quadril, implorando que meu corpo se aproxime cada vez mais do dele. Sua língua passeia por minha boca e ele intensifica o beijo até precisarmos nos afastar para retomar o fôlego.

Meu peito ofega quando olho para o lago uma última vez e o sol se reflete na água.

— É hora de ir, não é?

Ele aperta minha mão e diz:

— Vai ficar tudo bem. Temos doze horas inteiras de viagem de carro pela frente, e vou ficar fora apenas algumas semanas antes de voltar para infernizar sua vida novamente.

Forço um sorriso e digo:

— Sei que não vejo a hora de ser infernizada.

Andamos de mãos dadas até a Mercedes preta de Lila. Deixo-o dirigir e ele voa pela estrada de terra, deixando para trás uma nuvem de poeira que rapidamente se dissipa.

Capítulo 1

Dois meses depois

Ella

Toda noite eu tenho o mesmo sonho. Micha e eu estamos cada um em uma extremidade da ponte. A chuva cai torrencialmente do céu escuro e o vento espalha destroços entre nós.

Micha estende a mão e eu ando em sua direção, mas ele me escapa até parar no gradil. Ele oscila ao vento e eu quero salvá-lo, mas meus pés não se movem. Uma rajada bate e Micha cai para trás, desaparecendo no escuro. Acordo berrando e cheia de culpa.

Minha terapeuta tem uma teoria de que esse pesadelo significa meu medo de perder Micha, embora isso não explique por que eu não consigo salvá-lo. Quando ela retoma esse assunto na terapia, meu coração acelera e as palmas de minhas mãos ficam molhadas. Nunca olhei para o futuro o suficiente para perceber que talvez, um dia, Micha e eu não estejamos juntos.

Para sempre? Será que "para sempre" existe?

Pelo tempo que passamos juntos, fico imaginando em que vai dar nosso relacionamento. A última vez que nos vimos foi no enterro de Grady. Esse foi o segundo dia mais difícil da minha vida; o primeiro foi o enterro de minha mãe.

Micha e eu fomos ao penhasco com vista para o lago, carregando um jarro preto com as cinzas de Grady. O vento soprava, e tudo o que eu podia pensar era o quanto a morte fazia parte da vida.

— Você está preparada? — Micha tinha perguntado, removendo a tampa do jarro.

Balançando a cabeça, estendi a mão em direção ao jarro e disse:

— Estou tão pronta quanto sempre estarei.

Atrás de nós, os carros estavam correndo e tocando a música favorita dele, *Simple Man*, de Lynyrd Skynyrd, uma música que se encaixava perfeitamente em seu estilo de vida e descrevia quem ele era.

Ele moveu o jarro em minha direção e nós o seguramos juntos. Micha me perguntou:

— O que ele costumava falar o tempo todo? Sobre a vida?

Eu respondi com doçura:

— O importante não é se sentir bem com tudo o que fazemos, mas como nos sentimos no final, quando olhamos para trás e vemos tudo o que fizemos.

Lágrimas caíram de meus olhos ao inclinarmos o jarro para derramar as cinzas no penhasco. Conforme as observávamos cair no lago, Micha me envolveu em seus braços e tomou uma dose de tequila. Ele me ofereceu um gole, mas não aceitei.

Senti meu corpo se contorcer por dentro enquanto a dor o percorria, mas rapidamente a reprimi. Os raios de sol brilhavam sobre nós, mas havia um frio no ar, e eu observei o lago, que parecia estar segurando tudo. Ele se relacionava com profundas e dolorosas lembranças sobre mim mesma e meu passado com minha mãe.

— Terra chamando Ella! — Lila agita a mão em frente a meu rosto, eu vacilo, e ela continua:

— Você realmente sai de órbita mais do que qualquer outra pessoa que conheço. A aula acabou há cinco minutos... Que diabos representa esse desenho? É sinistro.

De volta ao presente, meu olhar percorre as carteiras vazias de nossa sala de aula e cai sobre a caneta em minha mão, a ponta pressiona o esboço de meu rosto, só que meus olhos são pretos e minha pele parece uma terra rachada e seca.

— Não é nada — respondo, colocando o desenho na bolsa e pegando meus livros.

Às vezes perco a noção do tempo e isso é perturbador, mas minha mãe fazia o mesmo. Então comento:

— É só um rabisco que eu estava fazendo durante a aula chata do professor Mackman.

— Qual é o problema? Você está viajando e anda muito rabugenta — Lila pergunta, quando saímos da sala de aula e empurramos a porta, deparando-nos com a luz do sol.

Eu arrumo a mochila no ombro, puxo meus óculos de sol para baixo e digo:

— Não é nada. Estou cansada.

Ela para repentinamente no meio da calçada, estreita os olhos azuis e coloca as mãos no quadril, dizendo:

— Não me deixe sem saber o que está acontecendo. Nós somos tão amigas.

Eu suspiro, pois ela está certa.

— É só um sonho que venho tendo.

— Com Micha?

— Como você adivinhou?

Ela arqueia as sobrancelhas:

— Como não iria adivinhar? Você só pensa nele.

— Não penso só nele.

Também penso em meu pai, que está numa clínica de reabilitação, e em como ele não fala comigo.

Passeamos pela calçada e ela engancha o braço no meu. Ela saltita, e seu vestido rosa e os cabelos loiros sopram na brisa suave de outono. Há um ano, Lila e eu parecíamos iguais, mas então Micha quebrou minha concha e eu optei por um meio-termo feliz. Estou vestindo uma camiseta maltrapilha e calça *jeans*, e meus cabelos ruivos estão soltos ao redor do rosto.

— Onde vamos almoçar? — Ela pergunta, ao chegarmos às portas do estacionamento, e complementa:

— Porque nossa geladeira está vazia.

— Precisamos fazer compras — eu falo, quando um grupo de jogadores em uniformes vermelho e cinza passa por nós.

— Mas também precisamos de um carro para nos locomover, já que você não vai mais pegar o ônibus.

— Isso por causa daquele infeliz que lambeu meu braço — ela diz, se encolhendo, e conclui:

— Foi nojento.

— Foi bem grosseiro — concordo, tentando não rir.

— Meu pai é um idiota — Lila murmura, franzindo o rosto, e continua:

— Ele deveria pelo menos ter avisado quando resolveu rebocar meu carro para casa. Não faz nenhum sentido. Ele não me quer lá e ainda tirou meu carro porque fugi durante o verão.

— Os pais tendem a ser uns idiotas. O meu não fala comigo.

— Nós devíamos fazer um Clube dos Pais Retardados — ela sugeriu, sarcasticamente, e disse:

— Tenho certeza de que muitos iriam participar.

Forcei um sorriso. Eu não culpo meu pai pelos sentimentos negativos que ele tem em relação a mim. Foi minha escolha partir no dia em que minha mãe faleceu, e agora tenho de lidar com as consequências; faz parte de seguir em frente.

Fico embaixo da sombra das árvores e vamos para a lateral da faculdade, então sugiro:

— Vamos comer na lanchonete. É o lugar mais fácil.

Ela torce o nariz e diz:

— Fácil por ser perto, mas fora isso não tem nada de fácil em...

Ela fica para trás e seu olhar vai em direção ao *campus*, enquanto um sorriso conivente se espalha pelo rosto.

— Tenho uma ideia. Você poderia pedir a Blake para nos dar uma carona para algum lugar.

Eu o vejo atravessando o *campus* em direção ao carro. Ele está em uma das minhas turmas de pintura e conversa bastante comigo. Lila insiste que é porque ele sente algo por mim, mas eu não concordo.

— Eu não vou subir e pedir uma carona. Vamos simplesmente comer na lanchonete — digo, puxando o braço dela.

— Ei, Blake! — Ela grita, agitando os braços no ar, e então dá uma risada.

Os olhos castanhos de Blake percorrem o *campus* e um sorriso se abre em seu rosto, conforme ele atravessa o gramado em nossa direção.

— Ele sabe que eu tenho namorado. E ele é bem legal — digo para Lila.

— Garotos nunca são só legais e eu estou usando a paixonite que ele tem por você para conseguir uma carona que nos tire daqui. Estou cheia de ficar presa — Lila sussurra.

Meus lábios se abrem em protesto, mas Blake nos alcança e eu os fecho.

Ele está usando um gorro para cobrir os cabelos castanhos e tem manchas de tinta azul na frente da calça *jeans* e na parte de baixo da camiseta.

— E aí? — O polegar está enganchado na alça da mochila pendurada nos ombros, e ele me olha como se fosse eu que o tivesse chamado.

Nós temos a mesma altura e eu posso facilmente olhá-lo diretamente nos olhos. — Não foi nada.

— Precisamos de uma carona para o almoço — Lila pisca os cílios para ele enquanto enrola um cacho de cabelo no dedo.

— Você não tem de nos levar. A Lila só precisa sair do *campus* — intervenho.

— Adoraria levá-las a qualquer lugar aonde precisarem — ele responde, oferecendo um sorriso sincero ao dizer:

— Estou indo para o meu apartamento primeiro; então, se vocês não se importarem de dar uma paradinha, podem vir comigo.

Dentro do bolso da calça, meu celular começa a tocar o toque *Behind Blue Eyes*, do The Who, e meus lábios se abrem num sorriso.

Lila revira os olhos e exclama:

— Ah, meu Deus. Pensei que você já tivesse superado o frenesi. Vocês estão juntos há quase três meses!

Atendo o telefone, amando a sensação que sinto no estômago só com o toque. Lembra-me do toque de suas mãos na minha pele, de como ele me chama pelo meu apelido.

— Oi, moça bonita — ele diz, encantadoramente, e o som de sua voz faz meu corpo todo se arrepiar. Então ele pergunta:

— Como está minha menina favorita?

— Bem, oi para você também — respondo, indo em direção à árvore no meio do gramado, e continuo a conversa.

— Estou bem. Você está tendo um bom dia?

— Estou, agora — ele diz, com uma voz de jogador, e fala:

— Meu dia vai ficar melhor se você me disser o que está vestindo.

— Calça *jeans* e uma camiseta maltrapilha — respondo, segurando o riso.

— Vamos, moça bonita, parece que já faz um mês — ele ri ao telefone, uma risada profunda que faz com que eu vibre por dentro. E então continua:

— Diga-me o que você está vestindo por baixo da roupa.

Reviro os olhos, mas respondo.

— Uma calcinha fio dental vermelha de rendinha e um sutiã combinando.

— Você acaba de descrever uma foto maravilhosa — ele fala, numa voz rouca, e completa:

— Agora tenho algo para me ajudar a tomar conta de mim mais tarde.

— Desde que você tome conta de você sozinho — digo, e um silêncio se faz na linha.

— Micha, você está aí?

— Você sabe que eu nunca te trairia, não sabe? — O tom de voz é pesado, e ele conclui:

— Eu te amo muito.

— Estava brincando — mais ou menos. Ultimamente fico bem incomodada com o fato de ele passar muito tempo com Naomi, especialmente porque a maioria de suas histórias a impressionam.

— Sim, mas você sempre brinca com isso toda vez que nos falamos e isso me preocupa, pois no fundo acho que você acredita que eu a trairia.

— Eu não acredito — insisto, embora a ideia tenha me passado pela cabeça. Ele é vocalista de uma banda. E lindo. E charmoso. Mas digo:

— Sei que você me ama.

— Que bom, porque eu tenho algo para lhe contar — ele faz uma pausa e diz:

— Nós conseguimos o *show*.

Minha boca fica seca e eu indago:

— O *show* em Nova Iorque?

— Sim... Não é demais?

— É maravilhoso... Estou muito feliz por você.

Mais um silêncio toma conta da conversa. Eu quero dizer algo, mas a tristeza roubou minha voz, então encaro o *campus* e vejo um casal andando de mãos dadas, e penso como será que é ter isso.

— Ella May, diga-me o que há de errado — ele pede, e continua:

— Você está preocupada com o fato de eu partir? Porque você sabe que é a única mulher para mim. Ou é... Grady? Como você está se sentindo? Eu nunca sei, pois você não fala comigo sobre isso.

— Não é Grady — digo rapidamente, tentando mudar o assunto, e explico:

— É só que... É tão longe e eu mal consigo te ver, do jeito que as coisas estão. Você vem pra cá neste fim de semana, não vem? — Pergunto, apoiando-me na árvore.

Ele respira fundo e diz:

— O negócio é que, para chegarmos a Nova Iorque a tempo, temos de partir amanhã de manhã. Eu dirigiria até aí hoje à noite só para vê-la, mas nós temos uma apresentação.

Meu estômago revira, mas permaneço aparentemente calma e pergunto:

— Quanto tempo você vai ficar em Nova Iorque?

Ele demora somente um segundo para responder.

— Aproximadamente um mês.

Minhas mãos tremem de raiva ou medo... Não tenho certeza. Mas pergunto:

— Isso quer dizer que não te vejo há um mês e não vou poder te ver por mais um mês?

— Você poderia me ver em Nova Iorque. Você poderia viajar e ficar uma semana ou mais — ele propõe.

— Estou em semana de prova — minha voz é taciturna, e digo:

— E o casamento de meu irmão é em um mês e todo o dinheiro que tenho é para pagar as despesas.

— Vamos, Ella! — Lila grita e meus olhos a fuzilam. Ela acenou para eu ir até ela, enquanto Blake permanecia a seu lado com as mãos enfiadas nos bolsos da calça *jeans*. Lila insiste:

— Blake está esperando.

— Quem é Blake? — Micha pergunta, curioso.

— É só um cara que estuda na minha classe — explico, deixando a árvore e indo em direção aos dois. Termino a conversa, dizendo:

— Preciso ir.

— Você tem certeza de que está bem?

— Sim, Lila está me esperando.

— Ok... Te ligo depois do *show*.

— Tudo bem. — Desligo o telefone e percebo que me esqueci de dizer tchau, mas de qualquer maneira a palavra não sairia de minha boca. Tenho a sensação de que estamos nos separando, e ele era a única coisa que tinha me tirado de meu buraco negro. Se ele me abandonar, não sei se conseguirei me agarrar à luz.

Micha

— Foda-se! — Desligo o telefone e chuto o pneu da SUV da banda, que está no meio do estacionamento de um hotel horroroso de beira de estrada, no lado ruim da cidade, onde os traficantes de *crack* rondam as ruas e todos os prédios estão pichados. Este lugar faz com que Star Grove pareça elegante.

A tristeza na voz de Ella me preocupa. Ela ainda está lutando com os próprios demônios, a morte de Grady, a morte da mãe, e ela não vai se abrir para mim completamente. Sempre tenho um pensamento em minha mente de que ela possa desaparecer mais uma vez.

Um escapamento de carro explode quando volto para o quarto do motel. Na escada, a caminho de minha porta, deparo-me com um homem dando uns amassos numa mulher que provavelmente é uma prostituta.

Será que é isso que estou escolhendo, em vez de Ella? Às vezes me pergunto por quê.

— Uau, você está com um péssimo humor — Naomi comenta, da cama, quando bato a porta do quarto. Ela está pintando as unhas do pé e o quarto fede a removedor de esmalte. Ela pergunta:

— Você teve um dia ruim?

Limpo a garganta, esvazio os bolsos e largo minha carteira na cabeceira da cama, perguntando:

— Como você sabe? Pela batida da porta?

— Você é hilário — ela se endireita e assopra as unhas, indagando:

— O que foi que Ella disse, desta vez?

— Ela não falou nada — abro minha bolsa de viagem, que está na cadeira entre a televisão e a mesa, e concluo:

— Ela nunca fala.

— Esse é o problema. — Naomi gosta de dar sua opinião em tudo e isso me irrita, às vezes. Mas ela continua:

— Ela nunca te diz como se sente.

Eu pego um par de *jeans* limpos e uma camisa preta de manga comprida da mala e afirmo:

— Não quero conversar sobre isso.

— Mas você conversa, quando está bêbado — ela sorri maliciosamente, dizendo:

— Na verdade, eu não consigo fazer você ficar quieto quando está bêbado.

— Eu falei com você sobre isso uma vez. E estava tendo um dia de merda — digo, ao ir ao banheiro.

— Porque você sente falta dela — ela diz, fechando as pulseiras ao redor do pulso, e então pergunta:

— Sabe o que eu penso? Por que você não a convida para fazer a turnê conosco?

Eu paro na porta e pergunto:

— Por que você está dizendo isso?

— Dylan, Chase e eu conversamos e achamos que talvez você fosse um pouco mais... — Ela hesita e afinal diz:

— Agradável ao convívio, se ela estivesse por perto.

Eu arqueio uma sobrancelha:

— Eu sou tão ruim?

— Algumas vezes — ela se levanta, coloca os sapatos e continua falando:

— Parece que você é o mesmo de quando Ella desapareceu por oito meses, só que às vezes é pior. Você está sempre tão para baixo e raramente sai conosco.

Esfrego o rosto com as mãos, levando em consideração o que acabei de escutar:

— Sinto muito se tenho agido como um babaca, mas não posso pedir a Ella que venha conosco.

Naomi pega o cartão-chave na cômoda e o coloca no bolso de trás de seu *jeans*, perguntando:

— Por que não?

— Porque ela está feliz — digo, lembrando-me das inúmeras vezes em que ela me contou sobre as aulas e a vida em um tom otimista, e isso me faz sorrir. Concluo:

— Não posso pedir a ela que desista disso, embora eu adorasse tê-la aqui.

Naomi encolhe os ombros e abre a porta, deixando entrar os raios de sol e o ar quente que cheira a cigarro.

— A decisão é sua. Estava apenas te dando o ponto de vista de fora da situação... Você quer vir conosco hoje à noite? As bebidas são por conta de Dylan.

— Não, acho que vou ficar por aqui — aceno em despedida e ela sai do quarto fechando a porta atrás de si.

Empilho minha roupa na pia manchada do banheiro e ligo o chuveiro. Os canos rangem conforme a água esguicha. Esfregando as mãos nos cabelos, suspiro frustrado. Meus dedos apertam o registro e minha cabeça inclina-se para a frente.

Minha mãe me contou uma vez como ela e meu pai se conheceram. Ele morava na cidade ao lado de Star Grove e um dia, quando os dois estavam indo e vindo com seus carros, eles trombaram. *Literalmente.* A frente da caminhonete dele bateu na traseira do carro dela. O carro ficou destruído, mas eles acabaram conversando por horas após a chegada do guincho e meu pai se ofereceu para levá-la para casa.

Ela diz que foi amor à primeira vista, ou pelo menos foi como ela interpretou, em seu cérebro de adolescente. Ela deveria ter ido para a faculdade no fim do verão, mas ficou e se casou com meu pai.

Ela diz que se arrependeu da decisão, mas não tenho certeza se é porque meu pai a traiu muito ou se ela estava triste pela perda do futuro.

Eu me endireito... E chego à conclusão de que vou deixar a situação do jeito que está, por enquanto. Ella e eu somos fortes o suficiente para ficarmos longe um do outro por um mês.

Nós já fomos até o inferno e voltamos.

Capítulo 2

Ella

Blake nos deu uma carona para almoçar e nos levou de volta ao *campus* depois de uma hora. Tentei ficar feliz, mas não consegui. De acordo com minha terapeuta, eu não deveria esconder meus sentimentos porque não é saudável. Ela diz que armazenar os sentimentos, e deixá-los nos corroer, normalmente acaba em desastre, e que sofrer em silêncio nunca é uma opção.

Lila pulou do carro quando Blake o estacionou na vaga.

— Obrigada pela carona, Blake — ela diz, fechando a porta, e caminha em direção à calçada.

— Você está bem? Você está muito quieta hoje — Blake me pergunta, enquanto desafivelo o cinto de segurança.

— Estou bem. Só estou com a cabeça cheia.

Ele tira o gorro, passa a mão pelo cabelo e gira no banco para me encarar:

— Sou um bom ouvinte.

Eu o encaro com cautela e respondo:

— Tenho certeza de que você não vai querer escutar o que tenho a dizer.

— Por que não tenta?

— É sobre meu namorado.

— Ah. O infame Micha — sua sobrancelha arqueia.

— Ele mesmo. Está indo para o outro lado do país.

Ele mexe na chave e a tira da ignição:

— E você está triste com isso, suponho.

— Obviamente. Ele tinha de vir de carro de Los Angeles neste fim de semana — quanto mais eu falo sobre isso, mais o pânico sufoca meu peito. Continuo a dizer:

— Mas agora ele tem de dirigir para Nova Iorque... Eu não tenho ideia de por que estou falando isso para você. Desculpe-me — desço e fecho a porta.

Ele me encontra na frente do carro, balança a mochila no ombro, trava a porta e as luzes piscam. Andamos em silêncio em direção ao gramado que se estende por toda a frente do *campus*. Lila está embaixo de uma árvore conversando com Parker, um garoto alto com braços fortes e cabelos loiros. Ele está vestindo camisa e um *jeans* transado. É o tipo de cara de que ela gosta, normalmente, com exceção do Ethan.

Eles se falam ao telefone de vez em quando, embora insistam que são apenas bons amigos.

— Obrigada por nos levar para almoçar — dou um passo para cima da calçada e digo:

— Tenho certeza de que Lila também está agradecida. Ela fica bem louca quando precisa ficar presa aqui.

— Às ordens — ele coloca as mãos nos bolsos com um olhar pensativo e indaga:

— Então seu namorado está em Los Angeles neste momento? Aceno a cabeça sem entusiasmo e respondo:

— Até amanhã.

Ele fala algo enquanto olha para o estacionamento.

— Você sabe que é uma viagem de quatro horas, quatro horas e meia daqui? Você poderia chegar lá quando o *show* estiver terminando, se sair logo.

— Eu sei disso — forço um sorriso, sabendo que posso chegar lá em menos tempo do que ele mencionou, e explico:

— Mas não tenho carro. Por isso a carona de hoje — digo, apontando sobre o ombro para o Mustang vermelho dele.

Um sorriso divertido aparece no canto de seus lábios e ele diz:

— Eu sei, mas eu tenho um carro que pode te levar lá.

— E por que você faria isso? — Pergunto, surpresa.

Ele encolhe os ombros, raspa os sapatos na calçada e diz:

— Porque eu sei como é difícil ficar longe da pessoa que se ama.

— Você está falando sério? — Pergunto, ele assente, e pergunto novamente:

— Deixe-me entender. Você vai me emprestar seu carro para eu dirigir para fora do estado e poder ver meu namorado por uma noite?

— Na verdade eu ia te levar — ele esclarece, explicando:

— Minha namorada vive em Riverside. Você podia me deixar lá e depois ir me buscar.

— Namorada? Meu Deus, você tem uma namorada? — Pergunto, dando gargalhada.

Ele inclina a cabeça para o lado com uma expressão indignada e pergunta:

— Sou tão repugnante assim?

Balanço a cabeça rapidamente:

— Não é isso, desculpa. É que... Bem, Lila achou que você tinha uma queda por mim e é por isso que você fala comigo o tempo todo.

Ele coloca o gorro na cabeça, pressionando os lábios para suprimir um sorriso e comenta:

— Ah, entendo. Sua amiga é... Interessante.

— Apesar disso, ela é bacana e eu realmente a amo — digo para ele, olhando para Lila, que está passando os dedos para cima e para baixo nos braços do Parker.

— Eu sei disso. E, a propósito, eu falo com você por que você é uma pessoa interessante. Você me lembra meus amigos do ensino médio.

Fico curiosa para saber como são esses amigos.

— Tem certeza de que quer me levar? Porque você não tem que fazer isso.

— Tenho certeza. Vai valer a pena colocar um olhar feliz em seus olhos. Você não sorri muito — ele diz, colocando a chave do carro no bolso de trás do *jeans*.

Não consigo parar de sorrir e digo:

— Bem, obrigada. Isso significa muito para mim.

— Por que você não vai arrumar suas coisas, e nos encontramos aqui em uma hora? — Ele sugere, descendo da calçada enquanto ando na direção de Lila.

— Parece bom — falo, e reitero:

— E mais uma vez obrigada.

Quando alcanço Lila, ela está anotando seu telefone na mão de Parker com uma caneta vermelha.

— Vamos viajar de carro — anuncio, interrompendo a conversa.

Parker me olha de cima a baixo e me descarta com o olhar, perguntando para Lila:

— Então eu te ligo mais tarde?

— Sim, com certeza — ela acena para ele e ele anda em direção à porta principal do *campus*, cumprimentando outro cara que estava debaixo do toldo em frente à porta.

— Para onde e por que vamos viajar? — Lila pergunta, fechando a caneta e enfiando na bolsa.

Meu estômago revira, pensando que vou ver Micha em apenas algumas horas, e explico:

— Para Los Angeles. Blake vai nos dar uma carona. E antes que você diga algo, ele tem namorada.

— É claro que tem. E ele também a ama muito e não faria nada para magoá-la. Bem típico de homem — Lila diz, com cinismo.

— O que... Você está bem? — Nunca a escutei falar nada assim antes.

— Estou bem. Vamos! — Ela jura, encolhendo-se.

Blake dirige muito devagar, e quando pergunto o que tem debaixo do motor do carro, ele diz que não faz a menor ideia. Tento não dar muito pano pra manga sobre o assunto, mas alguns comentários sarcásticos escapam.

— Ah! Você gosta de carros — ele me diz, e volta para a faixa da direita, onde os carros dirigem mais devagar.

Do banco de trás, Lila dá uma gargalhada e diz:

— Gosta de carros? A garota é louca por eles e isso é um pouco irritante — ela me lança um sorriso e eu mostro o dedo do meio para ela.

— Somente carros antigos? Ou carros em geral? — Ele pergunta, ao descer a rampa cuidadosamente.

— Carros rápidos. Carro que detona na corrida — como o pobre carro de Micha, que está caindo aos pedaços na garagem, que Deus o tenha.

Ele me olha de relance e diz:

— Agora estou começando a ficar preocupado com o fato de te emprestar meu carro.

— Eu não vou correr. Prometo que vou cuidar bem dele — digo, fazendo o sinal da cruz.

Ele pisca para mim e diz:

— Não se preocupe. Confio em você.

A maneira como ele fala faz com que me sinta desconfortável, e Lila me olha como quem diz "Não falei?" pelo espelho retrovisor.

Permanecemos calados por quase toda a viagem. O ar-condicionado não está ligado, o banco de couro preto fica quente e minhas pernas ficam grudadas nele. Quando paramos em frente à casa da namorada de Blake, que fica no subúrbio onde todas as casas e jardins se parecem, estou suando.

A namorada de Blake sai correndo de casa e joga os braços ao redor dele, quase o nocauteando. Ela é pequena, com mechas vermelhas nos cabelos e um *piercing* no nariz. Acena para nós e então Blake abre o porta-malas. Passo por cima do console, sento-me no banco do motorista e seguro o câmbio; ele tira a bagagem e fecha o porta-malas.

Blake vai até a janela do lado do motorista e espera que eu a abra.

— Cuidado! — Ele lembra, num tom sério, e eu concordo com a cabeça.

Piscando para mim, ele corre na direção da casa e Lila passa para o banco do passageiro.

— Cuidado — ela diz, num tom zombeteiro, e acrescenta:
— Estou tentando ser bem *sexy*.
— Ele não falou desse jeito! — Começo a dirigir.
— Você é tão cega.
— E você às vezes enxerga coisas demais.

Pego a estrada e entro na faixa da esquerda, mas resisto à tentação de pisar fundo e nos levar a Los Angeles em metade do tempo. Lila cochila com a cabeça descansando na janela e eu me aqueço na paz de estar na estrada até avistarmos a cidade, que brilha na noite.

Cutuco o ombro de Lila para acordá-la e anuncio:
— Já chegamos.
Ela pisca os olhos cansados e se ajeita no banco.

— O que foi? Onde estamos?

— Estamos em Los Angeles. Ou nos arredores — digo, enquanto seus olhos verificam os arranha-céus e o considerável trânsito a nossa frente.

— Podemos procurar o endereço em seu telefone? — Pergunto.

Ela abre a janela, deixando o ar quente entrar no carro, e indaga:

— Não podemos ligar para ele e avisar que estamos a caminho?

— Quero fazer uma surpresa.

— Por quê? Você está tentando pegá-lo fazendo algo errado, com a Naomi, por exemplo?

— Não — aciono o pisca do carro, checo o espelho e digo:

— Eu confio em Micha.

— Mas você não confia *nela* — um caminhão grande buzina, ela olha pela janela e continua falando.

— Eu não a culpo. Pelas histórias que você me contou, ela me parece uma piranha. Na verdade, enquanto estivermos aqui, poderíamos ter uma conversinha com ela — Lila diz, estalando as juntas dos dedos, e eu me mato de rir.

— Meu Deus, o que você tem assistido na televisão? — Brinco, pisando no freio, e diminuo a velocidade por causa do trânsito.

— Como bater na menina que está dando em cima do namorado de sua melhor amiga — ela sorri e tira o telefone da bolsa, perguntando:

— Qual é o nome do lugar?

— The Slam — digo, e ela arqueia as sobrancelhas, perguntando:

— O quê? Esse é o nome do lugar? Tem certeza de que não é The Slamer? — Ela ri de forma astuta.

Eu reviro os olhos:

— Ha, ha. Você é tão engraçada.

Ela vê o local no GPS, franze a testa para a longa fila de carros a nossa frente e comenta:

— Aqui diz que são oito quilômetros até a cidade... Vai levar uma eternidade.

Meus olhos se limitam a observar a estrada enquanto o trânsito se arrasta, e digo:

— Não vai não.

— *Ei!* Você prometeu a Blake que não ia correr com o carro dele — Lila me cutuca com o dedo, cambaleando no banco.

Eu troco a marcha e o carro ronrona para a vida.

— Não vou correr. Eu só vou acelerar mais.

Ela segura o cinto de segurança no ombro e diz:

— Eu não quero nem saber o que isso significa, mas juro por Deus, se acabarmos no barranco, nunca mais vou falar com você de novo.

— Oh, mulher de pouca fé! — Brinco. Aumento a velocidade e desvio para a faixa ao lado, cortando um Camry vermelho.

O motorista buzina, Lila agarra a borda do banco de couro e eu digo:

— Você sabe que já vi você dirigir que nem uma louca antes, não sabe?

Ela me encara:

— Está tudo bem quando eu sou a motorista, pois sei que tenho o controle da situação — eu penso em suas palavras e ela acrescenta:

— Me dá uma sensação de segurança.

Detesto escutar a palavra "controle". Lembra-me de quanto minha mente precisa disso. Parece um vício, como álcool ou cigarro.

Piso no freio assim que a frente do carro fica próxima da parte traseira de um caminhão que está levantado. Tem um espaço pequeno na faixa ao lado e eu me pergunto se é possível manobrar.

— Não ouse. É muito estreito. — Lila me adverte, com seus olhos azuis amedrontados.

O moço na faixa do lado diminui a velocidade e eu a aumento, a roda oscila no último minuto e nos espremo na vaga facilmente.

Lila bufa sem ar conforme cai para trás no banco, dizendo:

— Se eu não te amasse tanto, iria te odiar.

Ela brinca com o cabelo e limpa a mancha do delineador embaixo dos olhos.

Continuo desviando do trânsito até chegarmos à saída certa. Dirigir assim fez com que eu me sentisse viva e, ao chegarmos à boate onde Micha está tocando, a adrenalina se espalha por meu corpo.

— Esse lugar parece bem sombrio — Lila torce o nariz para o armazém localizado entre o bar do Larry e a loja de vídeo para adultos. Já passa da meia-noite, e as estrelas e a Lua iluminam as folhas secas e as bitucas de cigarro no asfalto.

— Você disse isso de Star Grove também. E sobreviveu ao lugar — chuto a porta e saio do carro.

Ela revira os olhos e, ao sair, diz:

— Star Grove não parece tão ruim quanto esse lugar.

Caminhamos até o estacionamento e ficamos grudadas quando um bando de homens que estava fumando atrás do caminhão começa a assoviar.

— Eu ainda não consigo acreditar que Blake me emprestou o carro dele — pulo um buraco e continuo a dizer:

— Se eu tivesse um Mustang, com certeza não o emprestaria para alguém que eu mal conhecesse, principalmente depois que falei que adorava correr com os carros.

— Eu disse que ele faz isso porque gosta de você — ela me dá uma cotovelada assim que viramos no beco que nos levaria à entrada do bar. — Farejo essas coisas de longe.

— Ele tem namorada, Lila. E parece que eles realmente se amam — contorno a caçamba de lixo e dou de cara com uma rua movimentada. Carros indo e vindo, e uma pichação brilhante decora as fachadas metálicas dos prédios da vizinhança.

Parando em frente à entrada, desmancho o rabo de cavalo e o cabelo cai em meus ombros. Solto o braço de Lila, rapidamente amarro um laço em minhas botas, abro os dois botões superiores da blusa xadrez e aliso as rugas de minha saia *jeans*.

— Uau, nunca te vi tão nervosa antes. É muito divertido — Lila comenta, enquanto aperta novamente o laço e o amarra na frente de sua blusa marrom.

— Eu não sei por quê, mas de repente fiquei bem nervosa — admito, penteando o cabelo com os dedos.

— Isso é porque você o *ama* — Lila pisca, eu a empurro gentilmente e ela me conforta, dizendo:

— Relaxe. Isso é porque você não o vê há um mês. Honestamente, estou com medo de ficar no mesmo quarto que vocês dois. É bem provável que vocês tirem as roupas e as joguem no chão em segundos.

Revirando os olhos, entro na boate e um segurança musculoso, com tatuagem de cobra no braço e uma cicatriz no lábio bloqueia a passagem para as mesas.

— Identidade, por favor — seu tom sugere que não a temos.

Lila e eu tiramos do bolso e entregamos nossas identidades falsas. Ele as examina cuidadosamente e nos devolve, dando um passo para o lado para podermos passar.

Entramos num ambiente cheio de mesas e cadeiras. O ar cheira a bolor, a boate está apinhada de gente e a música é alta, mas o som da voz do cantor me é mais familiar do que a batida de meu coração.

— Ah! Olhe para ele lá no palco, tão lindo e *sexy* — Lila diz, mas eu mal a escuto.

Todo meu foco está no palco, perto da parede dos fundos. Embaixo da luz fraca, Micha está cantando uma música de sua autoria, tocando violão com a cabeça inclinada para baixo e o cabelo caindo sobre seus olhos azuis-claros. Minhas mãos doem de vontade de tocá-lo, me emaranhar em seus cabelos e sentir a maciez de seus lábios.

A banda toca ao fundo e fico sem fôlego conforme a letra da música flui por meu corpo.

"O silêncio de seus olhos é mais do que consigo aguentar.

Olhe para mim uma vez e veja como meu coração está machucado.

Você me mantém vivo, você me mantém respirando.

Tudo o que quero, de que preciso, é você."

A boate desaparece e só existe ele e eu. Escuto Lila se afastar de mim, provavelmente indo até o bar para pedir uma bebida. Demora somente alguns segundos para Micha me achar no meio da multidão, é como se os nossos corações percebessem a presença um do outro. Ele tenta manter a cara séria ao cantar a música, mas um sorriso se abre em seus lábios.

Ele termina a última série de músicas com um acorde final e rapidamente se vira para Naomi, que está usando um vestido preto apertado e botas na altura dos joelhos, e diz algo para ela ao entregar-lhe o violão. Ela acena a cabeça, colocando o cabelo para trás das orelhas, e ele pula do palco, suas longas pernas caminham em minha direção e ele empurra a multidão. Ele não desacelera até me pegar nos braços, sem se importar que exista uma multidão nos observando.

Aperto as pernas ao redor de sua cintura e ele me beija intensamente, roubando todo o oxigênio que existe nos meus pulmões. Nossos corpos e línguas se moldam juntos e o calor que emana do corpo dele aquece minha pele. Seu *piercing* se encaixa em meu lábio inferior, mas eu quero mais. Implorando para que ele fique mais próximo, eu o respiro, saboreio, querendo senti-lo o máximo possível antes de nos separarmos de novo.

Quando ele se inclina para trás, um fogo se acende em seus olhos azuis-claros e meu estômago dá pulos de excitação.

— Meus Deus! Como senti sua falta, moça bonita! — Ele me beija novamente com as mãos percorrendo todo meu corpo. Relutantemente, ele se afasta, sem fôlego, e indaga:

— Não me leve a mal, mas o que você está fazendo aqui? Tem algo errado?

— Não tem nada errado. Lila disse que eu tinha que te ver antes de você viajar — passo meus dedos em seu pescoço, ele se arrepia com o toque e continuo a dizer:

— Ela disse que estava cansada de me ver de mau humor o tempo todo e que eu precisava tirá-lo de meu corpo, pelo menos por um dia.

Ele morde os lábios, sufocando um sorriso e diz:

— Você sabe que nunca poderia se livrar de mim. Isso não é possível.

— Eu sei, mas posso tentar. Na verdade, posso tentar muito — eu o provoco. Um olhar travesso dança em seus olhos e ele brinca:

— Gosto disso!

Ele me puxa para mais um beijo, deliberadamente, desta vez, mas com a mesma paixão existente em todos os seus beijos.

— Eu tenho que cantar mais duas músicas e depois podemos sair daqui.

Pisco, sentindo-me um pouco confusa:

— Aonde nós vamos?

Ele solta uma risada e me puxa mais para perto:

— Uma coisa de cada vez. Vamos voltar para o hotel e cuidar de uns assuntos muito importantes.

Tento não rir, mas é impossível.

— E depois, o que vamos fazer?

— Então vamos sair e nos divertir — ele promete, colocando-me no chão. Ele beija minha testa e volta para o palco através da multidão.

Encontro Lila no bar e sento no banco ao lado dela. Meu olhar se concentra em Micha no palco, quando ele começa a tocar um *cover* de uma música triste que transformou em alegre. Nossa música, como ele me diz o tempo todo.

— Ah, graças a Deus! Você está feliz novamente — Lila diz, misturando a bebida de frutas vermelhas.

Forçando os lábios, sufoco uma risada, mas, de repente, o riso vem. É um sentimento amedrontador. Eu não tinha percebido como estava para baixo, até agora.

Micha

É a primeira vez que estou excitado ao fazer um *show*. Não consigo esperar para sair do clube e levá-la para o quarto. Todo o tempo em que estou cantando, meus olhos estão grudados nela. No fundo, eu estou cantando só para ela.

Quando acabo de cantar, a banda limpa o palco. Eu gesticulo para Ella indicando que só levarei um minuto, e então vou até o camarim onde estão nossos instrumentos.

— Alguém teve uma surpresa — Naomi comenta, enquanto puxa os longos cabelos pretos para fazer um coque e se olha num espelho rachado, pendurado na parede, dizendo:

— Parece que você não vai sair com a banda hoje.

— Acho que vamos sair com vocês — coloco meu violão na capa e a fecho.

— Mas primeiro vou voltar ao hotel e vocês podem ficar andando por aí por um tempo.

Naomi revira os olhos e Dylan, o baterista, levanta a mão para espalmar na minha. Dylan gosta de ser chamado de gostosão e passa muito tempo se gabando de suas conquistas enquanto estamos fazendo *shows*. É extremamente irritante e eu descarto o cumprimento.

— Leve meu violão com você e eu vou te enviar uma mensagem mais tarde — entrego o violão para Naomi e ando de costas para a porta.

— Ah, sim, vocês se importam se a amiga de Ella sair com vocês por um tempo?

Naomi encolhe os ombros ao passar o batom vermelho em frente ao espelho da parede:

— Acho que não... Mas a amiga é aquela loira? Porque não me parece que ela vai ficar muito feliz saindo com pés-rapados como nós.

Abro a porta e digo:

— Ela parece metida, mas é bem bacana.

Quando vou atrás de Ella, vejo que está com a amiga no bar. Ella está bebendo cerveja, com as longas pernas cruzadas, e Lila está bebericando uma bebida de menina.

Elas estão conversando sobre algo e Ella tem um enorme sorriso no rosto.

Interrompendo a conversa, enfio-me no meio das duas e pressiono meus lábios nos de Ella, dando-lhe um beijo profundo. Quando nos afastamos, seus olhos estão arregalados e vidrados, e eu amo o fato de ser o responsável por aquele olhar.

— Ah, ótimo, agora vocês vão tirar a roupa — Lila cruza as pernas e ri, trocando olhares com Ella.

— O que está rolando? — Paro atrás dela, ponho uma mão em seu ombro e abraço sua cintura.

— Nada. É só uma brincadeirinha íntima — Ella responde, descansando a cabeça em meu peito.

— Por falar em intimidade, precisamos ir — eu pego sua mão e a coloco de pé.

Ela me puxa em direção ao bar enquanto a puxo em direção à multidão e para a saída. Ella pergunta:

— E Lila? Não podemos deixá-la aqui.

Lila termina a bebida e desliza o copo vazio em cima do balcão, dizendo:

— Eu posso ficar no carro ou algo do gênero.

Balanço a cabeça negativamente.

— Isso não é uma boa ideia. Não nessa vizinhança. Mas Naomi disse que você pode sair com ela e a banda.

Lila lança um olhar incerto para Ella e, quando ela acena a cabeça, Lila suspira. — Tudo bem, eu vou sair com ela, acho. Mas aonde eles vão?

— Acho que vão jantar — digo, quando Naomi sai de trás do palco e caminha em nossa direção.

— Pronta para sair conosco? — Naomi pergunta para Lila, num tom formal; vira-se para Ella e, com um sorriso tenso, diz:

— Oi, Ella, como vai?

— Muito bem — Ella responde despreocupadamente, e sua mandíbula trava.

Há um silêncio estranho que só as meninas conseguem criar.

— Então tá, acho que deveríamos ir andando — Naomi ergue as sobrancelhas e propõe a Lila que vá com ela ao voltar para os fundos.

— *Por favor*, se apresse — Lila diz, imperiosamente, e marcha atrás de Naomi.

Puxo Ella ansioso em direção à porta, empurrando as pessoas que estão no caminho. Quando saímos, agarro seu braço e a giro em minha direção.

— Onde está o carro? — Pergunto, e ela coloca as pernas ao redor de minha cintura, fazendo meu pau ficar duro instantaneamente.

Ela envolve meu pescoço com os braços e seus olhos verdes brilham embaixo das luzes dos postes.

— Está estacionado lá atrás.

Tropeço cegamente no beco escuro ao beijá-la ferozmente e entrelaço os dedos em seus cabelos longos e ruivos que têm cheiro doce de baunilha. Tropeço, no fim, mas recobro o equilíbrio sem parar de beijá-la. Uma de minhas mãos acaricia sua bunda e a outra explora a pele suave de sua coxa.

— Você está usando essa saia só para mim, para facilitar meu acesso? — Murmuro contra seus lábios, enquanto meus dedos se movem vagarosamente.

Rindo contra minha boca, ela belisca minha bunda e diz:

— Pelo menos você tem que me levar para o carro antes de tentar me bolinar.

— Tá certo, estou planejando jogá-la no capô aqui mesmo, agora — digo e acaricio sua língua com a minha, saboreando-a, antes de me afastar.

Ela contém um sorriso e diz:

— De jeito nenhum. Há pessoas em todos os cantos.

Meus olhos percorrem o estacionamento escuro e alguns pervertidos estão nos observando, sentados na porta traseira aberta de um caminhão.

— Tudo bem, você ganhou. Onde está o carro de Lila?

Um olhar de culpa cruza seu rosto como se tivesse feito algo errado e ela diz:

— Acho que me esqueci de te contar, mas o pai de Lila mandou guinchar o carro dela há um tempo, então tivemos de pegar um carro emprestado.

Eu olho ao redor novamente:

— Qual deles é?

Ela aponta por cima do ombro para um carro parado no fundo.

— O Mustang vermelho.

Eu a olho com desconfiança.

— Onde vocês duas encontraram alguém que emprestasse um Mustang?

— É de alguém que conheço da faculdade. Não é nada demais — ela dá de ombros friamente.

— Essa pessoa é um homem?

— Sim. É de Blake, mas não significa nada. Na verdade, nós o deixamos em Riverside na casa da namorada.

Meus braços se afrouxam ao redor dela enquanto decido se a coloco no chão ou se a mantenho perto de mim.

— Então ele não só deixou você dirigir o carro dele, como dirigiu com você?

— Micha, pare com isso! — Ella contrai as pernas ao redor de minha cintura, recusando-se a me deixar ir.

— Você está o tempo todo viajando com a Naomi e eu não ligo. Além do mais, você está sempre me dizendo para confiar em você, então precisa fazer o mesmo.

Merda. Ela tem razão, mas eu tenho ciúmes. É a primeira vez que isso acontece e não estou contente com a situação.

Sacudindo-me, ando até o carro de novo, resolvendo que devo ficar perto dela. Agarrando meu ombro com uma das mãos, Ella pega a chave no bolso da saia e destrava o carro. Sem colocá-la no chão eu abro a porta do lado do motorista e a coloco no banco.

Descanso minha mão na porta do carro e a encaro:

— E, a propósito, eu confio em você. É nos homens que não confio. Eles pensam com a cabeça de baixo, ou seja, com o pinto — Ella suspira e eu bato a porta, fingindo que não me incomoda nem um pouco entrar no carro de outro homem.

***

Ella dirige bem devagar até o hotel. Quando pergunto por que está dirigindo como uma velha, ela solta um suspiro frustrado e diz que prometeu a Blake que iria se comportar enquanto estivesse dirigindo o carro. Isso faz com que me sinta um pouco melhor.

— Então, ele é boiola — digo, sem tentar segurar o sorriso.

Ela para o carro em frente ao medonho hotel de dois andares, cheio de garrafas de cerveja, bitucas de cigarro e algumas pessoas mal-encaradas que estão relaxando nas escadas e sacadas.

— Micha, qual é o problema? Por que isso está te incomodando tanto? — Ela finge estar chateada, mas um indício de riso escapa na sua voz.

Saio do carro e abaixo a cabeça para o vidro, dizendo:

— Eu não gosto do fato de esse cara poder andar com você por aí e te emprestar o carro, pois sou eu quem deveria fazer isso.

Quando ela sai, deixa a chave cair no chão acidentalmente. Ela se abaixa para pegá-la e tenho a visão de sua calcinha preta de renda.

— Sei que é difícil, não é? — Ela diz.

Não consigo me controlar e respondo:

— Sim, é muito, muito difícil.

Meu tom insinua meus pensamentos maliciosos e eu deslizo até o capô do carro. Pego-a pelo quadril e a puxo contra mim.

— Chega de falar desse Blake, por enquanto — digo e a beijo.

Sem dizer uma só palavra a mais, eu a pego pela mão e a levo até o andar de cima, passo pela máquina de refrigerante e por duas mulheres que estão berrando uma com a outra na varanda. No momento em que abro a porta do quarto, já estou desabotoando a camisa dela. Meus lábios estão grudados nos dela enquanto chuto a porta, que se fecha, e continuo a desabotoar os botões.

Meus dedos tocam de leve a pele macia de sua barriga e eu gemo, tirando os meus lábios dos dela por um breve momento. Então, puxo sua camisa. Jogo-a no chão e travo minha boca na dela novamente. Espalho meus dedos ao longo da parte inferior de suas costas e exijo mais dela. Parece que nada é suficiente.

Suas mãos deslizam por meu peito até seus dedos encontrarem a parte inferior de minha camisa, aí ela a puxa pela minha cabeça e a atira no chão. Com nossas línguas entrelaçadas, eu nos conduzo até a cama.

Ela brinca com o botão do meu *jeans*, outro gemido me escapa da garganta e caímos na cama.

— Deus, eu senti falta disso, porra — murmuro.

Ela se afasta com um sorriso no canto dos lábios:

— Este é o único motivo que fez você sentir saudades? Você precisava transar?

Tiro os fios de cabelos ruivos do rosto dela e respondo:

— Não, eu senti saudades de tudo. De sua risada, de seu sorriso, do modo como você finge estar brava comigo, quando, na verdade, você acha que eu sou engraçado.

Beijo sua bochecha suavemente e continuo dizendo:

— Senti falta de seu gosto — pressiono os lábios em seu queixo e seu pescoço se arqueia.

— De seu cheiro — chupo o pescoço, deslizando minha língua pela pele enquanto minha mão passeia por sua coxa e a extremidade de sua calcinha.

— Da maneira como você fica quando eu a toco — escorrego meu dedo para dentro dela, ela geme e tem um orgasmo.

— Micha — seus olhos se perdem e eu a sinto da maneira que queria no último mês.

— Sim, senti falta disso também — Digo, e a beijo novamente.

Ella

Eu não tinha percebido o quanto senti a falta dele até agora. Seus dedos continuam a me sentir enquanto sua língua acaricia o interior de minha boca. Digo seu nome, gemendo, perco o controle de meu corpo e de minha mente e cravo a ponta dos dedos em seus ombros.

Depois de me recompor, tiro a saia e me deito de costas na cama, pronta para mais. Ele tira o *jeans* e a cueca e pega a carteira para tirar uma camisinha.

Eu agarro sua mão e o paro, esfrego meus dedos na enorme tatuagem em seu braço e digo:

— Você não precisa disso.

Ele arqueia uma sobrancelha, olhando-me como se eu fosse louca.

— Tá bom, Ella. Eu não acho...

Cubro sua boca com a mão e explico:

— Não é o que você está pensando. Você não precisa usar camisinha porque eu estou tomando pílula.

Quando tiro a mão de sua boca, ele não parece feliz. Isso é uma reação inesperada.

— Por que você está tomando pílula? Mal nos vemos.

Eu belisco seu mamilo e ele recua, rindo.

— Obrigada pela acusação, mas acho que é bastante autoexplicativo, pois, da última vez que transamos, as coisas saíram um pouco do controle e você quase se esqueceu de colocar a camisinha.

— É uma boa razão — ele sobe em cima de mim, pensando em algo que aparentemente parece entretê-lo.

— Por que você está me olhando assim? — Passo os dedos por suas costas.

Ele passa o *piercing* entre os dentes, sorri e diz:

— Não é nada.

— É sim. Você está com aquele olhar de pateta no rosto, então me diga.

— Acredite. Você não vai querer saber.

— Tudo bem — eu junto as pernas bem apertadas, para que ele não chegue mais perto.

— Então é assim que vai ser? — Ele sorri maliciosamente, prende minhas mãos acima da cabeça e lambe minha orelha, dizendo:

— Estava pensando em como deve ser gostoso estar dentro de você sem usar camisinha.

Eu nego com a cabeça, mas minhas pernas se abrem e nossas bocas se encontram. Ele mantém meus braços presos, morde meu lábio inferior e me penetra. Meu corpo inteiro se incendeia.

Ele fecha os olhos e inspira profundamente pelo nariz.

— Caraca, Ella — seus olhos se abrem e ele se remexe dentro de mim.

Gotas de suor brotam em nossa pele e nossos corpos se fundem em um só. Coloco a mão atrás da cabeça dele, puxo seus lábios contra os meus, mordisco o *piercing* e o exploro com a ponta da língua. Minhas pernas apertam seu quadril e ele continua a bombear dentro de mim até que eu solto um gemido de felicidade. Minha cabeça cai para trás conforme me perco novamente, e Micha vai desacelerando até finalmente parar.

Estamos ofegantes e um calor irradia de nossos corpos. Ele tira o cabelo de minha testa encharcada e me olha nos olhos. Parece que quer me dizer algo, algo significativo, mas, em vez disso, beija minha testa, dá um sorriso largo e diz:

— Me dê dez minutos e começamos tudo de novo.

Duas horas depois estamos vestidos novamente e dirigimos até a boate para nos encontrarmos com Lila e a banda. Já passa da meia-noite, mas a cidade está viva. Carros se enfileiram nas ruas, pessoas andam para lá e para cá nas calçadas, as luzes brilham na noite.

Micha implora durante cinco minutos para dirigir o carro, por fim me rendo e lhe entrego as chaves, mas somente depois de ele jurar que não vai dirigir como um louco.

Ele acelera de qualquer jeito, sai cantando o pneu no asfalto e conduz o carro para a rua principal.

— Você prometeu. Se comporte — eu o cutuco.

— Essa coisa é muito fraca — ele diz, satisfeito.

— O que tem embaixo do motor do carro?

— Eu não sei — encolho os ombros e digo:

— Eu não olhei. Estava muito ocupada tentando chegar aqui para te ver.

Ele alcança o console e coloca a mão em minha coxa, causando um calor entre minhas pernas.

— Qual é! Você sabe que quer me deixar te mostrar até quanto este carro pode ir. Depois nós podemos parar e você pode tirar toda minha excitação no banco de trás.

— Você está absurdamente excitado. Mas tenho certeza de que sabe disso — digo para ele, sorrindo.

— Eu sei — ele diz, simplesmente. Quando para no semáforo, a luz vermelha ilumina o carro.

— Estou na porra da estrada o tempo todo sem você, e isso está se tornando um grande problema.

O pânico me invade conforme penso nele longe, em Nova Iorque, rodeado de mulheres que provavelmente ficariam muito felizes em cuidar desse problema. Eu solto o ar aos poucos, assim ele não nota a instabilidade de minha respiração.

— Ei — ele acaricia a parte interna de minha coxa com o polegar e o sinal fica verde.

— Sei o que você está pensando e você precisa relaxar. Nunca faria algo para te magoar.

Eu sorrio, mas não parece real. As pessoas nunca querem fazer coisas que magoem os outros, mas, mesmo assim, isso às vezes acontece, por um momento intenso, por uma breve racionalização ou por simplesmente dizerem palavras que estão em sua mente.

Ou por apenas desistirem por um segundo.

As pessoas se magoam o tempo todo.

Micha

A mente de Ella está viajando quando paro em frente à boate, e a minha também. Não tenho certeza se a visita surpresa foi boa ou má ideia, porque vai ser mais difícil partir quando amanhecer.

Eis que só Naomi, Chase e Lila estão na boate. Dylan saiu com a *hostess*, mas aparentemente ninguém sabe aonde foram — ou não dão a mínima.

Uma música brega toca ao fundo e uma mulher com botas vermelhas e chapéu de caubói dança em frente a um senhor tentando seduzi-lo, mas está tão bêbada que cai o tempo todo.

Uma tensão paira sobre a mesa quando nos sentamos. Lila olha para Ella com um olhar de matar e articula *puta* com os lábios ao olhar para Naomi.

Eu levanto a sobrancelha, olhando para Ella e Lila. Enquanto Naomi está distraída com Chase, Lila inclina-se sobre a mesa e cobre um lado do rosto com a mão.

— Lembre-me de te contar uma historinha adorável, mais tarde.

Parece-me bem difícil não revirar os olhos para essa bobagem.

— Podemos pedir algumas entradas ou algo para comer?

— Nós já pedimos. E pedimos bebidas, mas ainda não trouxeram nada. — Naomi esbraveja, lançando-me um olhar de desdém.

Levanto as mãos em frente ao peito e ergo as sobrancelhas, dizendo:

— Certo, desculpe-me por perguntar.

Ela praticamente rosna para mim e eu me pergunto se rolou alguma briga entre ela e Lila.

— Bem, estou bem irritada com o serviço horroroso daqui.

Coloco meus braços ao redor dos ombros de Ella e suspiro no seu ouvido:

— O que você está olhando?

Ela pula assustada e vira a cabeça para mim.

— Não é nada. Estava viajando.

Seguindo a direção de seu olhar, vejo que está observando um casal de velhos se abraçando numa das mesas. Eles parecem um pouco rudes um com o outro, às vezes, como quem já viveu muita coisa junto.

— Por que você estava encarando aquele casal de velhos?
— Pergunto, brincando com o cabelo dela.

Ela vira a cabeça rapidamente e diz:

— Não estava, não.

Olho para seus lábios e ela os mordisca nervosamente, mas decido deixar para lá o que estiver passando por sua cabeça por enquanto, pois não quero arruinar nossa única noite juntos até a próxima, que será em um mês.

Ella

Por alguma razão, vejo-me encarando um casal de velhos e imagino como seria se Micha e eu estivéssemos juntos naquela idade. O homem coloca a comida do prato dele na boca da mulher, ela se inclina e o beija. É fascinante observá-los, porque meus pais nunca foram amorosos um com o outro.

Quanto mais penso nisso, mais fico nervosa. Não consigo imaginar nós dois juntos, velhos, sentados a uma mesa, dando comida um ao outro — não consigo enxergar nada.

Micha está preocupado comigo, como sempre fica quando ajo de maneira estranha. Concentro-me na conversa e aceno a cabeça, embora não faça ideia do que esteja acontecendo.

Ao sairmos, Lila agarra meu cotovelo e me arranca para longe da mão de Micha.

— O que você está fazendo? — Digo, lutando para acompanhar seu ritmo, pois ela está me levando para o canto do restaurante de tijolinho, para a área de fumante. Está escuro e o ar está úmido, se comparado com o calor seco de Las Vegas.

— Essa Naomi é uma vaca — ela mexe as mãos ao falar.

Minhas sobrancelhas se enrugam enquanto me certifico de que ninguém nos ouve, e pergunto:

— Por quê? O que ela fez com você?

— Ela não fez nada comigo. Ela disse coisas sobre você — ela cruza os braços e fica vermelha de raiva.

— O quê, por exemplo?

— Que você dá um nó na cabeça de Micha. Que você não é boa para ele.

Meu queixo cai.

— Ela falou isso para você!

— Não, mas eu a ouvi dizendo a alguém.

Os olhos de Micha vagueiam para um grupo de caras que estão em pé no canto, nos observando.

— Ela achou que eu estava no banheiro, mas eu estava voltando e a ouvi falando com Chase, que a propósito é bem lindo.

— Aquele com um monte de tatuagem e cabelo de moicano? Ele não parece seu tipo — pergunto, e ela confirma.

Lila encolhe os ombros e rapidamente balança a cabeça.

— Isso não vem ao caso. Acho que ela deseja Micha, e eu não confio nela.

— Nós já falamos sobre isso milhares de vezes — prendo a respiração enquanto um cara que está fumando passa por nós e solta a fumaça em nossa direção. Continuo:

— Eu confio *nele*.

— Acho que você está cometendo um erro. Acho que você deveria pedir a ele para sair da banda — ela diz, tirando o rímel dos cílios.

— Nem pensar, eu nunca faria isso com ele — digo, indignada.

— Você é quem sabe — ela responde, e continua:

— Mas estou dizendo que você terá problemas.

— Ei, Ella May! — Micha grita do canto do prédio e meu olhar e o de Lila voam até ele, que pergunta:

— O que vocês estão fazendo?

Dou uma olhada de relance para Lila. — Obrigada por se preocupar comigo, mas ficarei bem.

Ela suspira e nós vamos até Micha, que está me esperando de braços estendidos.

— Há algo errado?

Eu o encaro, pulando de alegria, e digo:

— Não, está tudo bem.

Micha

Normalmente, todos da banda dormem no mesmo quarto. Naomi dorme numa das camas e nós fazemos cara ou coroa para ver quem fica com a outra cama. Hoje eu peguei um quarto extra para que Ella e eu tivéssemos mais tempo juntos.

Depois de persuadir Lila com meu charme, eu a convenci a dormir no quarto com a banda. Ela não me parece muito feliz com a situação, já que Dylan não para de importuná-la.

Quando ficamos sozinhos, Ella desaba na cama e coloca as mãos na cabeça.

— Estou exausta. Que horas são?

Olho para o relógio com pulseira de couro e respondo:

— Quase três da manhã.

— Sério? — Ela se apoia nos cotovelos e pergunta:

— Você sempre fica acordado até tão tarde?

— Normalmente.

Tiro o relógio e as botas e ando devagar até ela.

— E estarei bem por pelo menos mais algumas horas.

Tiro a camisa, subo na cama e me deito sobre ela. Seus dedos passeiam pelo meu abdome e pelas letras de minha tatuagem nas costas.

— Eu sempre estarei com você, em todas as situações, em tempos difíceis e de desamparo, no amor e em caso de dúvida — ela lê.

Inclino-me para trás, puxo a palma de sua mão até minha boca e a beijo.

— Você sabe que escrevi isso para você, não sabe?

— Escreveu nada.

As pálpebras dela vibram e respiro num ponto sensível de seu pulso.

— Você escreveu isso quando tinha uns dezesseis anos.

— Na verdade, tinha quinze.

Solto sua mão e deito por cima dela, aguentando meu peso nos braços.

— Eu me lembro de sentar para escrever isso e minha única inspiração eram seus olhos tristes — não podia tirá-los da cabeça.

Ela faz um beicinho e pergunta:

— Eu não tenho olhos tristes, tenho?

Esfrego meu dedo em sua bochecha e sob um de seus olhos verdes.

— Você tinha. O tempo todo. E algumas vezes você ainda os tem.

— Você também me parece triste, às vezes — ela diz isso com o cabelo ruivo todo espalhado pelo travesseiro.

— Mas agora você parece estar bem feliz.

— É porque realmente estou.

Começo a cantarolar e ela abre um largo sorriso.

— Agora, sim — digo, e começo a beijá-la profundamente, beliscando seus lábios e explorando sua boca com minha língua.

Ela me envolve com suas longas pernas e as coisas começam a esquentar. Entrelaçando os dedos no cabelo dela, sugo seu pescoço até perceber que ela vai ficar com uma marca de chupão. Seus ombros estremecem sob minha respiração e ela ri.

Abro um espaço entre nós e pergunto:

— Isso faz cócegas?

Ela balança a cabeça, com uma expressão séria no rosto, responde:

— Não, de jeito nenhum.

Eu a belisco de brincadeira e ela se joga para o lado, tentando debaixo de mim.

— Pare, por favor.

Ela ri, lutando por ar, e repete:

— Por favor!

Eu a escuto, porque tem algo a mais que estou morrendo de vontade de fazer. Começo a despi-la, racionalmente primeiro, mas depois meus movimentos se tornam desesperados e acabo arrancando alguns botões de sua blusa.

Em poucos minutos, nossas roupas estão numa pilha no chão e estou dentro dela novamente. Eu a encaro e considero implorar para que ela venha na turnê comigo, mas o momento está escapando e percebo que não posso fazer isso com ela.

Acordo num quarto quieto com Ella em meus braços e seu corpo nu enroscado no meu. Queria que fosse possível acordar todos os dias assim, mas aí um de nós teria que abrir mão de algo importante.

— Deus, que porra eu vou fazer? — Sussurro alto para mim mesmo.

A manhã espreita pela cortina e os carros zunem na estrada em frente ao hotel. Observo Ella dormindo por um momento e corro os dedos por suas costas até que seus olhos se abrem.

— Você está acordado — ela pisca, afastando o cansaço.

Enrolo um cacho de seu cabelo em meu dedo.

— Não consegui dormir.

Ela começa a se sentar, mas eu a aperto em meus braços e a seguro por um instante.

— Fique assim por um tempinho. Gosto de te abraçar.

Seus olhos me examinam e ela apoia a cabeça em meus ombros.

— Qual é o problema? Você parece triste.

Suavizo com o polegar a linha de preocupação entre suas sobrancelhas e pergunto:

— Você já pensou sobre o que vamos fazer de nossas vidas? De nós?

Ela morde o lábio inferior e responde:

— Às vezes eu penso sobre isso.

— E onde você nos vê? — Pergunto com cautela, sem querer assustá-la com a pergunta que estou prestes a fazer. Preciso sentir o terreno primeiro.

Seus olhos se abrem e a respiração se acelera.

— Você vai terminar comigo? — Solto uma risada e pergunto:

— Que diabos faz você pensar nisso?

Ela se apoia nos cotovelos e me encara, seus cabelos são como uma cortina a nosso redor.

— É que você está com um olhar de quem vai dizer algo muito ruim.

— Não é uma coisa ruim.

Coloco seu corpo sobre o meu e continuo:

— Mas também não tenho certeza se você vai ficar feliz.

Ela agarra meu ombro para se sentar, montando em mim, e sinto seu calor no pau. O cobertor cai de seus ombros e os seios estão logo acima de meu rosto.

— Então se apresse, por favor, e diga de uma vez, porque você está me deixando muito assustada agora — ela suplica.

— Acho... — E paro, lembrando-me de meu pai e minha mãe, e de como as coisas acabaram entre eles.

— Não é nada. Honestamente, não era tão importante assim.

Ela fica boquiaberta:

— Nada? Este olhar no seu rosto não é *nada*. Desde quando você tem segredos comigo?

— Não estou escondendo nada de você, só estou esperando o momento certo de dizer. Precisamos estar na mesma sintonia. Agora, venha aqui.

Sento-me e coloco minha boca em seu seio, lambendo seu mamilo e a distraindo. Quando retiro a boca, ela está ofegante e a luz se reflete em seus olhos. Envolvo sua cabeça com as mãos, conduzo seus lábios até os meus e a penetro. Ela respira ardentemente contra meus lábios e, momentos depois, ambos esquecemos a conversa que tivemos.

Capítulo 3

Ella

Já faz uma semana desde a viagem a Los Angeles e me sinto uma merda o tempo todo. Micha está muito ocupado e eu mal consigo falar com ele. Além disso, Lila começou a namorar o Preston e nunca está por perto. Meus músculos doem só de andar, minha cabeça dói o tempo todo e tudo o que faço me cansa.

Estou esperando do lado de fora do consultório de minha terapeuta, com minha bolsa no colo, quando recebo uma mensagem de texto de meu irmão.

Dean: Ligue o mais rápido possível.
Eu: Não posso, estou numa reunião.
Dean: Não seja uma pirralha! ME LIGA.

Minha terapeuta sai do consultório e me diz para entrar assim que o telefone apita. Eu o desligo e sento na cadeira em frente à mesa, decorada com uma placa com o nome dela, uma xícara cheia de canetas e lápis e uma pilha alta de papéis.

O nome dela é Anna e ela é jovem, não tem nem trinta anos, e usa o cabelo loiro cortado curto, na linha do queixo. Toda vez que a vejo, está vestindo um terninho. Hoje, é um com risca de giz preta.

— Oi, Ella! — Ela se senta atrás da mesa e coloca os óculos quadrados ao retirar meu arquivo, perguntando:

— Como foi seu fim de semana?

— Interessante — digo e continuo:

— Para dizer o mínimo.
Percebendo meu tom, ela me olha e pergunta:
— E o que teve de interessante?
Coço minhas costas onde fica a tatuagem do infinito e explico:
— Fui visitar Micha em Los Angeles.
Ela abre o caderno e indaga:
— E como foi?
Eu hesito.
— Bom, eu acho.
Ela rabisca algo no caderno.
— Parece que você não tem certeza.
Eu me ajeito na cadeira e cruzo os braços.
— É que... Bem, toda vez que eu o vejo, ou ele vem me ver, fica mais difícil dizer adeus.
Ela coloca a caneta e o caderno na mesa e retira os óculos.
— Dizer adeus é sempre muito difícil, mas algumas vezes é necessário para que continuemos com nossa vida.
— Não quero continuar minha vida sem ele.
O pânico me invade como um furacão:
— Eu amo Micha.
— Isso não é o que estou dizendo — ela explica, rapidamente:
— Estou dizendo que algumas vezes dizer adeus é a parte mais difícil da vida.
Eu detesto quando ela faz joguinhos comigo.
— Você está se referindo a minha mãe? Porque eu te disse na vez passada que tinha superado isso.
— Ella, você não superou. Se tivesse superado, não diria isso.
Coloco o cotovelo no braço da cadeira e apoio o queixo na mão.
— Então o que esse adeus tem a ver com isso?
— Tem a ver com você — ela explica, tirando uma bala da lata e colocando na boca.

— E com sua dificuldade para dizer adeus para as coisas: sua culpa em relação a seu pai e sua mãe, sua dor, seus sentimentos. É tão difícil para você deixar o passado para trás.

— Eu sei disso — admito.

— Mas estou tentando melhorar.

Ela faz uma pausa e bate os dedos na mesa.

— Me diga uma coisa: onde você se vê em um ou dois anos?

— Eu não sei. Não pensei muito sobre isso, ainda.

— Tente pensar sobre isso por um minuto, se você puder.

Tiro a mão do queixo e procuro meu cérebro, mas tudo o que consigo ver é Micha e eu naquela maldita ponte e ele caindo na água.

— Eu não sei.

Eu aperto o apoio de braços da cadeira e meu pulso se acelera.

— Eu realmente não... Que merda.

— Relaxa Ella, tudo vai ficar bem.

Ela abre a gaveta e tira outra pasta, dizendo:

— Acho que podemos começar a pensar em uma avaliação para ansiedade e depressão.

Meus olhos se estreitam e digo:

— Nem pensar.

— Ella, acho importante que...

Levanto-me da cadeira e balanço a mochila no ombro.

— Não vou nem falar sobre isso.

Ela diz mais alguma coisa, mas já estou fora do consultório. Não vou discutir se tenho uma doença mental. Não estou doente. Não estou.

Terminando a conversa, ligo o celular e leio a mensagem que Dean enviou. "Papai saiu da reabilitação. Me ligue agora."

O quê?

Digito o número dele na discagem rápida, saio em direção ao sol e coloco o telefone na orelha.

— Por que você desligou o telefone? — Ele berra.

— Eu te disse que estava numa reunião.

Caminho até a praça, ziguezagueando por entre as pessoas, e me abaixo quando um *frisbee* voa em minha direção.

— Bom, você precisa voltar para casa — ele ordena.

— Papai fugiu e ninguém sabe onde ele está.

— Vou ligar para a mãe de Micha e ver se ela pode descobrir onde ele está. Se ele está em casa.

Começo a desligar e ele diz:

— Ela não está em casa.

Seu tom se agrava.

— Já tentei. Ela viajou de férias com o cara com quem está saindo.

— Ah.

Eu nem sabia que ela estava namorando.

— Então, o que fazemos?

— Você dirige até lá e checa como ele está — ele diz isso como se fosse minha obrigação.

— Por que você não pode ir?

— Porque eu tenho um trabalho e um casamento para planejar; uma vida.

— Eu também tenho uma vida — discuto, alcançando a beira do gramado.

— E sempre há a possibilidade de ligarmos para alguém. Podemos ligar para Denny.

— Então você liga para ele — ele diz, e escuto a voz de Caroline ao fundo. Então, ele explica:

— Olha, eu tenho que ir, está bem? Ligue para Denny e me diga o que está acontecendo assim que você conseguir.

Ele desliga o telefone.

Frustrada, ligo para o serviço de informações e peço o número de telefone do bar do Denny. Ao ligar para ele, já estou subindo de dois em dois degraus as escadas do apartamento de dois quartos que divido com Lila.

Alguém atende o telefone depois de quatro toques.

— Hub and Grub, aqui é Denny falando.

— Hum, sim, aqui é Ella. Ella Daniels. Queria saber se meu pai está aí ou se você por acaso o viu.

— Sim, ele apareceu aqui hoje de manhã — ele hesita, e continua.

— Achei que ele estivesse na clínica de reabilitação.

— Na verdade, ele se deu alta.

Pego a chave do apartamento na bolsa e abro a porta, indagando:

— Qual o estado dele?

— Vou ser honesto com você, Ella. Ele está muito mal.

Ele falou com muita franqueza, e então explicou:

— Ele apareceu por aqui de manhã e está bebendo desde então. Sem parar. Ofereci uma carona para levá-lo para casa, mas ele recusou.

Fecho a porta, jogo a chave em cima do balcão e faço um pedido:

— Você pode dar uma olhada nele por um tempo, até eu descobrir o que fazer?

— Sim, acho que posso — ele responde, com certa relutância.

— Olhe, Ella, entendo sua situação, mas eu dirijo um bar e... Bem, quando fica assim, ele causa muitos problemas. Não me incomodo em ajudar, desde que não prejudique meus negócios.

— Vou até aí assim que possível — prometo, e digo:

— E sinto muito por tudo isso.

Ele suspira:

— Tudo bem... Sei que é difícil para você. Quer dizer, você é uma criança.

Nunca fui criança. Nunca. Eu lavava a louça e limpava a casa aos seis anos, fazia minha própria comida aos oito, e com dez cuidava para que minha mãe tomasse os remédios.

Despeço-me dele e desligo o telefone, afundando no sofá de camurça. O apartamento é pequeno, com paredes brancas e tapete bege, tem uma TV no canto e uma pequena copa entre a cozinha e a sala de estar. Tem cheiro de canela e a pia da cozinha está transbordando de louça suja.

Pressiono meus dedos nas laterais do nariz.

— Merda... Para quem posso ligar?

Deixo a mão cair no colo e ligo para Ethan.

Ele atende no terceiro toque.

— Tá, isso é bem estranho. Você nunca me liga.

— Preciso te pedir um favor — faço uma pausa tentando achar coragem e digo:

— Você pode pegar meu pai no bar Hub and Grub e ficar com ele até eu chegar aí?

Ele fica em silêncio por um segundo e diz:

— Sim, posso fazer isso.

— Muito obrigada — digo, agradecida, e continuo:

— Vou até aí assim que possível. Prometo. Doze horas no máximo.

— Não se mate para chegar aqui, Ella. Eu disse que estava tudo bem, então, venha quando puder.

— Ligo para você quando estiver na estrada.

— Tá bom.

Desligo o telefone e o deixo na mesa de centro, perguntando-me onde vou arranjar um carro. Começo a ligar para

Micha, mas paro. Eu não falo com ele há um dia e a última coisa que quero fazer é ligar e começar a berrar.

Além do mais, não tem nada que ele possa fazer. Ele está do outro lado do país.

Micha

— Se você continuar tocando no tom errado, vou ter que tirar o violão de você — aviso Naomi.

Estamos sentados na cama em um pequeno apartamento estilo estúdio, com nossos violões no colo. Tem roupa suja espalhada pelo chão e lixo sobre as bancadas. Dylan e Chase estão no bar, tentando levar alguma menina para a cama. Estou vestindo a calça do pijama, sem a parte de cima, e Naomi está com o cabelo amarrado no topo da cabeça, molhado, porque ela acabou de sair do chuveiro.

— Não seja babaca — ela brinca, tirando o elástico para que o cabelo caia nos ombros, e diz:

— O tom em que estou tocando é muito melhor do que o que você acha que devemos usar.

Balanço a cabeça e dedilho as cordas do violão, dizendo:

— Isso depende.

Ela toca um acorde e fala acima do barulho.

— Depende do quê?

— De você estar tocando em um lugar cheio de pessoas surdas.

Sorrio impiedosamente.

Ela revira os olhos e coloca o violão na cama.

— Você é tão imbecil, às vezes.

Ela tem razão, mas é por um motivo. Dois dias atrás, estava andando por aí, procurando o prédio onde ouvi falar que meu pai trabalhava. Tinha acabado de conversar pelo telefone com minha mãe, que me disse não só que sairia de férias com um cara com metade da idade dela, mas também que meu pai agora estava morando em Nova Iorque.

Eu só queria ver onde ele trabalhava, por pura curiosidade. Quando eu estava parado na frente do prédio, um homem cruzou meu caminho para pegar um táxi. Era meu pai e eu comecei a me virar, mas ele me viu e acenou. Eu queria mostrar o dedo do meio para ele, mas não consegui me mexer, só consegui ficar parado lá, engasgado como uma criança.

Com um olhar desconfortável, ele caminhou até onde eu estava. Vestia um terno preto por baixo de um sobretudo e me encarou com olhos iguais aos meus.

— Micha, o que você está fazendo aqui?

— Vou morar aqui por um tempo — meu tom foi cortante.

— O que você está fazendo aqui? — perguntei.

Ele apontou para o edifício alto e todo de metal no exterior e disse:

— Acabei de ser transferido para cá há duas semanas. Liguei para sua mãe e contei para ela.

Fingi que não sabia.

— Bem, você precisa parar de ligar para ela. Ela não precisa falar com você.

Ele me olhou de cima a baixo e sua expressão ficou fria.

— Então, o que você está fazendo aqui?

Brinco com a corrente que está enganchada no *jeans* enquanto um bando de gente passa por mim.

— Minha banda e eu estamos em turnê por um mês.

Um olhar condescendente se esconde em seu rosto.

— Por que não estou surpreso? Eu deveria saber que você acabaria fazendo algo assim.

Apertei muito a mão, lutando para não bater nele.

— Que raios você quer dizer com isso?

Ele olha ao redor, para as pessoas que estão passando por nós, como se estivesse preocupado que alguém escutasse o que estávamos falando.

— Olhe, Micha, isso não quer dizer nada. Tenho que ir.

Dou as costas para ele e vou embora. No caminho de volta, percebo que meu pai sempre foi um idiota. Mesmo quando ele ainda era meu pai, ele fazia picuinha com tudo e me dizia que eu estava sempre errado.

— Oi — Naomi bate palmas na frente de meu rosto e eu vacilo.

— Você está viajando?

Eu cuidadosamente coloco meu violão no chão e me encosto na cabeceira da cama, dizendo:

— Pensei que você ia sair hoje à noite.

Ela dá de ombros e se alonga sobre o estômago, então cruza os braços e apoia o queixo neles.

— Não estou a fim. Além disso, você me parece um pouco depressivo ultimamente, e não quero deixá-lo sozinho para afogar as mágoas.

— Não estou afogando as mágoas — tomo um gole de refrigerante e digo:

— Só estou confuso.

— Sobre o quê?

— Sobre as coisas.

Ela se senta a meu lado e nós dois ficamos de frente para o pé da cama.

— São as coisas de Ella de novo, não é?

— Não quero falar sobre isso — coloco o refrigerante no criado-mudo e giro a latinha, dizendo:

— Não me sinto à vontade falando sobre ela com você.

Ela esfrega os lábios, pensando profundamente em algo.

— Por que não? Você já fez isso antes.

— Fiz porque estava bêbado e costumo ficar mais falante quando estou alto — não posso contar para Naomi o que está em minha cabeça porque preciso falar primeiro com Ella, devo isso a ela.

— Eu praticamente falo com qualquer um, quando estou bêbado.

— Não finja que detesta falar comigo, Micha. Sei que você gosta, que você está completamente cego pelos próprios sentimentos.

Não entendo nada.

— De que diabos você está falando?

De repente, ela se inclina em cima de mim com os olhos fechados e os lábios abertos, pegando-me desprevenido, e tenta me beijar. Parte de seu cabelo cai em frente a meu rosto e por um segundo não me mexo, pensando em deixá-la me beijar e assim afastar toda a merda que estou pensando.

Então, todo meu sentimento por Ella aflora e eu me afasto, praticamente engatinhando em cima do criado-mudo para ficar longe de seu alcance.

— Que merda você está fazendo?

Seus olhos se abrem rapidamente e as pupilas estão arregaladas.

— Qual é, Micha? Não me diga que você não pensou nisso.

Balanço a cabeça devagar.

— Não, não pensei. Nenhuma vez.

Ela fica vermelha e eu me sinto um babaca. Então digo:

— Olhe, sinto muito, mas você sabe o que sinto por Ella, então não sei por que tentou me beijar.

Ela desliza a perna para a beira da cama e vira as costas para mim.

— Não me parece que você a ama tanto assim. Você nem fala com ela ao telefone o tempo todo, como costumava fazer.

— Isso é porque estou tentando organizar minhas coisas.

Dou-lhe um tapinha nas costas porque percebo que ela vai começar a chorar. A situação é embaraçosa. Pergunto:

— Você vai ficar bem?

Ela chacoalha os ombros e afasta minha mão, antes de correr para o banheiro. A porta faz um estrondo ao se fechar e as paredes finas tremem.

Pego meu violão do chão, coloco na cama e dedilho minha música favorita. Oito meses atrás, eu poderia aceitar o convite, mas agora não. Aquilo foi mais um balde de água fria do que qualquer outra coisa.

E então percebo que o que eu estava me questionando há semanas já tinha uma resposta.

Ella é para mim. O que eu sinto por ela nunca vai mudar. Eu sempre vou amá-la, mas preciso dela perto de mim, e não a quilômetros de distância.

Mas como vou lhe dizer isso, que eu estou pronto para começar um futuro com ela, quando sei que ela mesma ainda não tem noção do próprio futuro?

Capítulo 4

Ella

Começo a me perguntar se essa será minha vida para sempre; se vou terminar em Star Grove, na casa em que passei a infância.

A casa parece a mesma: o revestimento apodrecendo, a calha quebrada, sacos de lixo se empilhando ao lado e o saibro ainda balançando nos blocos de concreto na frente da garagem. As laterais estão descascando e caíram alguns galhos das árvores ao lado da janela.

A caminhonete de Ethan está parada na entrada da garagem e ele está sentado na escada dos fundos, brincando com o celular. Saio do carro que aluguei e que mais parece uma *van* de circo.

Ethan olha para mim e arqueia a sobrancelha ao olhar para o carro, perguntando:

— Que porra é essa?

— Era o mais barato que tinha na locadora de automóveis — sento-me nos degraus ao lado dele e estico as pernas. Indago:

— Ele está lá dentro?

— Sim, desmaiou no sofá assim que eu o trouxe para casa — ele guarda o telefone e enrola a manga da camisa cinza, revelando as tatuagens enormes.

— Você tem uma nova tatuagem? — Aponto para uma tatuagem que tem uma frase escrita em latim.

Assentindo, ele toca as palavras com o dedo e diz:

— Fiz há duas semanas.

Olho para a casa de Micha, que fica ao lado da minha, e pergunto:

— Ele estava muito mal quando você o tirou do bar e o trouxe para casa?

Ethan abaixa a cabeça e olha para o chão, deixando o cabelo preto cair no rosto.

— Foi um pé no saco. Ele deu um soco no Denny enquanto o colocávamos no carro.

Eu me inclino para trás e apoio os cotovelos no degrau atrás dele.

— Sinto muito que você teve de buscá-lo. Não consegui pensar em mais ninguém para ligar.

— Não estou bravo porque tive de buscá-lo. Estou bravo porque você teve de vir até aqui para tomar conta dele — ele fala com certo desconforto.

— Como assim? — Uma confusão se instala em meu pensamento.

Ele brinca com uma área desgastada no joelho de seu *jeans* e diz:

— Acho uma merda quando os filhos precisam tomar conta dos pais.

— Ainda estamos falando de mim? Ou é algo que você quer dividir comigo... Algo que está se passando com você? — Pergunto, olhando para ele.

— Eu estou bem. Isso é uma história para outra ocasião — ele me empurra de leve com os ombros.

— Mas você nunca me conta suas histórias — eu o lembro.

— Nem você — ele retruca, e acrescenta:

— Só as de Micha.

— Sim, acho que é verdade.

Falo alto sem intenção e ele me olha de um modo engraçado.

— Deixa pra lá. Vou ver meu pai e talvez depois a gente possa sair pra comer alguma coisa. Por minha conta, por você ter que lidar com toda essa porcaria.

— Isso é realmente um presente? Jantar com você? — Ele brinca, com um sorriso sarcástico.

Faço uma careta, vou até a cozinha e a porta de tela se fecha atrás de mim. Partículas de pó flutuam no ar e eu abano a mão na frente do rosto.

— Meu Deus, que cheiro insuportável! Parece que tem um animal morto aqui.

— Isso é porque ninguém limpou antes que eu fosse embora — meu pai aparece na porta vestindo uma larga camiseta verde e *jeans* com manchas de gordura. Sua pele ganhou alguma cor desde a última vez que o vi e ele parece mais jovem, mas os olhos continuam tão avermelhados quanto costumavam ser. Ele não está bêbado, mas de ressaca, o que pode ser igualmente explosivo.

— Achei que eu tivesse limpado — olho ao redor: a bancada marrom ainda está entulhada de garrafas de vodca e tequila e a mesa tem uma pilha de contas vencidas. Pergunto:

— Pai, por que você saiu da clínica?

Ele despenca na cadeira da cozinha com os ombros curvados e segura a cabeça com as mãos.

— Eles tentaram fazer com que eu falasse sobre sua mãe.

Sinto-me desconfortável com a situação.

— Tenho certeza de que foi difícil para você, mas fugir não vai resolver o problema, só piorar. Confie em mim. Eu sei.

— Confiar em você — ele levanta a cabeça e coça o queixo imundo, reclamando.

— Confiar em você como confiei que você tomaria conta de sua mãe naquela noite.

Ele repete as palavras que me disse quando tentamos interná-lo na clínica.

Foi como se eu tivesse levado um soco, e coloco a mão sobre o estômago, forçando meus pulmões a funcionar.

— Sinto muito.

Seus olhos se arregalam e ele se levanta rapidamente, derrubando a cadeira.

— Ella, eu não quis dizer isso. Algumas vezes eu falo e não sei por quê.

— Tudo bem — minha terapeuta me falou para respirar através da dor interna, e eu fiz isso ao sair pela porta.

— Vou comprar algo para jantarmos. Você quer algo?

Ele balança a cabeça e seus olhos se debulham em lágrimas.

— Ella, eu realmente não quis te magoar.

— Sei que você não quis — saio pela porta do fundo e aspiro profundamente um pouco de ar fresco.

Ethan me olha e se levanta.

— Estava pensando no *drive-in*, e podemos ir na minha caminhonete, porque não tem quem me faça entrar nesse carro de palhaço.

Eu poderia abraçá-lo naquele momento, mas não o faço.

— Por mim tudo bem.

Sentamos em sua caminhonete e comemos batata frita e hambúrguer com as luzes de neon piscando dentro do carro. Ethan analisa uma das garçonetes, que está inclinada anotando o pedido do carro ao lado do nosso. Estamos em silêncio.

— Você escutou o que ele me disse, não escutou? — Eu finalmente pergunto, mexendo no molho com uma batatinha.

Ele tira os picles do hambúrguer, fazendo uma careta ao jogá-los na bandeja presa à janela.

— Não escutei muito. Além do mais, não é algo que nunca tenha escutado antes.

— O que você quer dizer com isso? — Mastigo minha batata, pedindo uma explicação.

— Estou dizendo que pais são um saco.

— Você pode explicar melhor?

— Na verdade, não.

Quando o silêncio retorna, ele respira irritado e diz:

— Você se lembra de quando estávamos no segundo ou terceiro ano, e eu costumava ir para a escola com hematomas?

Dou um gole no refrigerante e o coloco no suporte.

— Esse não foi o ano em que você quebrou o braço?

— Entre outras partes do corpo.

Sua testa se enruga e ele viaja, olhando para além do para-brisa.

— Naquele ano, meu pai se viciou em analgésicos e estava sempre muito bravo com alguma coisa, qualquer coisa. Ele gostava de descontar em meu irmão, em mim, em minha mãe; basicamente qualquer um em que pudesse.

O que ele está dizendo faz sentido.

— Eu não sabia disso. Sinto muito.

— Ninguém sabe. Nem Micha.

Ele faz uma bola com o papel do hambúrguer e joga na bandeja.

— Então eu entendo que os pais podem ser uns retardados com seus filhos, mas em nosso caso foi mais por causa do vício do que pelo sentimento que tinham por nós.

Não sei o que dizer a não ser "obrigada", então apenas digo.

Ele joga um copo vazio de molho na bandeja e o ar pesado de dentro do carro desaparece.

— Você me deve muito, não só por ter buscado seu pai, mas também por dividir com você o que passei. Eu detesto fazer isso.

— Ha, ha! — Entrego para ele meu lixo e seu sorriso se espalha pelo rosto.

Um Camaro azul chega ao nosso lado com o motor em alta rotação. Mikey está no banco do motorista, mexendo a cabeça ao som da música muito alta que toca no rádio. Todo o sentimento de quando ele fez Micha bater o Chevelle na árvore me invade.

— Grande babaca — Ethan resmunga baixinho, e dá a partida no carro. O motor ronca e ele pisa fundo no acelerador.

Reviro os olhos para ele.

— O que você está fazendo? Estamos numa caminhonete.

— Que tem um Chrysler Hemi em seu íntimo — ele diz, com um falso sotaque sulista, e acrescenta:

— E você sabe que ele anda por aí se gabando por ter ganho aquela corrida?

— Por que diabos Grantford Davis está dentro do carro? — Pergunto, chocada, olhando para a janela de trás do Camaro e comentando:

— Pensei que eles se odiassem.

Ethan começa a gargalhar.

— Grantford é o cachorrinho do Mikey, agora, depois que perdeu uma corrida. Ele basicamente tem de fazer tudo o que Mikey manda. Era parte da aposta.

Micha ficaria excitado se soubesse disso. Ele sempre culpou Grantford pela noite na ponte, embora eu não. Ainda assim eu sorrio, vendo Grantford no banco de trás com um chapéu de caubói e um olhar infeliz.

Bato os dedos no painel enquanto Mikey grita algo besta para nós acima da música que está tocando.

— Você tem um olhar que diz que vai nos colocar em maus lençóis.

Ele bebe de forma barulhenta o resto da bebida e joga a embalagem na bandeja.

— Eu sinto que devo começar um pouco de problema. Na verdade, eu preciso disso — olhando Mikey pela janela colorida, pego meu *milk-shake*, que está pela metade, e digo:

— Você se lembra daquela vez em que estávamos dirigindo na rua principal e eu joguei o *milk-shake* no para-brisa de um carro estacionado porque Micha me desafiou?

— Você quer reviver aquilo? — A luz amarela do logotipo ilumina seus olhos castanhos e ele diz:

— Porque, se eu bem me lembro, nós nos estrepamos por causa daquilo. Micha e eu levamos umas boas porradas.

— Não iremos levar por causa disso — eu asseguro, e acrescento:

— E, de qualquer maneira, não vou jogar no carro, vou jogar pela janela aberta para cair bem no colo dele.

Ele fica quieto, esfregando a mão no queixo, e eu digo:

— Você está dentro ou não?

— Claro que estou dentro. Sempre — ele abaixa a mão e a coloca no volante.

— Só estou pensando na melhor maneira de me livrar dele quando ele vier nos perseguir.

Eu olho para Mikey, que está gritando com uma garçonete de patins, e pergunto:

— Você acha que ele virá?

Ethan agarra o câmbio e diz:

— Talvez... Ele está com os amigos.

Começo a abaixar o vidro.

— Realmente importa, se ele vier? Sei que você pode ferrar com ele.

Ele acena, concordando.

— Verdade, mas ele está com Danny Farren no carro, e ele é muito grande.

Eu tiro a mão do vidro.

— Você quer que eu pare?

— Não. Vá em frente — ele diz, quando a patinadora vem pegar a bandeja pela janela e Ethan dá uns dólares de gorjeta.

— Nós teremos que dirigir até nos livrarmos dele... Sim, já sei como. Vou subir a ladeira. O Camaro nunca vai nos ultrapassar a menos que ele queira capotar com o carro.

— Só tente não nos matar — abaixo o vidro e aceno para Mikey.

Suas sobrancelhas se juntam.

— Que diabos você está fazendo aqui? Pensei que tivesse fugido ou alguma merda parecida.

Agarrando o copo, ponho a cabeça para fora do vidro do carro.

— Fui para a escola. Você sabe, um lugar onde se aprende... Ah, espere, você provavelmente não sabe.

— Vai — Ethan diz, e abafa uma tosse com a mão.

— Faz e vamos cair fora.

— É melhor você ter cuidado — ele ridiculariza, passando a mão pelo cabelo preto — Ou um dia desses alguém vai calar sua boca para sempre.

Pisco meus cílios para ele, mostro o dedo do meio e atiro o *milk-shake* direto no vidro aberto.

Mikey xinga quando o copo cai em seu colo e ele pula, batendo a cabeça no teto.

— Sua vaca.

— Vai! — Eu ordeno, fechando o vidro rapidamente.

Os pneus cantam e Ethan recua, quase atropelando uma senhora. Girando a roda, ele queima borracha no piso do estacionamento. O som do Camaro de Mikey nos persegue enquanto dirigimos rápido em direção ao desvio. Sinto-me criança de novo e desejo poder agarrar aquela liberdade, mas, assim que estiver na hora de voltar para casa, estará tudo acabado.

Mikey avança para o para-choque da caminhonete e começa a piscar os faróis para nós. Ethan acelera e casas e árvores parecem um borrão, até que o desvio aparece ao lado. O desvio costumava ser o começo de uma estrada que levava a um lugar onde menores de idade gostavam de fazer festas, mas, quando algumas pessoas, incluindo Micha, foram presas, a cidade o bloqueou com uma cerca e terra.

— Vocês está indo muito rápido — aviso, agarrando a alça de segurança e acrescento:

— Você vai cair de bico.

— Relaxe, está tudo sob controle — ele troca a marcha e diz:

— Desde quando você se importa com essas merdas?

— Só estou preocupada com sua caminhonete — apoio o pé no painel para me manter no banco e digo:

— Mas se você não se preocupa, vá em frente.

Ele ri e pisa no acelerador. O motor se incendeia e os pneus cantam, conforme a caminhonete sobe o morro. Por um breve momento voamos, e então batemos forte no chão. Sou jogada para a frente com o impacto, bato com força a cabeça no para-brisa e o carro pula até parar.

— Acho que abri minha cabeça — Ethan reclama, segurando a cabeça.

— Eu também — toco um ponto sensível na cabeça e me viro para olhar para trás. Faróis brilham e uma sombra do Mikey aparece no alto do morro, junto com mais três.

— É melhor irmos — agito a mão com urgência para que Ethan siga em frente:

— Ele pode vir até nós.

Ele se recompõe e dirige pelo campo cheio de pedras, deixando-os para trás. Uma vez que estamos na estrada suja e bem protegidos pelas árvores, conseguimos relaxar.

— Espere um pouco — a ficha cai e eu pergunto:
— O que você vai fazer quando ele vier atrás de você?
— Estou pensando em tirar umas férias deste lugar.

Ele dá uma guinada para a esquerda, conduzindo a caminhonete para a estrada vicinal que vai nos levar de volta para casa.

— Acho que agora é uma ótima hora para fazer isso.
— Você vai simplesmente partir? — Eu me viro de lado no banco e olho para ele, indagando:
— E vai para onde?
— Estou pensando em viajar sozinho, como naquele filme, *Na natureza selvagem*, só que de moto, não a pé.
— Estranho, mas eu realmente consigo imaginar você fazendo isso.

Tem um rastro de sorriso em seu rosto e ele coloca o carro na estrada. Não conversamos pelo resto do caminho, mas é um silêncio bom. Quando ele me deixa em casa, eu o agradeço de novo e digo que ele tem de vir comigo e com Lila para o casamento, já que é um tipo de viagem. Ele diz que vai pensar a respeito.

Entro em casa deixando para trás a noite tranquila, para mais uma vez crescer e enfrentar meus demônios de cabeça erguida.

Capítulo 5

Micha

As coisas estão estranhas entre Naomi e mim. É a manhã seguinte e deveríamos estar ensaiando na boate, mas ela está flertando com o *barman*, que tem o dobro da idade dela e um longo cavanhaque.

Está tudo bem tranquilo, já que mal passa do meio-dia. Tem algumas pessoas comendo e conversando no bar e uma das garçonetes vem até Dylan, Chase e mim para ver se precisamos de algo.

Estou no meio de um acorde quando meu telefone toca. Coloco o violão ao lado do pé e vejo o nome Ella na tela.

— Ei! — Falo num tom suave, e acrescento:

— Estava pensando em te ligar.

— Então acho que li seu pensamento.

Ela está tentando parecer feliz, mas o tom de sua voz indica que não está.

Viro-me na cadeira e fico de costas para Dylan e Chase.

— O que foi? Você parece triste.

— Estou bem — ela respira alto e explica:

— Meu pai fugiu da clínica e tive que vir até Star Grove e levá-lo de volta.

— Por que você não me ligou? — Minha voz ecoa no local, então eu a abaixo, dizendo:

— Eu teria ido com você para te ajudar.

— Por isso não te liguei — seu tom é tenso e ela diz:

— Você não precisava vir. Ethan me ajudou e está tudo bem. Estou levando meu pai de volta para a clínica agora e depois vou para a escola.

— Você quer que eu vá até aí? — Eu me levanto e pego o violão, pronto para ir.

— Não. Estou bem, Micha — ela me assegura, e diz:

— Preciso começar a tomar conta de mim mesma, mas prometo que não terei uma crise.

Deveria estar feliz, mas não estou.

— Quando você vai para o casamento?

Ela faz uma pausa e a linha fica barulhenta de estática.

— Em uma semana, mas você não precisa vir. Sei que está muito ocupado com suas coisas.

— Que porra está acontecendo por aí? — Fico puto da vida e pergunto:

— Por que você está me colocando de escanteio?

Ela suspira alto e diz:

— Não estou fazendo isso. Estou tentando deixar você viver sua vida sem meu fardo.

Então ela encerra, dizendo:

— Preciso ir. Acabei de chegar à clínica.

E desliga o telefone antes que eu consiga dizer mais alguma coisa.

Remexo no cabelo e chuto a parede atrás do palco.

— Que droga!

Todos na boate me olham com pavor e eu salto da plataforma, dirigindo-me à porta com a fúria de uma tempestade.

— Aonde você vai? — Naomi berra, afastando-se do *barman*, pronta para vir atrás de mim. Eu a ignoro e caminho até a rua movimentada.

As coisas não estão se desenrolando da maneira como planejei. Ainda nem contei para Ella como me sinto — o que quero dela — e ela já está me afastando. Talvez eu precise pensar em outra coisa.

Ou talvez seja o momento de seguir em frente.

Ella

— Você quer que eu o acompanhe? — Digo a meu pai, estacionando o carro. Estamos na frente da clínica, um prédio de tijolo queimado com uma estreita faixa de bancos na frente, onde as pessoas estão fumando. O céu está nublado e as folhas caem no capô dos carros.

Ele balança a cabeça e desafivela o cinto de segurança.

— Vou ficar bem, Ella. E você provavelmente deveria pegar a estrada antes que fique muito tarde.

— Tem certeza? Porque, como disse em casa, você pode falar comigo, se precisar.

Ele observa a porta de entrada.

— Eu não quis dizer o que disse... Não te culpo. Sei que não foi sua culpa.

Seu olhar encontra o meu. Não há mais sinal de bebida, mas ainda carrega muita dor e ódio.

— Sei que é difícil para você se lembrar, mas eu não era assim. As coisas eram boas, mas aí sua mãe piorou e tudo foi por água abaixo. Foi difícil lidar com isso, e eu o fiz de uma maneira errada.

Estou chocada. Ele nunca falou comigo assim antes, mas também ele nunca ficou sóbrio por mais de cinco minutos.

— Pai, você se arrepende das coisas que... — Engulo o nó na garganta e digo:

— Você alguma vez desejou ter partido, para ter uma vida normal?

Ele solta um suspiro.

— Honestamente, sim. Às vezes olho para trás e desejo ter fugido. Provavelmente teria sido mais feliz. Sempre vou me odiar por me sentir assim, mas é a verdade.

Ele abre a porta e sai, colocando a cabeça dentro do carro.

— Obrigado por me trazer de volta.

Ele fecha a porta, caminha pela calçada e coloca um cigarro na boca, juntando-se às pessoas que estão fumando. Uma mulher ruiva lhe passa um Zippo, ele acende e traga o cigarro. Fico sentada no carro por um tempo e relembro nossa conversa; sinto um peso nos ombros. Esse será meu futuro e o de Micha? A terapeuta já quer me testar para depressão, e foi assim que minha mãe começou. E se eu também tiver? E se eu e Micha ficarmos juntos e eu começar a piorar? E se eu arruinar a vida dele?

Ao sair do estacionamento, tudo o que quero fazer é ir para casa, entrar na cama e desligar minha mente.

— Ella, saia da cama! — Lila ordena, puxando os cobertores de cima de mim, dizendo:

— Ou juro por Deus que vou jogar um copo de água gelada em você.

O sol entra pela janela e machuca meus olhos. Eu me enrolo como uma bola, coloco os joelhos no peito e cubro a cabeça com os braços.

— Me deixe em paz e feche a cortina. A luz me dá dor de cabeça.

Ela diminui o volume da música que está tocando no rádio, *The Tide*, do Spill Canvas, e senta na beirada da cama. Lila está vestindo uma camisa branca, *jeans* e um par de botas de salto alto. O cabelo está enrolado e os lábios estão cor-de-rosa, assim como as bochechas.

— Você vai sair? — Enterro o rosto no travesseiro e minha voz se abafa.

— Se for, você pode comprar um pouco de leite? Bebi o que tinha ontem à noite.

Ela puxa meu ombro, de maneira bruta, e me força a olhar para ela.

— Você tem que parar com isso. Está na cama há quase três dias... Que diabos aconteceu em Star Grove?

— Nada. Deixei meu pai na clínica e dirigi de volta para cá — murmuro.

— O que seu pai te disse? — Ela pergunta num tom acusatório.

— Nada — viro de barriga para baixo e aperto a cara no travesseiro, dizendo:

— Olhe, Lila, você pode sentar aqui e saber tudo o que quiser, mas não tenho nada para dizer. Me sinto uma merda e quero ficar sozinha.

Ela hesita e levanta da cama.

— Estarei de volta à noite com o leite.

— Obrigada. E você pode aumentar a música? — Peço, fechando os olhos.

Depois de alguns segundos, Spill Canvas enche o quarto e eu adormeço, feliz por deixar minha mente entrar no modo soneca.

***

— Há quanto tempo ela está assim?

Sinto as pontas dos dedos de alguém subindo e descendo em minhas costas.

— Desde que voltou de Star Grove e teve de lidar com o pai dela — Lila diz, com preocupação.

— Faz uns quatro dias. Ela mal sai da cama e não tem comido nada.

— Que diabos aconteceu?

Micha também está preocupado.

Viro-me na cama, piscando os olhos exaustos contra a luz do sol que entra pela janela. Micha está sentado na beirada da cama com as mãos em minhas costas e seu cabelo tem uma pequena onda, o que significa que ele dormiu recentemente.

— Não aconteceu nada! — Digo e ambos dão um pulo.

— Mentira — Lila anda com as mãos nos quadris. Seu cabelo loiro está trançado e ela está usando um vestido de renda roxo.

— Sabemos que algo aconteceu.

Micha está todo de preto, com a corrente presa ao passante da calça. Seus olhos procuram os meus e eu tremo.

— O que seu pai te falou?

Ponho-me sentada e sua mão passa de minhas costas para a cama.

— Ele não falou nada.

— Ella May — ele busca meu rosto —, não me venha com mentiras.

— Não estou mentindo, Micha Scott — saio da cama e me arrasto até o banheiro.

— Você já parou para pensar que essa é quem eu sou? Que talvez você não possa me salvar, porque você teria de me salvar de minha própria cabeça?

Tranco a porta e desabo no chão, abraçando meus joelhos no peito enquanto vários pensamentos passam por minha cabeça.

Gostaria que ele não estivesse aqui.

Gostaria que ele me deixasse em paz.

Gostaria de não ter mais que acordar e lidar com a vida, porque machuca. Tudo dói.

Segundos depois, alguém bate à porta.

— Ella, abra a maldita porta antes que eu a ponha no chão.

— Me deixe sozinha — repreendo.

— Não pedi para você vir até aqui, Micha.

— Sei que você não pediu — ele diz, suavemente, pela porta. — Lila me ligou porque estava preocupada com você. E eu também estou. Você está agindo como se estivesse voltando para aquele lugar escuro.

— Não estou, prometo.

Sinto-me exausta para lidar com qualquer coisa, então me arrasto até o chuveiro e o ligo, deixando que o som da água abafe a voz dele. Sinto que deveria estar chorando, mas meus olhos estão secos.

Deito-me de costas no tapete felpudo roxo no chão e olho fixamente para a pequena rachadura no teto. Nunca esperei que ele viesse. Queria estar mais preparada, mas está na hora de enfrentar o inevitável.

Vou deixá-lo. Cortar os laços. Porque o amo muito.

Tomei a decisão ao voltar para casa, as palavras de meu pai ainda me assombram. Quero algo melhor do que um futuro tenebroso para Micha.

De repente, o trinco pula e bate no revestimento fazendo um barulho muito alto. A porta se abre e Micha fica lá, parado, com uma chave de fenda na mão.

— O que você está fazendo, moça bonita? — Ele pergunta, apreciando a visão, e diz:

— Em um minuto estamos bem e de repente você está me afastando novamente.

Fecho os olhos e inspiro, abro e expiro.

— Precisamos conversar.

Ele balança a cabeça, parecendo que sabe o que está por vir.

— Não precisamos, a menos que seja sobre algo feliz.

Ele joga a chave de fenda na pia e cai de joelhos a meus pés.

— Você pode ter mudanças de humor, mas não vou deixar que me afaste de você. Isso vai passar.

Eu me apoio nos cotovelos.

— Não vai. Faz parte de mim — suspiro e digo:

— Acho que deveríamos terminar.

Balançando a cabeça rapidamente, ele se deita em cima de mim.

— Pare. Não vou deixar você fazer isso. Apenas me diga o que está acontecendo e eu vou tentar consertar.

Meu corpo inteiro dói.

— Não está acontecendo nada. Só não quero mais fazer isso. Está muito cansativo.

Seus olhos brilham de raiva e ele me beija, momentaneamente sufocando meus pensamentos, e sua língua desliza profundamente em minha boca. Eu o beijo também e seu polegar percorre cada uma de minhas costelas, mas quando suas mãos se dirigem para minha virilha, eu volto à realidade e entro em pânico. Preciso tomar uma atitude, fazer qualquer coisa para que ele me odeie; caso contrário ele não me deixará, e eu preciso partir.

Colocando a mão em seu peito, eu gentilmente o afasto e olho para seus olhos azuis-claros.

— Micha, eu te traí.

Ele revira os olhos.

— Você está falando merda.

— Estou falando sério — deixo minha mão cair de seu peito e digo:

— Estou querendo te contar faz um tempo, mas não sabia como.

Ele se inclina para trás.

— Você não fez isso.

Sento sobre minhas pernas e arranco um fio do tapete.

— Por favor, não torne isso mais difícil do que já é. Eu fiz e sinto muito. Não planejei nem nada. Estava bêbada e aconteceu.

Ele está começando a acreditar em mim e me sinto a maior idiota do mundo, mas um dia, quando ele estiver casado, com filhos e feliz, esse momento não terá importância para ele.

— Com quem foi?

Sua voz é calma, mas treme de raiva.

Engulo o enorme nó na garganta e digo:

— Não vem ao caso.

Seu olhar me perfura.

— Vem, sim.

Minhas pernas tremem ao me levantar e desligo o chuveiro.

— Não vou te contar para que você dê uma surra nele.

Começo a andar ao redor dele, mas ele dá um passo para o lado e bloqueia minha passagem, pondo uma mão de cada lado da porta.

— Olhe em meus olhos e diga que me traiu — ele rosna.

— Diga-me que você arrancou meu coração e pisou nele.

Minha língua parece chumbo, mas eu consigo manter a voz firme.

— Realmente sinto muito, Micha. Voltaria atrás, se pudesse, mas ninguém pode mudar o passado.

Afastando-se de mim, ele esmurra a parede fazendo um buraco bem embaixo do interruptor. Ele fica muito irritado e momentos depois a porta da frente bate. A casa fica em completo silêncio, e é disso que eu preciso.

Quero que ele me odeie tanto quanto eu odeio a mim mesma. Assim, não poderei levá-lo para o fundo do poço comigo.

***

Dias parecem meses conforme mergulho em um poço cada vez mais fundo de escuridão e esgotamento. Pensamentos sobre desistir de tudo passam por minha cabeça e tudo o que quero é fechar os olhos e nunca mais ver a luz novamente.

A ideia começa a parecer cada vez mais atraente e vou ao banheiro para fazer... Algo. Quando passo pelo espelho, no entanto, paro em frente a ele. Meus olhos estão grandes e vermelhos, e minha pele, pálida. Meus pensamentos recuam até o instante em que Micha me fez encarar meu reflexo e declarou que me amava. Gentilmente, passo os dedos pela tatuagem do infinito nas minhas costas e uma nuvem se forma em minha cabeça.

Há pessoas nesse mundo que me amam.

Imagino se minha mãe pensou nisso antes de se matar.

Pego o telefone, calço os sapatos e saio de casa. É o meio da tarde, o sol está brilhando e corro pelo estacionamento em direção à entrada principal da faculdade. Não tomo banho há dias, e ainda estou vestindo os *shorts* e a camiseta que tenho usado como pijama. Meu cabelo está emaranhado num coque atrás da cabeça e não estou usando maquiagem, mas não importa.

Entro no escritório da terapeuta e felizmente ela está comendo um sanduíche em vez de estar conversando com um paciente.

Ela pula da cadeira.

— Ella, o que aconteceu?

Respirando profusamente, abaixo-me na cadeira em frente a ela.

— Acho que preciso de ajuda.

Capítulo 6

Micha

Já faz uma semana que Ella partiu meu coração. Minha vida está uma merda, com bebidas e montes de mulheres insignificantes com quem eu não chego a lugar algum. Sempre que as coisas parecem estar caminhando para algum lugar, os olhos tristes de Ella brotam em minha mente e eu caio fora. É como se eu estivesse novamente no ensino médio, procurando qualquer coisa para preencher o vazio de meu coração. Só que o buraco é duas vezes maior e a pessoa que fez isso é a única que pode consertá-lo.

Estou sentado no pequeno apartamento que a banda está alugando por um mês, escrevendo algumas letras de música bem confusas, dolorosas e reveladoras demais para serem tocadas em público. Quanto mais escrevo a música, mais irritado fico, então alguém bate à porta.

Jogo a caneta na cama e arrasto a bunda para abrir.

— Cara, você está um lixo — Ethan passa por mim e circula pelo quarto. É um apartamento tipo estúdio, com uma cama no canto e um conjunto de sofá velho no meio, em frente à televisão.

— Então é aqui que você tem estado? — Ele pergunta.

Tem roupa espalhada por todo o chão e eu chuto algumas para fora do caminho conforme ando penosamente de volta até a cama.

— Nada pior do que o lugar onde crescemos.

Ele aponta para a porta.

— Eu discordo em uma coisa. Você sabia que um cara tentou me vender uma prostituta enquanto estava subindo para cá?

— Esse seria o Danny — digo, pegando a caneta.

— Ele está sempre tentando vender algo.

Ethan se vira para mim com seu olhar cauteloso e diz:

— Então... Estou viajando e realmente gostando de ficar sozinho quando recebo um telefonema de uma jovem encantadora chamada Lila dizendo que você e Ella terminaram o namoro.

Esfrego a nuca, tenso.

— Não quero falar sobre isso.

Ethan senta no sofá e cruza os braços, indagando:

— O que aconteceu?

— Você realmente quer falar sobre nossos sentimentos de novo? — Jogo o caderno e a caneta de lado e pergunto:

— Ou você quer sair e fazer algo divertido? Quanto tempo vai ficar por aqui? Não tenho que tocar hoje à noite, então podemos sair. Tem essa boate incrível que eu queria ir conhecer, e Dylan me garantiu que tem muitas prostitutas por lá.

— Por mais que eu ame as prostitutas, não vim aqui para festejar — balançando a cabeça bem decepcionado, ele continua:

— Vim para te dizer algo que Lila me disse. Poderia ter ligado, mas como estava em Virginia, pensei, "que diabos, vou falar pessoalmente".

Visto a camiseta correndo e coloco a carteira no bolso de trás, pronto para deixá-lo e sair sozinho.

— Fale rápido.

Ele descansa os braços na parte de cima do sofá e apoia a bota na mesa de centro em frente ao sofá.

— Ela não te traiu.

Estou pegando as chaves e, ao ouvir aquilo, congelo.

— Do que você está falando?

— Por isso Lila me ligou — ele explica:

— Ela disse que, por mais que odeie apunhalar a melhor amiga pelas costas, ela achou que era importante demais para não me contar o que Ella lhe disse, depois de muitos tragos de tequila. Ella acabou dizendo que inventou tudo. Fez isso porque quer ver você feliz e, aos olhos dela, você não pode ser feliz a seu lado, seja lá o que for que isso queira dizer. Nunca entendi metade das coisas que ela fez — ou faz.

Meus braços caem. Não tenho certeza se devo ficar bravo ou aliviado.

— Deixe-me entender direito. Ela mentiu e disse que tinha me traído para que pudesse terminar comigo.

Ethan se rende, erguendo os braços.

— Não fique bravo com o mensageiro.

— Não estou bravo.

Sento-me na beira da cama e ponho as mãos nos joelhos.

— Estou confuso pra cacete.

Ethan pega uma foto da banda que está na mesa e a examina.

— Somos dois.

Flexiono as mãos e estalo o pescoço.

— Que diabos devo fazer?

Colocando a foto de volta, ele pondera.

— Que tal viajarmos?

— O casamento é neste fim de semana? — Apoio as costas na parede e levo a mão à boca.

— Você está a fim de me levar até Chicago e me trazer de volta?

Ele dá de ombros e diz:

— Não tenho nada melhor para fazer.

— Tudo bem, então.

Pego minha mala vazia no chão e começo a enchê-la de roupas.
— Vamos viajar!

Ella

Lila e eu estamos nos preparando para ir ao casamento. Alugamos um carro para a viagem – de tamanho médio, desta vez, mas ainda assim leva uma eternidade pra atingir cem quilômetros por hora.

Antes de partirmos, porém, fiz uma última consulta com a terapeuta. Anna achou que era importante, considerando que tive um colapso nervoso apenas uma semana atrás.

Minhas ideias estão claras agora, pelo menos parcialmente, mas ainda não consigo entender o que aconteceu comigo e nem por que eu disse aquelas coisas horríveis para Micha. Fez sentido na hora, mas era como se eu estivesse num sonho e, quando acordei, foi como se as consequências tivessem me dado um soco no estômago. Considerei ligar para ele e me desculpar, mas não consigo arranjar coragem para isso.

— Você está melhor agora, então?

Ela pergunta, anotando tudo no caderno.

— Você não tem sentido exaustão, dor de cabeça e nem sensibilidade à luz?

Balanço a cabeça negativamente.

— Tenho me sentido bem e os remédios têm ajudado.

— Que bom, fico feliz! — Ela coloca a caneta de volta na xícara de cerâmica preta juntamente com as outras, e diz:

— Lembre-se do que eu disse. Ponha para fora, grite, berre, chore, faça o que precisar fazer para se livrar dos sentimentos. Represá-los faz com que seus problemas aflorem.

Concordo.

— Vou me lembrar disso, prometo.

— Se precisar de qualquer coisa enquanto estiver viajando, ligue.

Ela me entrega o cartão com seu telefone e eu o coloco na bolsa.

— Estou falando sério, Ella. Ligue mesmo se for para falar do frango que comeu.

Levanto-me da cadeira.

— Do frango?

— Eles sempre servem frango em casamentos — ela sorri, mas depois fica séria novamente e diz:

— Lembre-se, simplesmente respire e lide com uma coisa por vez. Não apresse a vida. Você precisa ir com calma por um tempo e focar em si mesma.

— Vou fazer isso.

Prometo a ela e saio do consultório, levando comigo suas sábias palavras.

— Tenho que dizer que este é o casamento mais bonito que já presenciei — recolho as velas pretas e roxas e também as pétalas espalhadas nas toalhas brancas estendidas nas oito mesas.

O casamento está sendo ao ar livre, sob uma tenda branca no fundo da casa dos pais de Caroline, que moram numa mansão de dois andares com colunas e varandas. Eu sonhava em morar em uma casa assim quando era criança, mas aí fiz seis anos e dolorosamente percebi que não ia ser possível.

— Qual é o plano para hoje à noite?

Lila olha para o Rolex em seu pulso.

— Quero dizer, o casamento é só amanhã, mas não quero ficar sentada observando enquanto eles organizam tudo. Quero me divertir.

— Acho que não temos obrigação de fazer nada — giro a tampa do refrigerante e tomo um gole, dizendo:

— Já experimentei o vestido de dama de honra, que é bizarro.

Seu rosto se contorce em confusão.

— Por que é bizarro?

Eu rosqueio a tampa do refrigerante de volta na garrafa e explico:

— Porque a Caroline mal me conhece, então não entendo por que ela quer que eu seja uma de suas damas de honra.

— Você vai ser cunhada dela, Ella.

Lila enche a mão de pétalas e as salpica na toalha de mesa.

— Ela me parece muito bacana.

Espio Caroline, que está conversando com a assessora de casamento. Seu cabelo preto cresceu um pouco desde a última vez que a vi e ela está usando um longo vestido preto com uma jaqueta *jeans* por cima. Dean está no trabalho e eu mal o vi desde que chegamos, ontem de manhã.

— Nós podemos voltar ao hotel e usar o serviço de quarto — sugiro, voltando minha atenção para ela.

— E colocar tudo na conta do quarto, assim Dean terá de pagar.

Ela ri, enrolando uma mecha de cabelo loiro no dedo.

— Por mais engraçado que isso soe, já que não sou uma grande fã de seu irmão, acho que devemos sair e nos divertir.

Giro a garrafa de refrigerante entre as palmas.

— Lila, não posso beber enquanto estou tomando essa medicação.

— Não precisamos beber. Podemos sair e nos divertir sóbrias.

Seus olhos de repente se iluminam e ela bate palmas animadamente, dizendo:

— Ah, podemos encontrar um restaurante bem chique e colocar no cartão de crédito que meu pai não cancelou ainda.

Um pequeno sorriso se forma em meus lábios.

— Acho que nós duas estamos nos sentindo um pouco travessas, hoje.

Ela ri, jogando a cabeça para trás dramaticamente.

— Ou talvez nós duas tenhamos parentes idiotas.

Também dou risada e me sinto mais leve, como se estivesse respirando ar puro.

— Tudo bem, vamos! Mas sem *sushi*. Eu odeio essa droga.

Caminhamos pelo gramado até a entrada pavimentada onde o carro alugado está estacionado. Está mais frio em Chicago do que em Las Vegas, e quando entro no carro, aumento o ar quente.

— Você quer procurar algo no GPS?

Ela navega pelo celular.

— Precisamos voltar ao hotel primeiro.

Dou ré, manobrando entre os carros que bloqueiam a entrada.

— Por quê? Você está ótima.

Ela olha para o *jeans* justo, cor-de-rosa, e para a camisa floral.

— Sei que estou, mas deixei o cartão de crédito no criado-mudo ontem à noite, quando pedimos a *pizza*.

— Certo, então, vamos para o hotel.

Dirijo como uma lunática pela rua principal, derrapando os pneus numa pilha de cascalho, e Lila me dispara um olhar de reprovação.

Dou de ombros inocentemente.

— Estou com fome.

Ela revira os olhos e brinca com o celular durante os cinco minutos que levamos para chegar ao hotel. Estaciono debaixo do toldo e deixo o carro ligado.

— Você corre até o quarto?

Ela balança a cabeça e larga o celular no meio do painel do carro.

— Venha comigo, por favor. Aquele recepcionista é detestável. Ele ficou olhando para minha blusa o tempo todo enquanto fazíamos o *check-in*.

— Ele não era velho?

— Deve ter uns quarenta anos.

— Que nojo — dissemos e estremecemos.

Estaciono numa vaga, tranco o carro e vou atrás dela. Quando chegamos à porta de vidro de correr, Lila pega meu braço e me para antes que eu pise na soleira.

— Certo, aconteça o que acontecer, só quero que você saiba que fiz isso para o seu bem.

Ela diz, e libera meu braço.

Minhas sobrancelhas se enrugam.

— Lila, o que você fez...?

Ela entra no *lobby* e vai até dois caras que estão em pé perto da área de estar, na frente da recepção. Leva um instante até minha mente processar que são Ethan e Micha.

— Droga, Lila. Não estou pronta para isso. O que eu disse para Micha... Seria imperdoável, mesmo que não fosse verdade. Nunca vou conseguir esquecer o olhar no rosto dele, parecia uma criança que acabou de saber que seu cãozinho morreu.

Como sempre, seus olhos azuis-claros magnetizam os meus, e forço minhas pernas a se mexerem em sua direção. Ele está vestindo uns *jeans* bem bacanas e uma camisa xadrez vermelha. Faixas de couro cobrem o seu pulso e seu cabelo loiro está desgrenhado. Isso faz minhas mãos doerem para tocá-lo, atraí-lo, estar com ele para sempre.

Quando chego perto deles, Lila me dá um sorriso culpado e encolhe os ombros.

— Sinto muito — ela balbucia.

Inclino meu queixo para cima para olhar Micha nos olhos.

— Oi — consigo falar, estupidamente.

Seus olhos brilham de diversão e ele responde:

— Oi.

Nós nos encaramos e uma intensa onda de emoções me invade. Eu o amo mais que tudo.

Deus, por que minha cabeça tinha de estar confusa?

Ethan limpa a garganta e oferece a mão para Lila.

— Talvez nós devêssemos ir espiar a piscina? Parecia bem grande.

— Por que isso me parece uma ideia maravilhosa? — Ela diz, como se tivesse ensaiado. Ela pega a mão de Ethan e os dois andam até o elevador no canto do *lobby*.

Meus olhos permanecem neles até que desaparecem de vista, e então, com dificuldade, redireciono minha atenção para Micha, e meu coração vem à boca.

— Então...

Ele ri para mim, surpreendentemente feliz.

— Vamos manter uma conversa monossilábica?

Meus ombros relaxam e meus lábios soltam um pequeno sorriso.

— Sinto muito... Por tudo.

— Você não precisa se desculpar — seu olhar intenso me penetra e ele desliza o *piercing* entre os dentes.

— Coisas acontecem, certo?

Ele está diferente — mais feliz. O que ele fez nessas duas semanas?

Andando lentamente, caio na cadeira da sala de estar perto dos computadores. Começo com uma pergunta simples.

— Como estão as coisas com a banda?

Ele senta na cadeira em frente, então ficamos cara a cara, e nossos joelhos estão bem próximos.

— Eles estão bem, acho, mas não sei ao certo... Acho que vou tentar carreira solo.

— Mas achei que você gostasse da banda, e que estava feliz por estar viajando — digo.

— Na verdade, não.

Ele se inclina para a frente e relaxa os braços nos joelhos.

— Honestamente, não tenho certeza se alguma vez estive realmente feliz com a situação. Dylan é muito irritante e Chase mal fala. E Naomi, bem, está me irritando.

Meus pensamentos se desviam para seu *piercing* e minha boca saliva para prová-lo.

— Então por que você ficou com eles por tanto tempo?

Seu olhar vai para meus lábios e uma fome invade seus olhos azuis.

— Por que eu amo tocar e eles eram minha entrada para isso, mas detesto ficar na estrada o tempo todo.

Coloco as mãos embaixo das pernas para não alcançá-lo e correr meus dedos por seus lábios.

— Para onde você vai? Voltar para Star Grove?

Ele balança a cabeça negativamente.

— De jeito nenhum. Tenho algumas ideias, mas primeiro tenho que falar com algumas pessoas.

A maneira como ele diz "pessoas" me faz imaginar se elas são importantes para ele. Penso se ele encontrou alguém. Faz somente algumas semanas desde que parti seu coração, mas Micha é maravilhoso e a maioria das meninas sabe disso.

— Você vai ter de me dizer aonde vai.

Eu gentilmente bato meu joelho no dele e forço um sorriso.

— Quem sabe eu apareço para visitar.

Ele solta uma risada, mas seu olhar é inflexível.

— Há algo que você queira me dizer?

Ele parece tão feliz e não quero estragar a sua felicidade.

— Não, nada, a não ser que estou faminta.

Levanto-me, aliso a camisa para baixo e digo:

— Lila disse que ia pagar o jantar.

Ele oferece seu braço e me convida.

— Então vamos jantar.

Eu enlaço meu braço no dele e caminhamos em direção à porta, um ao lado do outro, como costumávamos fazer quando éramos namorados.

Capítulo 7

Micha

Não sei se algum dia vou conseguir entender completamente o que se passa na cabeça de Ella. Dei a ela a oportunidade perfeita de me contar que nunca havia me traído, mas ela se esquivou totalmente. Ela provavelmente pensa que eu vou seguir com a vida.

Talvez seja a hora, mas como serei capaz de continuar sem a pessoa com a qual sei que devo ficar?

— Cara, não consigo pronunciar uma única palavra desse cardápio.

Ethan percorre o dedo pela lista de petiscos, piscando os olhos.

— Estes preços estão em dólares? Merda.

Um casal esnobe levanta o nariz em nossa direção. O restaurante parece empetecado, com detalhes em ouro, um pequeno lustre acima de cada mesa e talheres de prata que brilham mais do que o sol. Meio que me fazem lembrar da casa de meu pai, de quem não ouvi mais falar desde nosso estranho encontro em Nova Iorque.

Ella fecha o cardápio e o joga no meio da mesa, olhando para Lila com desdém e piscando seus cílios longos.

— Ah, Lila Dila, acho que você precisa pedir para nós, seres mortais, que não conseguimos ler em francês.

Ethan e eu fechamos nossos cardápios e fazemos o mesmo, concordando com ela.

Lila suspira e joga o cardápio em cima dos outros.

— Vocês querem fugir e ir até o Applebees que vi na esquina?
— Sim — Ethan, Ella e eu dizemos ao mesmo tempo.

Saímos apressados, antes que o garçom possa voltar e tentar nos cobrar pelos pães e bebidas. Causamos uma cena ao sair correndo do restaurante lotado, e choramos de rir. É sexta-feira e as calçadas estão tão cheias quanto as ruas. As luzes dançam em nossas caras e há uma excitação zumbindo no ar.

Ella levanta a mão acima da cabeça ao se espremer por entre um grupo de rapazes e meu instinto protetor entra em ação. Ponho minha mão em suas costas, mantendo-a perto de mim, pois um dos caras tenta passar a mão na bunda dela. Eu não posso culpá-lo, já que estou fazendo o mesmo.

Ela está usando um *jeans* muito apertado e uma camisa curta o suficiente para deixar um pedaço da barriga aparecendo entre a calça e a camisa. Sua pele pálida parece macia e meus dedos se movem gentilmente, como se fosse por acidente.

Ela espreita por cima dos ombros, as luzes se refletem em seus olhos e ela grita, acima do barulho.

— Isso me lembra o último ano do ensino médio, quando viajamos para Nova Orleans!

— Aquela vez em que você tirou a camisa e mostrou os peitos para todo mundo — pisco para ela e ela esmaga meu braço.

— Isso não aconteceu e você sabe — ela diz, forçando um sorriso.

— Eu sei! — Berro acima da música alta de uma banda que está tocando em frente à loja de presentes, e digo:

— Mas aquela noite foi muito mais intensa do que essa.

O barulho desaparece conforme andamos até o restaurante. Tem uma fila de pessoas esperando por uma mesa, mas ainda é melhor do que o outro. Lila vai falar com a *hostess*, que está de pé na frente, para colocar nossos nomes na lista de espera.

— Aquela noite foi intensa somente por sua causa — Ethan sorri maliciosamente, e diz:

— Se você tivesse se controlado, não teríamos precisado fugir da boate.

Lila volta e nos olha.

— Estou tão perdida com essa conversa. Quem não conseguiu se controlar?

— É bom que você esteja perdida, acredite.

Dou um tapinha em sua mão e Ella e Ethan começam a rir.

— Esses dois estão tentando me deixar sem graça por um erro que cometi quando estava bêbado, no passado.

— Mas ela parecia tão *sexy* quando estávamos dançando — Ella diz, zombando de mim numa voz grave.

— E juro que ela parecia mais jovem.

Ethan se mata de rir com a imitação de Ella e se inclina por cima dela, que está rindo muito também. Ethan me contou sobre a pequena agitação com Mikey e, ao que parece, isso quebrou uma barreira entre os dois.

Empurro Ethan, que cambaleia para cima de uma loira alta e peituda, e acaba relando em seu seio. Ella rodopia até a parede e se acaba de rir.

— Sinto muito — Ethan se desculpa com a loira com um sorriso divertido.

— Não vi você, querida.

Ela provavelmente tem nossa idade, talvez um pouco mais. Ela estreita os olhos e sai pisando duro até a área de espera, onde se senta de braços cruzados no fim do banco.

— Obrigado por me fazer parecer um pervertido.

Ethan faz uma careta para mim e olha discretamente para Lila.

— Você não precisa de minha ajuda para isso — percebo que Ella ainda está olhando a parede e que seus ombros estão tremendo.

— Ei, moça bonita, você está viva aí?

Balançando a cabeça, ela se vira com a mão cobrindo a boca e lágrimas escorrendo dos olhos.

— Desculpe — ela diz, entre risos.

— Não consigo parar de lembrar daquela moça de Nova Orleans e de como você quase transou com ela no banheiro. E aí tivemos que arrastar você para fora do clube enquanto ela corria atrás de nós.

— Foi isso que aconteceu?

Lila começa a rir e suas pernas quase se curvam sob o corpo, conforme ela se debruça e agarra o estômago.

— Ela não era tão velha, talvez tivesse trinta e cinco ou quarenta anos — afirmo, movendo-me para o lado para dar passagem às pessoas e assim uma brisa fresca entra pela porta.

— E eu estava *bêbado*.

Ethan bate de leve em minhas costas e me dá um olhar solidário.

— Tudo bem. Todo mundo adora uma loba.

Dou um soco em Ethan e Ella ri tanto que mal consegue ficar de pé. Decido que ela também merece ser castigada, então fixo o olhar nela. Ela para de rir e seus lábios se transformam numa careta.

— Você não me mete medo, Micha Scott — ela volta para o canto e diz:

— Sei que você não vai me machucar.

— Você tem razão, eu nunca vou te machucar — abro as mãos para o lado, então ela não tem para onde correr, daí digo:

— Mas vejo uma fonte ali adiante no quarteirão.

— Por favor, não faça isso — ela implora, com as mãos postadas protetoramente em frente ao corpo.

— Está 10º C lá fora.

— Você merece.

Eu a pego facilmente e a jogo em meus ombros.

— Micha!

Ela se contorce enquanto empurro as portas e chego à rua. Nós atraímos todos os olhares, conforme marcho em direção à fonte no fim da rua, bem em frente a um parque. Quando chego à beirada de mármore, paro, decidindo o que fazer. Mergulhar e lançá-la sob o jorro? Ou só colocá-la dentro da fonte?

— O que há com você e a água? — Ela levanta a cabeça e tira os cabelos do rosto para me olhar nos olhos.

— Se cai aos poucos ou em abundância, você está sempre tentando me molhar.

Sem conseguir resistir, espalho os dedos na parte de trás de sua coxa e aperto sua bunda.

— Estou te deixando molhada agora?

Parece que ela vai chorar, e essa não era a reação que eu estava esperando.

— Como você pode brincar assim comigo? Depois do que eu fiz?

Dou de ombros, puxo a calça para cima e entro na água, que enche minhas botas instantaneamente.

— Merda, está fria.

Caminho com dificuldade para uma das várias correntes de água que cercam a estátua de dois anjos inclinados, segurando harpas nas mãos. A água encharca meus *jeans* e eu a coloco no chão, no meio da fonte, deixando que fique encharcada.

Ela grita, ofegante por causa do frio.

— Você é o cara mais malvado que eu conheço.

A água jorra da fonte e molha seu corpo esbelto. Isso me leva ao dia em que estávamos no chuveiro e eu a toquei em todas as partes do corpo pela primeira vez. Deus, como sinto falta de tocá-la assim.

— Você sabe que isso não é verdade — dou um passo para a frente, até a borda, para pegar as roupas molhadas dela.

— Na verdade, acho que você sabe que eu sou o cara mais legal que você já conheceu.

Ela não discute, só sai da água e torce o cabelo.

— Acho que precisamos conversar.

Um peso cai em meus ombros e abro a boca para dizer que precisamos ir a algum lugar para ter essa conversa, quando alguém berra. Nossos olhos voam até a fonte onde Lila está sentada na água, suas roupas e cabelos ensopados, e Ethan está de pé no degrau de mármore, rindo histericamente.

Ella se mata de rir e Ethan entra na piscina de água ao redor da fonte e acabamos fazendo uma guerra de água. Só paramos quando os seguranças aparecem e corremos para o parque próximo com nossas roupas molhadas. Não sou artista, ou sou apenas com letras de música, mas, se alguém tirasse uma foto de nós na fonte, tenho certeza de que veria um raro momento de perfeição.

Ella

Não tinha tido uma noite dessas desde os quinze anos, quando Micha e eu passamos o dia inteiro no lago numa pequena jangada que "pegamos emprestada" do vizinho. Foi um dia simples, mas significou tudo porque não tinha escuridão, só luz.

Recebemos muitos olhares conforme andamos pelo *lobby* do hotel com nossas roupas encharcadas, deixando um rastro de água pelo chão. Os meninos não tinham quarto, pois aparentemente estavam sem dinheiro, então Lila e eu deixamos que eles ficassem conosco, mesmo que isso me deixasse inquieta.

Ao chegarmos ao quarto, Micha tira a camisa e a joga na cama, enquanto Ethan chuta as botas contra a porta.

Ethan esfrega as mãos.

— Quem está a fim de um banho comunitário?

— Você está incluindo Micha nesse seu pedido também? — Falo maliciosamente, ao fechar a porta do quarto.

Ele franze a testa e faz uma careta:

— Cala a boca.

Mostro a língua para ele e Micha balança a cabeça, desapontado.

— Moça bonita, você foi longe demais.

Dou risada, pegando meu pijama da mala e correndo para o chuveiro.

— Já que foi você quem me jogou na água, pode ser o último a tomar banho.

Ele começa a correr atrás de mim e fecho a porta, rindo. Uma vez que estou sozinha, avalio a noite. Não entendo. Por que ele está sendo tão legal comigo? Será que ele descobriu que eu estava mentindo?

Tiro a roupa e a jogo no canto, então ligo o chuveiro esperando até que ele esquente antes de entrar no boxe. Estou lavando o cabelo com o xampu do hotel quando a fechadura da porta faz um barulho.

Sei quem é porque ele me ensinou como desmontar uma fechadura.

— Sério, Micha, chega por hoje.

— Sou eu — Lila diz, e algo cai na pia com um barulho.

— Só precisava escovar os dentes. Acho que tenho água da fonte na boca.

Sabonete entra no meu olho e arde.

— Você forçou a fechadura?

— Não, foi Micha.

Ela abre a água brevemente, mas é o suficiente para fazer a temperatura da água do chuveiro mudar.

Tremo ao enxaguar o xampu do cabelo. A água da pia é desligada e tudo fica em silêncio.

— Lila? — Fico pensando se ela saiu.

— Você está pensando em contar a verdade para ele? — Lila finalmente pergunta.

— Que você não o traiu, mas que teve um...

— Colapso nervoso, pode falar.

Minhas mãos continuam no cabelo, o sabonete escorre por meu rosto e eu digo:

— E não sei se vou contar para ele.

Escuto quando ela se senta na tampa do vaso sanitário.

— Posso perguntar por que não?

Engolindo com dificuldade, espreito pela cortina.

— Porque ele me parece feliz, e, se ele estiver mesmo, não quero estragar tudo. Isso é tudo o que eu sempre quis para ele.

Ela suspira, com o coração apertado.

— Ella, quando você vai perceber que vocês dois pertencem um ao outro? Qualquer pessoa que olha para vocês enxerga isso e tem inveja, porque esse é o tipo de amor que não existe.

Eu limpo a água do rosto.

— De que tipo de amor você está falando?

— Do tipo que toma conta da gente.

Ela se levanta, dá uma olhada rápida no espelho e penteia o cabelo úmido com os dedos.

— Do tipo em que você conhece a pessoa por dentro e por fora. Onde você pode passar por momentos difíceis e superá-los bem — ela me deixa sozinha, com aquelas palavras fortes ecoando em minha cabeça.

Desligo o chuveiro e saio do boxe. Depois de me vestir, saio do banheiro com as mãos cruzadas no peito, porque me esqueci de pegar um sutiã limpo.

Micha está encostado na cabeceira da cama, sem camisa e sem sapato, segurando o controle remoto apontado para a televisão. Seus olhos se conectam com os meus e um sorriso aparece em seu rosto.

— Por que você está cruzando o braço assim, moça bonita? — Ele pergunta, com um brilho malicioso nos olhos.

Deito de bruços na cama ao lado da dele e pergunto:

— Onde estão Lila e Ethan?

— Eles foram fazer uma incursão até a máquina de venda automática.

Seus olhos percorrem meu corpo, minha pele se arrepia e minha respiração para.

— Então somos só eu e você.

Pressiono os lábios para esconder o som de minha respiração irregular.

— Parece que sim.

Ele desliza a perna para fora da cama e me estuda por um momento.

— Acho melhor tomar um banho — ele tem o olhar de quem está se divertindo com a situação. Sem dizer uma palavra, tira algumas roupas de sua mala, que está no chão, e vai até o banheiro caminhando de um jeito *sexy*, como sempre faz quando sabe que está sendo observado.

Acabo adormecendo, e quando acordo o quarto está escuro e quieto. Os cobertores estão em cima de mim e a respiração quente de alguém está deslizando por meu rosto. Tinha a impressão que iria dividir a cama com Lila, mas espero que o corpo quente dormindo a meu lado não seja o dela.

— Você está acordada?

Micha sussurra e sua respiração faz cócegas em minha bochecha. Deixo meus olhos se ajustarem à escuridão até distinguir o contorno de seu rosto.

— Mais ou menos.

Eu o escuto sugar o *piercing*.

— Não consigo dormir. Tenho muita energia reprimida.

— Sobre o quê? — Pergunto baixinho.

— Sobre você — ele diz em um sussurro.

— E sobre o fato de você estar dormindo a poucos centímetros de mim, sem sutiã. Tudo o que quero fazer é tocá-la. Está me deixando louco.

— Como você pode querer me tocar depois do que fiz?

— Como posso não querer tocar em você?

Suas palavras me deixam confusa de uma maneira estranha, mas eu desejo seu toque e lentamente coloco a perna em cima de seu quadril. Ele prende a respiração e desliza a palma da mão por minha perna nua, deixando um rastro de calor em minha pele. Ele não diz uma palavra conforme enfia a mão em meus *shorts* e puxa minha calcinha para o lado. Segundos depois, seus dedos estão dentro de mim.

Eu cravo os dentes nos lábios quando ele começa a remexer os dedos e a me explorar. É como se estivéssemos fazendo algo proibido, no quarto escuro, com Ethan e Lila a apenas poucos metros de distância. Sua boca apalpa meus lábios e sua língua quente os abre. Ele continua a mexer os dedos dentro de mim enquanto mordisca meu lábio e apalpa meu seio com a mão livre, esfregando o polegar em meu mamilo e levando meu corpo ao delírio.

— Micha... — Gemo.

— *Shhh...* — Ele murmura, contra meus lábios.

Ele continua a me sufocar com seus beijos até que me leva ao orgasmo. Agarro-me a ele, minha cabeça cai para trás e tento respirar calmamente.

Quando me recomponho, ele beija minha testa e tira o dedo de dentro de mim.

— Agora posso dormir — ele murmura, e em minutos sua respiração fica calma e ele adormece.

Eu fico bem acordada e tenho a impressão de que ele fez isso de propósito.

Capítulo 8

Micha

Acordei sentindo-me bem. O sol está brilhando pela janela e minha mente está calma e relaxada. Sei que foi uma jogada suja me vingar dela, mas também não foi como uma punição ou algo assim. Só a deixei bem desperta, excitada e irritada, um sentimento com o qual estou começando a me familiarizar.

Sentei, esfreguei os olhos e percebi que Ella e Lila não estavam no quarto.

— Bem, bom dia, princesa — diz Ethan, da mesa.

Ele está comendo uma rosquinha e tem uma bebida energética na mão. Ele pergunta:

— Você teve uma boa noite de sono?

— Onde está todo mundo? — Pergunto, pulando da cama e vestindo uma camiseta preta.

Ele enfia o restante da rosquinha na boca e limpa as migalhas que caíram na calça *jeans*:

— O despertador não tocou, então elas saíram correndo faz uns dez minutos, surtando por não terem tempo suficiente para arrumar os cabelos. Ou, pelo menos, foi isso o que Lila disse... Ella parecia meio dispersa.

Dou uma encarada nele ao procurar meu relógio dentro da bolsa e questiono:

— Você está querendo insinuar alguma coisa? Porque esse seu olhar idiota na cara está me dando nos nervos.

Ele dá um gole na bebida e levanta da cadeira, dizendo:

— Somente que vocês dois tentem ficar um pouco mais quietos da próxima vez que quiserem namorar no escuro, com outras pessoas presentes no quarto.

— Faça-me um favor. Não diga nada para Ella, ou você vai deixar as coisas bem estranhas entre nós — peço a ele.

— Mais estranhas do que vocês dois já deixaram? Porque o barulho de ontem à noite vai assombrar meus pesadelos por muito tempo — ele responde, amassando a lata e arremessando-a na lixeira no canto.

— Que diabos será que se veste para ir a um casamento? — Mudo de assunto, afivelando o relógio no pulso.

— Como é que eu vou saber? Eu ia assim mesmo — ele diz, olhando para a camisa preta de manga longa vestida por cima de uma camiseta cinza e os *jeans* escuros.

Pego uma camisa preta listrada e a melhor calça *jeans* que tenho e vou para o banheiro.

— Ela admitiu que estava mentindo? — Ethan liga a televisão e deita sobre uma das camas, cruzando os pés.

Vou até a porta e olho para ele por cima do ombro, dizendo:

— Não... Como sempre, está sendo teimosa.

Ele coloca o controle remoto no criado-mudo e diz:

— Pensei uma coisa. Por que você não diz para ela que sabe, e se poupa de todo esse drama?

— Não é tão simples. Não gosto de forçá-la a fazer as coisas... Porque... — Paro de falar, sabendo que não posso contar a ele sobre a ponte nem sobre como ela ficou no chão daquele banheiro quando me contou.

Quando estiver pronta, ela contará... Pelo menos é o que eu espero. Mas e se ela não contar? E se eu tiver passado a vida perseguindo um fantasma?

***

— Então tá, estou extremamente desapontado com a fila de damas de honra — comenta Ethan, analisando as garotas que estavam em pé do lado de fora da entrada coberta.

Estamos sentados na última fileira, esperando que a festinha comece, enquanto as pessoas correm para lá e para cá pela tenda. A parte da frente está decorada com flores roxas e o corredor principal está enfeitado com fitas pretas e roxas.

— Acho que são todas casadas e com uns dez anos a mais que você — digo a ele, apoiando o pé no joelho.

Ele suspira e senta na cadeira de armar, indagando:

— O que é que eu faço, então? Esse negócio só vai começar em uma hora e estou ficando entediado.

— Tenho certeza de que você vai sobreviver — digo, e minha atenção se desvia para Ella, que entra na tenda, e para Caroline, que está conversando com um cara baixinho de terno cinza, balançando as mãos de forma animada. Ella usa um vestido preto de veludo que mostra suas longas pernas e os ombros nus. Há uma fita vermelha ao redor do vestido e uma flor vermelha no cabelo.

Ela está extremamente bonita. Não há mais nem menos o que dizer.

Cara, limpa a baba — diz Ethan, me dando um tapa nas costas.

Dou um empurrão nele e ele me empurra de volta. Suspirando profundamente, meus olhos se reconectam com os de Ella. Ela diz algo para Caroline e lhe passa o copo de champanhe. Caroline toma tudo e devolve o copo para Ella antes de sair correndo, segurando a frente do vestido.

Ella coloca o copo na cadeira e pressiona os dedos contra o meio do nariz assim que seu olhar encontra o meu. Seus olhos silenciosamente imploram para que eu a siga enquanto ela sai da tenda.

— Já volto. Não se meta em nenhuma encrenca enquanto eu estiver fora — digo, levantando-me.

Passo pelas fileiras e saio para a luz do sol e o ar fresco. Uma floresta envolve a casa e Ella desce pelo monte coberto de grama até que desaparece no meio das árvores, secas por causa do outono.

— O que ela está fazendo? — Resmungo, ao segui-la.

Quando entro na floresta, ela está recostada em uma árvore e a floresta fechada encobre todos os traços do casamento, exceto pelo som de vozes indistintas. É como se estivéssemos em nosso mundo particular.

Vou lentamente até ela e pergunto:

— O que você está fazendo aqui?

Suas mãos estão apoiadas nas costas e ela mastiga o lábio inferior com ansiedade, ao dizer:

— Não traí você. Eu menti.

Diminuo a distância entre nós para que fiquemos um ao alcance do outro e digo:

— Eu sei.

Ela cerra as sobrancelhas e pergunta:

— Como você sabe?

— Lila contou para Ethan. E Ethan me contou — aproximo-me um pouco mais e meu olhar desce até o decote do vestido.

Seus ombros caem quando ela respira, aliviada, e me pergunta:

— Por que você não disse nada?

— Porque imaginei que você tivesse um motivo para não me contar — meus dedos coçam de vontade de tocá-la, de percorrer seu corpo, sentindo-a por dentro.

— Sinto muito. Foi a única coisa em que consegui pensar para que você me deixasse ir. Você merece mais do que posso oferecer.

— Não entendo por que você não se acha boa o suficiente para mim.

Ela chacoalha os ombros de forma indiferente, e diz:

— Porque não sou. Você vai acabar me odiando... É inevitável.

— Eu jamais poderia odiá-la. Não consegui odiá-la nem quando achei que você tivesse me traído. Sim, fiquei furioso, mas ainda amo você — digo, pegando um cacho de cabelo e deixando meus dedos correrem por seu pescoço antes de me afastar.

Seus olhos se enchem de lágrimas quando ela diz:

— No dia em que falei aquilo... Naqueles dias eu nem estava conseguindo sair da cama, eu estava tendo um colapso nervoso. Minha terapeuta me deu uns remédios para ansiedade e depressão. Micha, você não quer isso, acredite em mim. Vi os problemas de minha mãe consumirem meu pai... Vou acabar levando você comigo para o buraco negro. Você precisa ir embora. Vá embora. *Por favor, vá embora.*

Usando o polegar, enxugo uma lágrima que escapa do olho dela:

— Detesto dizer isso, Ella, mas seu pai é um maldito fraco. Ele não pode culpar ninguém além de si mesmo pelo que faz. E eu não sou ele e você não é sua mãe. Só porque a história deles terminou mal não quer dizer que a nossa também terminará.

Ela vira a cabeça para evitar meu olhar e diz:

— Não quero isso para você.

Prendo meu dedo debaixo do queixo dela, forçando-a a olhar para mim enquanto apoio uma das mãos na árvore a seu lado e digo:

— Sinto muito, moça bonita, mas você não pode escolher o que eu quero, o que eu faço ou com quem eu transo. Então, a menos que queira que eu vá embora porque você não me ama mais, eu não vou a lugar algum.

Como ela não diz nada, afundo meus lábios sobre os dela e ela ofega ao mesmo tempo em que seus dedos se enroscam em meus cabelos. Pressionando meu corpo contra o dela, deixo minha mão percorrer a lateral de seu corpo, passando pela curva do seio, pelas costelas e pela barra do vestido. Coloco a mão por dentro, encontro e baixo sua calcinha, que desce até os tornozelos. Ella se livra da *lingerie* e abre o botão do meu *jeans*. Eu a levanto, pressiono contra a árvore e a penetro.

Quando encosto a boca na dela novamente, ela morde meus lábios. Fico louco quando ela gentilmente puxa meu *piercing* para sua boca e passa a língua por ele. Segurando-a pela cintura, minha outra mão passeia por seu corpo até o alto do vestido, e eu o puxo com força para baixo para acariciar seu seio.

Os olhos dela ficam embaçados e sua cabeça cai para trás quando ela diz:

— Micha, eu amo você, mas eu...

Eu a beijo com mais paixão, afastando-me somente por um segundo para dizer:

— Eu também te amo.

Ella

Não sei como é possível me sentir tão bem assim só porque ele está dentro de mim, mas é como me sinto. Deus, como é bom. Não tinha intenção de que o momento acabasse em sexo quando fui para a floresta. Só queria contar a verdade a ele longe de todo mundo. Ele merecia a verdade.

Mas acho que Lila tinha razão. O amor de Micha me possui e é bem provável que eu sempre acabe cedendo enquanto ele continuar tentando. Mas ainda temo arruiná-lo, e o garoto é doce e belo demais para ser destruído.

Ele me penetra e prende meus braços acima de minha cabeça, e o tronco da árvore arranha minhas costas. Mas a dor vale a pena, pois grito, extasiada, e minhas preocupações rapidamente se esvaem.

Os movimentos dele começam a diminuir, e então ele pressiona fundo dentro de mim uma última vez antes de parar. Estamos ofegantes, abraçados um ao outro, com a pele úmida e os corações acelerados.

— Adoro esse vestido. Você fica linda nele — ele sussurra em meu ouvido, e o calor de sua respiração me faz estremecer.

Um sorriso toca meus lábios e eu me afasto para olhar nos olhos dele, dizendo:

— Você fala muito isso para mim. Vou ficar convencida.

— Não. O convencido sou eu — ele diz, com um sorriso que quase me cega.

Minha expressão fica séria e levemente roço meus lábios inchados nos dele, dizendo:

— Ainda precisamos conversar...

— Ella. Caroline precisa de você! — A voz de Lila ecoa pela floresta.

Solto-me dos braços de Micha, ajeito meu vestido nos seios e procuro pelo chão, perguntando:

— Onde está minha calcinha?

Micha ri e me vê procurando em uma área em que a grama está alta, então brinca:

— Acho que você vai ter que passar o dia sem ela.

Levo as mãos à cintura e digo:

— Você quer que eu fique na frente de um monte de gente, em um casamento, sem nada por baixo do vestido?

Ele dá de ombros, fecha o zíper da calça *jeans* e diz:

— Até que seria legal. Você ia pegar uma brisa fresca e se você se abaixar bem assim...

— Ella! Onde diabos você se meteu? Sei que você veio para cá! Eu te vi — diz Lila, com a voz cada vez mais próxima.

— Micha, por favor, se você souber onde está, me fale — olho ao redor da árvore e quando me viro ele tem um sorriso no rosto e minha calcinha preta balançando no dedo.

Tiro-a dele com tudo e a visto novamente, arrumando o vestido. Depois, volto correndo pelas árvores, arrancando folhas e galhos presos em meu cabelo com Micha logo atrás, rindo ofegante.

Lila está esperando na saída da floresta e suas sobrancelhas arqueiam-se ao ver Micha comigo:

— Hum... Caroline precisa que você se apronte — ela diz, abafando o riso.

— Certo — vou correndo colina acima, deixando os dois sozinhos para entrarem na tenda juntos.

Não sei o que fazer. Ainda acredito que não sou para ele, mesmo que ele insista que eu seja, mas tudo indica que não consigo ficar longe.

Em um dos cantos da tenda, há uma fila de damas de honra, vestidas com os mesmos vestidos de veludo preto, e os padrinhos com *smokings* combinando. Caroline está à frente, ao lado do pai, um homem mais velho de cabelos grisalhos. O vestido de casamento dela é lindo, não é totalmente branco, mas chega bem perto, tem uma fita negra amarrada no centro e a cauda se esparramando a partir da cintura.

A expressão de Caroline se abre e ela pressiona as mãos contra o coração, esmagando algumas das flores do buquê.

— Graças a Deus, Ella. Por que você tem folhas no cabelo? — Ela pega o vestido com as mãos e vem correndo em minha direção.

Minha mão vai direto para o cabelo e pedaços de galhos caem, enquanto digo:

— Fui dar uma caminhada na mata.

— Apresse-se e entre na fila. Já vai começar — ela me dá um pequeno buquê e me empurra em direção à fila.

Corro ao lado do padrinho, que é mais baixo do que eu e tem cabelos negros com cachos até as orelhas. É bem provável que ele tenha minha idade, e me encara cheio de interesse, mas minha atenção permanece na frente da fila. Lá dentro, Dean está em pé ao lado do religioso, usa um *smoking* e os cabelos castanhos estão penteados para o lado. Ele parece feliz e eu o invejo com todo o coração.

Nunca pensei sobre casamento como a maioria das garotas. Quando eu era mais jovem, não brincava de me arrumar para casar com o vizinho. Nunca olhei tão adiante, pois temia o futuro imediato.

Porém, vendo Dean prestes a se casar, pergunto-me se o casamento está em meu futuro. Luto para respirar conforme o pânico estrangula minha garganta, mas tudo o que vejo é um buraco negro sem imagens.

A música começa e meus pensamentos voltam à realidade. A fila gradualmente se move adiante e o padrinho dá o braço para mim.

— A propósito, meu nome é Luke — ele sussurra em meu ouvido.

Afasto-me dele e digo:

— O meu é Ella.

Ele sorri para mim conforme entramos na cobertura em que fitas roxas e pretas pendem do teto, luzes brilham nas paredes, e fileiras e fileiras de violetas decoram a área frontal. Todos estão olhando e fico cada vez mais ansiosa, mas respiro fundo. Quando chego ao final do corredor, solto a mão de Luke com muita alegria e caminho de volta para a fila de damas de honra.

Segurando o buquê, concentro-me em Caroline e Dean, mas há uma crescente sensação de estar sendo observada por Micha na última fila.

O religioso começa o discurso e minha mente automaticamente viaja mais uma vez para meu futuro. Quero desesperadamente vê-lo. Quero saber o que vai ser de minha vida.

A adrenalina consome meu corpo e mexo nas pétalas das violetas mentalmente dizendo a mim mesma para ficar calma, enquanto Dean e Caroline leem seus votos. Ao ouvir as palavras de amor e compromisso, meu corpo fica tenso. Eu quero isso. Muito. Quero alguém para ser meu para sempre. Quero Micha.

Mas preciso me tornar uma pessoa que nós dois possamos amar; de outra forma, jamais vamos conseguir.

Capítulo 9

Micha

Não consigo tirar os olhos dela durante a cerimônia inteira. Ela nunca foi muito de chorar em público, então é surpreendente vê-la tentar engolir as lágrimas e tudo o que quero fazer é confortá-la.

Dean parece realmente feliz, do tipo irritante, até. Ella pode ter jogado o que ele fez para debaixo do tapete, mas isso não significa nada para mim. Ele é parte do que a arruinou, parte da razão pela qual Ella nunca mais será a mesma garota.

O religioso declara:

— Pode beijar a noiva.

Dean e Caroline aproximam-se um do outro e se beijam, e todos se levantam e aplaudem. Conforme eles vêm andando pelo corredor, as pessoas jogam pétalas, que retiram dos cestos pendurados à frente de cada cadeira. Lila enche a mão e junta-se a eles, jogando pétalas de rosa pelo ar.

Ethan revira os olhos.

— Subitamente, lembrei por que nunca vou a casamentos. É muita frescura para mim — Ethan diz baixinho.

— Sim, eu acho. Mas a frescura tem uma razão de ser — respondo, sem concordar completamente com ele.

Quando Caroline e Dean deixam a tenda, os padrinhos e damas de honra os seguem numa fila. O cara que fazia par com Ella não para de encará-la, o que é irritante, e ele sussurra algo para ela quando eles saem.

A multidão se move pelo quintal até a área dos fundos da casa, onde outra cobertura foi armada e há mesas decoradas com pétalas de rosas e velas. Há luzes no teto e uma enorme fonte de chocolate na parede dos fundos.

Ella espera na parte da frente, onde um fotógrafo está se preparando para tirar fotos. Enquanto ela espera, seu olhar encontra o meu. Ela revira os olhos como que dizendo que a coisa toda é uma bobagem e eu dou uma piscadinha para ela.

Ethan, Lila e eu roubamos alguns copos de champanhe e pratos de bolo, e pegamos uma mesa próxima ao bar, bebendo em silêncio conforme a música começa a tocar.

— Então, você acha que a gente é obrigado a ficar aqui quanto tempo? — Ethan cospe o champanhe e diz:

— Meu Deus, os ricos têm péssimo gosto para bebida.

— Ei. Eu acho que está boa — Lila protesta, colocando o copo na mesa.

— Isso é porque você é rica. E você foi criada para pensar que coisas caras têm gosto bom — Ethan brinca, dobrando as mangas da camisa e dando uma mordida no bolo.

Lila mostra a língua e deixa uma cobertura roxa de bolo à mostra.

— Eu acho que quem tem mau gosto é você.

Ethan cerra as sobrancelhas, como se estivesse pensando muito no assunto e diz:

— Não, meu gosto é excelente.

Ethan costumava encher minha paciência sobre Ella e eu tinha que chutar o balde para que ele parasse. Estou pensando em fazer a mesma coisa em relação a ele e Lila.

Ella deixa o buquê na mesa antes de se jogar na cadeira a meu lado e diz:

— Meu Deus, casamentos são exaustivos.

Tiro um pedaço de mato do cabelo dela e o jogo no chão.

— Você quer sair daqui? A gente poderia jantar ou algo assim?

— Não posso ir embora ainda — ela franze a testa, apoia a cabeça na cadeira, e encara o teto, dizendo:

— Ainda tem mais fotos.

Ela se ajeita na cadeira e rouba um pedaço de meu bolo, deixando um pouco da cobertura roxa no lábio inferior. Quero desesperadamente aproximar-me dela para lamber seu lábio.

— Que foi? — Ela pergunta ao perceber que estou encarando-a.

Aproximo-me dela e ela fica paralisada com o toque do meu polegar em seus lábios.

— A gente devia dançar.

Ela arqueia a sobrancelha e pergunta:

— Desde quando a gente dança?

Estendo a mão para ela e levanto, dizendo:

— Sempre dançamos.

— Mas a nossa dança é bem diferente da dança deles — ela diz, apontando para a área em que as pessoas dançavam lentamente.

— Provavelmente vamos traumatizar suas mentes inocentes.

— Qual é, Ella May, dance comigo — deslumbrando-a com meu sorriso mais encantador, estendo a mão, esperando que ela aceite.

Suspirando, ela entrelaça os dedos nos meus, e eu a puxo para que fique de pé. Quando chegamos ao centro da pista de dança, eu a giro e a puxo com força para perto de mim. Um sorriso aflora em seus lábios quando coloco as mãos na cintura dela. Trago-a ainda mais para perto, e ela envolve meu pescoço com os braços.

Enquanto dançamos, levo meus lábios a seu ouvido e canto a letra junto com a música.

Ela se inclina para trás para olhar em meus olhos e pergunta:

— Como você conhece a letra de *The Story*? A maioria dos caras não ouve Brandi Carlile.

— Psiu... Não conte para ninguém. Você costumava ouvir essa música o tempo todo. Como é que eu não iria decorá-la? — Pisco para ela e a abraço mais forte.

Ela se enrosca em mim e continuo cantando. Ela apoia a cabeça em meu ombro e não tenho mais medo de contar a ela como me sinto. Quero que ela saiba, preciso que ela entenda, pois segurar isso dentro de mim não é mais uma opção.

— Eu te amo, Ella May. E um dia quero fazer exatamente a mesma coisa em nosso casamento — sussurro, beijando sua bochecha.

Ella

A música *The Story*, de Brandi Carlile, toca no salão. Tem uma letra suave que conta uma história que vai direto para dentro do peito. Micha está me olhando profundamente nos olhos e ganhando meu coração mais do que já ganhou.

E então ele me diz que quer fazer exatamente a mesma coisa em nosso casamento e meu pulmão se contrai. Quero sair correndo e me esconder, mas luto para me manter bem agarrada à sanidade.

— Micha, eu...

Ele leva o dedo a meus lábios.

— Não diga nada, está bem? Só pense nisso um pouco. Não estou falando em fazermos isso exatamente agora. Só quero que você saiba como me sinto.

Tiro o dedo dele de minha boca e digo:

— Tenho que dizer isso porque é importante que você saiba como me sinto. Não posso lidar com isso agora — a expressão dele se fecha, conforme eu continuo:

— Mas algum dia, sim. Preciso entrar nos eixos primeiro. Preciso estar bem antes de poder te entregar completamente meu coração.

Ele analisa meu rosto e diz:

— Não estou entendendo o que você está falando.

— Estou falando que deveríamos ser amigos até eu entender como me recompor. Não quero fazer nada para machucar você e agora não sei se consigo.

Ele franze a sobrancelha.

— Você quer que sejamos amigos? Porque eu não tenho certeza se isso é possível.

— Temos de ser, e talvez um dia, no futuro, depois que eu tirar as merdas da cabeça, possamos ser mais, mas só se você ainda quiser. Se alguém melhor surgir, não quero que você hesite por minha causa — suspiro profundamente, sentindo uma dor interior.

— Ninguém poderia ser melhor do que você — ele diz, e começo a abrir a boca para protestar, mas ele me interrompe:

— Mas se é isso que você precisa fazer, então eu farei. Podemos ser amigos... Por enquanto.

Ele não está completamente comprometido, mas eu não esperava mesmo que estivesse. Ele é a pessoa mais determinada que conheço.

Beijo seu rosto e depois coloco a cabeça em seus ombros, aspirando o cheiro reconfortante dele enquanto dançamos em sincronia com a música. Vou me controlando, e, ao mesmo tempo, relaxando.

Capítulo 10

Micha

Faz dias desde que Ella e eu nos separamos no casamento, mas parecem meses. Falamos ao telefone várias vezes por dia, mas não é a mesma coisa entre nós e sinto falta de estar com ela.

— Cara, tá um tédio aqui — Ethan reclama, enquanto percorre os canais de televisão com as botas em cima da mesa de centro.

— Será que a gente não pode sair e fazer alguma coisa?

Estou deitado na cama, lendo a mesma mensagem repetidas vezes. Uma mensagem de texto de meu pai apareceu em meu telefone ontem. Dizia que ele precisava me ver, que tinha uma coisa para me perguntar. Fico olhando a mensagem, decidindo se é uma boa ideia entrar na conversa dele. Nós nos encontramos duas vezes e as duas foram desconfortáveis e dolorosas, mas minha mente não vai sossegar enquanto eu não souber o que ele quer.

— Não sei... Acho que a gente podia sair para comer alguma coisa — digo, sentando na cama, girando as pernas para a beira e escrevendo uma mensagem para meu pai, perguntando onde ele quer se encontrar comigo.

Ele responde mais rápido do que eu tinha previsto, perguntando se podemos nos encontrar na Ninth Street em uma hora. Hesito, mas acabo respondendo que irei.

— Deixa para lá. Não posso sair. Tenho que encontrar uma pessoa — visto um moletom preto de capuz e fecho o zíper.

Ele me lança um olhar de condenação e pergunta:

— Alguém do sexo feminino?

Pego as chaves que estão sobre a cômoda e respondo:

— Não, é só alguém que eu conheço.

Ele tem uma expressão confusa ao indagar:

— Não é a Naomi, é? Porque eu tenho que te avisar para ficar longe dela, ela é louca. Ela basicamente tentou me estuprar ontem à noite.

— Como se você não tivesse gostado.

— Ei, gosto da mulherada e tudo, mas ela é um pouco demais. Ela foi do *barman* para um cara que estava distribuindo folhetos na rua e dele para mim. Além do mais, ela sente algo por você.

— Eu sei disso. Você não foi o único de quem ela deu em cima, ontem à noite — respondo, ao colocar a carteira no bolso de trás da calça *jeans*.

— Uau. E eu pensava que eu era mau — ele diz com os olhos arregalados.

Coloco meu telefone no bolso do moletom e pergunto:

— Você me faz um favor? Pode dizer para Dylan e para Chase, quando e se eles aparecerem, que pode ser que eu não chegue a tempo para o ensaio?

Ele vasculha a parca seleção de comida na geladeira e diz:

— Você acha que eles vão aparecer? Quer dizer, você não viu mais ninguém além de Naomi desde que voltou e nenhum deles apareceu para o ensaio ontem.

— Sei disso. Mas, se eles aparecerem, você fala para eles? — Digo, abrindo a porta e percebendo que está chovendo.

Ele dá de ombros e tira um litro de suco da geladeira.

— Tá, eu falo... Mas não parece que sua banda está se desintegrando?

— Mais ou menos — resmungo e fecho a porta. Vestindo meu capuz, desço as escadas e saio na chuva, pisando fundo nas poças enquanto marcho em frente pela rua.

Desde o pequeno incidente com Naomi, as coisas na banda ficaram meio estremecidas. Começou com ela não me querendo por perto, e depois Dylan e Chase perderam interesse quando descobriram que podiam ganhar muito mais dinheiro trabalhando de *barman* num clube exclusivo para mulheres.

Neste momento, contudo, estou mais preocupado com o que vai acontecer entre mim e meu pai.

***

Quando chego à padaria e vejo meu pai sentado à mesa, quase dou meia-volta. Bato a mão na perna de forma ansiosa, olhando para ele através da vitrine conforme as gotas de chuva caem sobre mim. Ele está lendo o jornal e tomando uma xícara de café. Usando um terno cinza e uma gravata vermelha e tendo uma maleta próxima aos pés, ele parece um advogado. Subitamente, percebo que não faço ideia do que ele faz nem de quem ele é. Ele não passa de um estranho, como as pessoas que passam a meu lado na calçada.

Crio coragem e entro na padaria. Sinto um aroma de baunilha e isso meio que me faz lembrar de Ella. Duas das oito mesas estão ocupadas e a garota que está no caixa, atrás do balcão cheio de *cupcakes* e biscoitos, me devora com os olhos.

Meu pai ergue o olhar da xícara de café e arregala os olhos azuis-claros.

— Ah, Micha, você apareceu.

Jogo-me na cadeira e sento de frente para ele.

— Claro que apareci. Quando digo que estarei em um lugar, sempre apareço. Esse é o tipo de pessoa que eu sou e você saberia, se me conhecesse.

Ele pigarreia múltiplas vezes enquanto alisa rugas invisíveis na gravata.

— Olha só, Micha. Sinto muito pelo que fiz. Por ter sido um pai de merda e por não ter estado a seu lado.

Minha testa se enruga e cruzo os braços, recostando-me na cadeira.

— Não entendo por que você está dizendo isso, pois, das duas últimas vezes que nos vimos, você deixou bem claro que não se importava e que não tinha nada a ver comigo.

Ele abre um sachê de açúcar e despeja no café com as mãos trêmulas.

— As coisas mudam... Aconteceu uma coisa, e... Bem, preciso de sua ajuda.

Olho para ele sem demonstrar qualquer expressão.

— É por isso que você disse que sentia muito? Porque você quer algo de mim?

Ele joga o sachê vazio na mesa e diz:

— Você quer que eu peça alguma coisa para você? Quer um café?

— Quero que você continue com o que você quer. Estou muito curioso para saber aonde essa conversa vai chegar — digo, friamente.

Ele mexe o café e limpa a colher na borda da xícara.

— Não sei ao certo como começar essa conversa... — Ele coloca a colher na mesa e diz:

— Recentemente, fui diagnosticado com anemia aplástica[1]... Você sabe o que é?

— Eu tenho cara de médico? — Balanço a cabeça, irritado.

---

[1] N. da T.: **Anemia aplástica** ou **aplásica:** ocorre quando a medula óssea produz em quantidade insuficiente os três elementos do sangue: glóbulos vermelhos, glóbulos brancos e plaquetas.

— Bem, vou pular os termos médicos chatos e ir direto ao ponto. É uma doença rara, e meu caso é grave — ele olha para baixo, para as rachaduras da mesa, com as sobrancelhas cerradas e rugas se formando no canto dos olhos:

— Preciso de sangue e de um transplante de medula, e a melhor opção é que um parente seja o doador.

— Você está morrendo? Você parece saudável — digo, olhando para ele.

— Não, não estou morrendo. Mas também não estou saudável, e isso poderia me ajudar — ele diz, com uma voz tão fria quanto gelo.

— E seus outros filhos? Por que não pode pedir a eles?

— Não quero que eles façam isso. São jovens demais e... Nem quero que eles saibam que estou doente.

Rodeio a mesa, espalmando as mãos sobre o tampo, queimando de raiva e deixando a cadeira cair com tudo no chão.

— Então, vamos ver se eu entendi direito. Você quer que eu faça isso apesar de não falar comigo há anos? Você me abandonou quando eu era criança e eu ainda nem sei por que você sequer tentou manter contato comigo.

— Micha, eu disse que sentia muito — ele estende a mão sobre a mesa como se fosse acariciar a minha, mas se retrai, o que é bom, porque seria bem provável que eu desse um soco nele. Então ele diz:

— Mas isso é maior do que tudo. Estou doente.

Afasto-me da mesa e digo:

— Vou pensar no assunto.

Ele pega a maleta e também se levanta.

— Você pode pelo menos fazer o teste para ver se seria um doador compatível? Essas coisas levam tempo.

Às vezes eu queria ser um canalha e sair andando.

— Tá, vou fazer o teste, mas não é por você. É só para que eu não me sinta culpado.

Ella

Faz quase duas semanas desde o casamento e falo com Micha todos os dias ao telefone. As conversas são leves, exceto pelos comentários obscenos ocasionais que ele faz, mas isso sempre foi normal, mesmo quando éramos amigos, antes.

Sinto falta dele loucamente e penso nele numa quantidade doentia de horas durante o dia. Ele consome meus pensamentos, meu corpo, meus sonhos. É ele quem me faz ser uma pessoa melhor.

É meio-dia, o sol está brilhando no céu azul e o ar tem um perfume fresco de grama cortada e outono. Ao caminhar pelo *campus* silencioso em direção ao consultório da terapeuta, tenho o telefone ao ouvido.

— Você não fez isso. Você é tão mentiroso — digo a Micha, com um sorriso no rosto.

— Fiz, sim. Joguei o violão no chão e disse a eles que estava fora, que não queria mais saber de drama — ele diz, em tom de zombaria.

Abro a porta da entrada principal e entro no *hall* vazio.

— Então, você saiu da banda. Terminou com tudo depois de meses na estrada com eles?

— Na verdade, isso acontece mais do que você imagina — ele responde, e eu ouço a voz de Ethan ao fundo. Micha continua:

— E eu larguei tipo há uma semana, mas não quis contar para você até hoje.

Faço uma careta com a boca ao sentar na cadeira do lado de fora do consultório.

— Por quê? Eu não ia convencê-lo a desistir. Contanto que seja feliz, você pode fazer o que quiser. Isso sempre foi o que eu quis para você.

— Estou feliz. Muito, muito feliz. Mas não foi por isso que não te contei — ele me diz, entusiasmado.

— Tudo bem... Por que não me contou, então?

Ouço a voz de Ethan novamente e pergunto:

— E por que Ethan está aí? Ele não deveria estar em sua grande viagem de aventureiro da montanha, ou seja lá o que ele diz que é?

— Minha Jornada de Montanhista! Use as palavras certas, mulher! — Ethan grita.

— Estou no viva voz? Micha, se eu estiver, tire. Por favor.

— Não posso. Você vai encarar isso melhor se estiver no viva voz. Dessa forma, vai conter sua raiva um pouco mais, porque você sabe que Ethan está ouvindo e vai usar tudo o que disser contra você — ele diz, suspirando.

Olho da esquerda para a direita, percebendo que não há ninguém no consultório e pergunto:

— Qual é a novidade?

Ele pigarreia, como se estivesse se preparando para fazer um enorme discurso.

— Depois que essa história de banda foi por água abaixo, decidi que precisava de uma mudança. E Ethan também decidiu, pois percebeu que não era tão montanhista quanto pensava.

— Essa não é a razão verdadeira. Só senti pena desse pobre coitado por causa da dissolução da banda — Ethan se opõe.

— Seja como for. Nós dois decidimos que era hora de mudar e então comecei a procurar por alguma coisa permanente, que não exigisse muitas viagens — digo, interrompendo Ethan.

— Pensei que você não quisesse fazer esse tipo de coisa.

Coloco minha mochila no chão e afundo na cadeira, dizendo:

— Pensei que você quisesse fazer parte de uma banda e cair na estrada.

— Não, eu me dou melhor sozinho. Talvez fique de olhos abertos para uma nova banda, mas a que eu estava acabou se transformando em uma causa perdida. E, por enquanto, encontrei um lugar onde posso tocar. E ainda arranjei um bico. O salário é uma merda, mas por enquanto dá, e é melhor do que voltar para casa.

— Que bico é esse?

— É um serviço de acompanhante masculino. Achei que seria ótimo. Posso fascinar mulheres o dia todo, algo que nós dois sabemos que faço bem, e ainda ganho para isso.

Reviro os olhos, mas continuo participando do jogo.

— Uau, parece um trabalho em que você é realmente muito bom, e tenho certeza de que será muito divertido. Quanto mais penso nisso, mais acho que é seu emprego dos sonhos.

— Sim, eu sei. Apesar de ter ouvido histórias sobre uns fetiches com os quais os caras se deparam e parece que as coisas podem ficar bem estranhas, mas farei o que for preciso para sobreviver — ele diz, com esperteza.

— Você é tão idiota.

Ajeito-me, colocando as pernas debaixo da cadeira, quando a secretária entra com uma pilha de papéis nas mãos e pergunto:

— O que você está fazendo de verdade? Ou melhor, onde vocês estão?

— Ethan e eu conseguimos um emprego de meio período numa construção, mas é algo temporário. À noite, vou me apresentar no The Hook Up.

— Ei. Há um lugar com esse nome em Vegas. Não sabia que era uma rede nacional — digo, por cima do barulho que a secretária faz ao triturar papel.

Ele hesita e diz:

— Não é uma rede nacional.

— Você está em Vegas? — Minha voz fica aguda e a secretária olha para mim por trás de seus óculos grossos, enquanto coloca mais papel no triturador. Remexendo-me no assento, diminuo a voz e tampo o ouvido livre para ouvi-lo melhor.

— Você e Ethan se mudaram para Vegas?

— Sim, estamos em Vegas neste exato momento em que estamos conversando, arrumando nossas coisas nesse apartamento minúsculo. Mas para nós está bom e estou feliz com ele — ele logo esclarece.

Sem saber o que responder, fico quieta, batendo os dedos com ansiedade no joelho. O telefone da recepção toca e a secretária atende.

— Diga-me o que está pensando, moça bonita. Ethan não pode mais ouvi-la — ele insiste, e há um apito que desliga o viva voz.

— Estou pensando... Não sei o que estou pensando... — Disperso-me, conforme a terapeuta abre a porta e coloca a cabeça para fora, dizendo:

— Ella, estou pronta para você — ela abre mais a porta e faz um movimento para que eu entre.

— Vou ter que te ligar mais tarde. Vou entrar na consulta com a terapeuta — desligo antes que ele fale qualquer coisa, pego minha bolsa do chão e sento em frente à mesa dela.

Anna senta-se na cadeira dela, tira uma caneta da xícara e pega um caderno na gaveta da escrivaninha. Hoje, o terninho dela tem um tom marrom e o cabelo está preso para trás. Ela coloca os óculos e lê as anotações da última consulta.

— Era Micha ao telefone. Acabei de ficar sabendo que ele se mudou para cá — explico, antes que ela possa perguntar, porque era isso que ela ia fazer.

— Ah, entendo — ela solta a caneta, coloca o caderno sobre a mesa e move a cadeira mais para a frente, dizendo:

— A propósito, você parece feliz com isso.

— Não tenho certeza — digo, remoendo meus pensamentos, e explico:

— Por um lado, é legal tê-lo por perto caso eu precise dele, mas vou tentar não precisar, então tê-lo por perto poderia ser ruim. Isso faz sentido?

— Faz muito sentido. Há quanto tempo você disse que conhece Micha? — Ela pergunta, abanando-se com o caderno.

— Desde sempre. Quer dizer, lembro-me de ter quatro anos e estar fascinada pela forma como ele sentava na garagem com o pai para consertar o carro. Contudo, sempre tive muito medo de ir até lá falar com ele. Na verdade, foi ele que falou comigo antes. Para escalar uma cerca primeiro, ele me subornou com uma caixinha de suco e um carrinho de brinquedo — conto, rindo.

— Por que você tinha tanto medo de falar com ele? — Ela indaga.

— Não sei, acho que talvez eu sempre tenha me sentido como se vivesse em um mundo alternativo que ninguém entendia, nem mesmo ele.

Dou de ombros, mordendo as unhas e continuo:

— Ainda sinto isso às vezes, como se talvez eu visse as coisas de forma diferente da maioria das pessoas.

Ela bate na mesa as unhas feitas à francesinha e diz:

— Acho que você se preocupa demais com a forma como pensa.

— Mas isso é meio óbvio. Já sei disso há um tempo, o que ainda não sei é como parar de me preocupar.

— Isso é porque você não entende a causa original. Pelo que você me disse, Ella, sua infância foi cheia de preocupações — ela afirma.

— Eu não me preocupava o tempo todo — protesto, e explico:

— Houve momentos... Relaxantes. E levei minha vida da forma que precisava para sobreviver. Se eu não me preocupasse, ninguém teria pago as contas, se certificado de que todos comessem nem que tivessem roupas limpas.

— Não foi bem isso o que eu quis dizer, mas faz parte. O que você vê quando olha para isso? — Ela pega uma foto da pasta e a coloca na mesa à minha frente.

É uma foto comum de um homem, uma mulher e uma garotinha, todos com os mesmos olhos azuis e cabelos loiros platinados.

— Hum... Que você gosta de pegar os encartes que vêm nos porta-retratos e mantê-los em seu escritório.

— Ella, não é legal fazer piadas para esconder os sentimentos. Apenas me diga o que você sente — ela insiste.

— Acho que vejo uma família.

— Eles parecem felizes?

Analiso os sorrisos em seus rostos e digo:

— Eles parecem tão felizes quanto qualquer pessoa.

Ela se aproxima mais de mim e bate na foto com o dedo, dizendo:

— Descreva a foto para mim.

É um pedido estranho, mas eu faço o que ela quer.

— Bem, o homem está com o braço ao redor do ombro da mulher e parece que ele a ama, embora o sorriso dele seja um pouco forçado demais, se você quer saber. A mulher está segurando a garotinha e as duas parecem bem felizes também. Embora eu não entenda por que elas estão tão felizes. Só estão tirando uma porcaria de uma foto.

Ela acidentalmente dobra os cantos da foto quando a coloca de volta na pasta.

— Sua mãe ou seu pai já te abraçaram assim alguma vez? Ou você se lembra de ser feliz assim quando era criança?

É como se ela tivesse feito uma pergunta de álgebra, e minha mente fica confusa diante da complexidade.

— Não, mas estas coisas não são reais. São falsas, são para exibição, para fazer as pessoas se sentirem bem quando olharem para o porta-retrato.

— Não, Ella, é real. A felicidade realmente existe — ela diz com tristeza, e acrescenta:

— Agora, as coisas não são sempre assim, mas as famílias devem ter seus momentos felizes e as crianças devem ser abraçadas e se sentir amadas.

— Eu me senti, me sinto amada — massageio as têmporas, sentindo-me como se um bloco de concreto tivesse sido atirado em meu peito, e digo:

— E fui abraçada... Algumas vezes.

— Algumas vezes em vinte anos? — Ela pergunta, enfatizando seu ponto de vista.

— Porque isso não me parece muito.

— Fui abraçada muitas vezes. Micha me abraça o tempo todo — digo, ofendida.

— Novamente voltamos para Micha. Vamos excluí-lo dessa conversa por um minuto e focar em sua família. Seus pais alguma vez abraçaram você? Riram com você? Fizeram viagens em família? — Ela rascunha algumas observações no caderno, ao perguntar.

— Fomos ao zoológico uma vez quando eu tinha seis anos, mas minha mãe era bipolar e não conseguia fazer muitas coisas com a gente. E meu pai... Bem, ele amava um Jack Daniels. Aonde você quer chegar? — Pergunto, fazendo uma pausa ao perceber quanta raiva tenho na ponta da língua.

— Não quero chegar a lugar algum. Só estou tentando fazê-la enxergar a própria vida — ela responde, gentilmente, colocando a tampa de volta na caneta.

— Que minha vida é louca, que eu sou louca? Porque eu já sabia disso sem precisar recapitular a merda da minha vida — minha mão treme e as palmas suam diante das cenas difíceis que compõem minhas lembranças. Começo a hiperventilar e minha visão se turva.

— Respire fundo.

Ela me instrui, abanando a mão em frente ao próprio peito, num gesto de limpeza, e eu obedeço.

— Agora: você não é louca, Ella. Você só teve uma vida difícil.

Meu cérebro lateja dentro do crânio.

— Então o que isso tem a ver com ansiedade ou depressão ou o que quer que você ache que tenha de errado comigo?

— Acho que às vezes você pensa que não merece ter uma boa vida, que não é uma boa pessoa. Que você não merece ser amada.

Ela fecha a pasta, coloca-a sobre uma pilha pequena e cruza as mãos sobre a escrivaninha.

— E eu acho que é por isso que você afasta as pessoas e que isso é o que está causando muita depressão e ansiedade.

Recosto a cabeça contra a parede e digo:

— Sou assim porque minha mãe morreu por culpa minha. Sou assim porque sei que minha cabeça é uma zona e não quero arrastar ninguém junto comigo para essa confusão.

— Tudo isso que você disse não é verdade.

Ela diz, e eu ergo a cabeça.

— E nosso objetivo aqui é fazer você acreditar nisso.

Conversamos um pouco mais sobre coisas mais leves, tipo como vão minhas aulas e quais são os planos para o Natal. Quando meu horário acaba, volto para o apartamento.

Lila ainda não chegou da aula e o apartamento está em silêncio. Pego uma lata de refrigerante na geladeira e tiro o telefone do bolso, olhando para a foto do protetor de tela: Micha, Lila, Ethan e eu no casamento.

— Eu pareço feliz ali.

Digo, de forma determinada, e depois digito o número de Micha.

— Você ligou de volta. Ethan me deve vinte contos — ele diz, atendendo após dois toques.

Mordo a unha do polegar e digo:

— Ele apostou que eu não ia ligar?

— Ele apostou que você ia me dar o fora.

Ele brinca, fazendo uma falsa risada diabólica, e diz:

— Que a versão Mulher Perfeita[2] de Ella havia voltado.

— Não, nada de Ella Mulher Perfeita por aqui. Só uma Ella bem confusa.

Bato na lata de refrigerante para abri-la.

Ele para de rir e pergunta:

— Quer falar sobre isso?

---

[2] N. T.: *Mulheres Perfeitas* (*Stepford Wives*), filme exibido no Brasil em 2004.

— Não, na verdade não.

Suspiro, exausta, e tomo um gole de refrigerante.

Ele faz uma longa pausa e diz:

— Ella, amigos podem falar uns com os outros sobre coisas pelas quais estão passando.

— Sei disso — coloco o refrigerante no balcão e sento no banquinho, dizendo:

— Mas acabei de passar uma hora falando com minha terapeuta e prefiro dar um tempo de minha cabeça, se é que isso faz algum sentido.

— Faz total sentido.

Ele hesita momentaneamente, como se estivesse decidindo ousar dizer alguma coisa.

— Você deveria vir até aqui ver a nossa casa nova. Por enquanto é só um monte de caixas, mas a gente podia sair para jantar ou algo assim.

— Não acho que... — Começo a dizer.

Ele me interrompe apressadamente, dizendo:

— Você pode trazer Lila também.

Juro que o cara tem muita compreensão do que se passa em minha cabeça.

— Tudo bem, vou ver se Lila topa quando voltar da aula.

— Não me dê o fora, Ella May.

Ele finge estar bravo.

— Tô falando sério. Sei onde você mora e vou caçá-la e castigá-la das formas mais obscenas possíveis.

— Não estou te dando o fora. Credo, relaxe, esquisitão — provoco-o de volta, e digo:

— Tenho certeza de que Lila também vai querer, mas tenho que ver com ela.

— Bom, vejo você daqui a pouco.

A voz dele demonstra confiança.

— Ah, sabe o que deveríamos fazer?

Giro a lata de refrigerante no balcão com medo de perguntar.

— O quê?

— Devíamos fazer uma festa de nudismo.

A alegria toma conta da voz dele.

— Você só pode entrar na casa se tirar todas as roupas. Seria como a taxa de entrada. Dê-me suas calças e camisa e você tem permissão para entrar.

Faço uma careta, embora pareça interessante, e digo:

— Nada de festas de nudismo.

— Ei, eu tinha que tentar — ele comenta num tom provocativo, e completa:

— Vejo você daqui a pouco.

Desligamos e visto *shorts* de veludo vermelho e uma regata preta com um coração no meio. Prendo o cabelo num rabo de cavalo e passo delineador e brilho labial, depois espero no sofá até que Lila apareça.

Ela entra acenando para Parker, que se afasta da porta, dizendo:

— Talvez eu veja você mais tarde.

Ela fecha a porta e suspira, recostando-se nela.

— Meus Deus, ele está me dando nos nervos. Ele não desiste.

— Talvez você devesse parar de iludi-lo, então.

Escondo meu sorriso com a garrafa de refrigerante.

— Ei, eu também tenho necessidades.

Ela caminha lentamente até a cozinha e procura um lanche nas prateleiras da geladeira.

— Nem todo mundo consegue se comprometer a uma vida sem sexo como você.

— Estou tentando me consertar antes de complicar ainda mais minha vida. E assim, quando... Se Micha e eu acabarmos juntos, poderei ser uma pessoa de quem ele não irá guardar rancor.

Ela pega uma maçã e uma garrafa de água e se senta comigo no sofá, prendendo a saia debaixo das pernas.

— Você sabe que nunca vai funcionar, certo? Não tem como vocês dois conseguirem ficar longe um do outro por mais de uma semana. Na verdade, eu aposto em cinco dias. Ethan apostou sete.

— Vocês fizeram apostas? — Pergunto boquiaberta.

— Espere um minuto, você sabia que eles iam se mudar para cá?

Ela dá de ombros e morde a maçã.

— Ethan pode ter mencionado ao telefone uma vez ou duas.

Inclino a cabeça para trás e tomo o último gole de refrigerante.

— Eles convidaram a gente para ir visitar o apartamento novo, se você estiver a fim.

Ela abre a garrafa de água e diz:

— Claro. Não tenho planos, mas como a gente vai chegar lá? Porque eu ainda estou em greve de ônibus.

— A gente pode ligar para Ethan vir buscar a gente — digo, fazendo careta.

— Ou pedir um carro emprestado. Prefiro pedir emprestado, porque assim posso ir embora quando quiser. Se Ethan vier nos buscar, eles vão nos fazer de reféns, pode acreditar.

— Isso não parece ruim, mas se você quiser pegar um carro emprestado, tudo bem. Pode pedir para o Blake.

Um pedaço de maçã cai de sua boca, indo parar no colo.

Lembro-me de como Micha ficou irritado por causa do Mustang e hesito.

— Sim, é bem provável que não seja uma boa ideia, mesmo...
Ela tira o telefone da calça *jeans* e pergunta:
— Para quem mais a gente pode ligar?
Esmago o centro da lata e a coloco na mesa de centro.
— Parker?
Ela balança a cabeça negativamente e um de seus cachos se solta da fita do cabelo.
— De forma alguma, vai ser bem mais difícil fazê-lo ir embora. Além disso, ele fica todo esquisito em relação a emprestar o carro para os outros.
— Então, não faço ideia.
Depois de alguns minutos ponderando, desbloqueio a tela do telefone e mando uma mensagem de texto para Blake.

Eu: Ei, preciso de um favor enorme.
Blake: Manda.
Eu: Preciso de seu carro emprestado por algumas horas.
Blake: Claro, mas você precisa me levar para o trabalho e depois me buscar.
Eu: Por mim está ótimo.
Blake: Saio da aula em alguns minutos. Quer me encontrar no estacionamento?
Eu: Sim. Estarei lá em 5 min.

Coloco o telefone no bolso de trás, pego a bolsa no encosto da cadeira.
— Consegui um carro para nós, mas temos que ir para o estacionamento agora.
O telefone dela toca e ela o silencia sem olhar para a tela.
— Para quem você ligou?
Calço as sandálias e dou uma olhada na bolsa para ter certeza de que as chaves de casa estão lá.

— Blake.

Ela joga o restante da maçã no lixo ao lado do sofá.

— Você sabe que Micha vai ficar puto com você por aparecer por lá com o carro de Blake.

— Ele não vai ficar bravo. Só um pouco irritado, e foi você quem sugeriu isso primeiro — pontuo para ela, abrindo a porta, e a luz do sol entra no ambiente.

— Sei que sim, mas logo percebi que provavelmente não era uma boa ideia — ela suspira para as escadas, e diz:

— Você tem uma tendência a ver as coisas tão distorcidas, às vezes. Ele vai ficar puto porque você disse a ele que deveriam ser amigos por um tempo, e daí aparece lá com o carro de outro cara.

Desvio-me de uma árvore indo para a direita, pois um rapaz, jogando futebol, vem correndo em minha direção para pegar a bola.

— Você dirige e podemos dizer que você pegou o carro emprestado, daí fica tudo bem.

— Tudo bem?

Ela tira um pacote de chiclete do bolso e coloca um na boca.

— É, vamos ver como é que vai ficar tudo bem com toda a tensão sexual entre vocês dois.

Ela me oferece um chiclete e eu aceito, sabendo que ela está certa.

Micha

— Aqui está com cheiro de vestiário — Ethan torce o nariz ao abrir a geladeira e diz:

— Meu Deus, tem sobras de espaguete aqui.

Ele pega da prateleira um pote plástico cheio de um treco vermelho e o examina de perto.

— Não, não sei direito o que é isso.

— Joga fora, cara — pego uma caixa pesada em que está escrito "pratos" e a levo para a pequena cozinha, que precisa desesperadamente de uma pintura. Os balcões de cor verde estão descascando e uma das paredes está sem reboco em várias partes.

— Parece que está se mexendo.

Ele joga o pote para mim, afastando-se do odor horrível que vem dele.

— Sua vez. Fui eu quem jogou o lixo fora da última vez.

Balanço a cabeça negativamente, mas desço as escadas levando o pote à frente. O condomínio fica em uma área barulhenta, especialmente perto do *playground*. As crianças estão nos balanços, correndo, rindo, gritando, chorando. Lembra-me de tudo que Ella, Ethan e eu nunca tivemos.

Quando chego à lixeira, um Mustang vermelho entra voando pelo condomínio. Estaciona ao lado da caminhonete de Ethan, debaixo da cobertura, e eu vou até lá, um pouco irritado ao ver Ella saindo dele.

Pelo olhar em seu rosto, ela sabe que está encrencada. Então, acena de forma hesitante e diz:

— Oi.

Meu olhar analisa a capota brilhante do carro.

— Então, o Mustang tem um retorno grandioso em nossas vidas.

Ela coloca os cabelos ruivos atrás da orelha e diz:

— Foi Lila quem pegou emprestado.

Pressiono-a com um olhar rígido.

— Dá para ver que você está mentindo.

Quando olho para o banco do passageiro, Lila sai do carro e eu digo:

— Você podia ter pedido para Ethan ou eu irmos buscar você.

— Sei que sim. Mas eu queria poder voltar para casa quando quisesse — Ella responde, aproximando-se do meio-fio.

— Vou entrar. Qual é o apartamento? — Lila interrompe, olhando para o prédio de dois andares.

Sem tirar os olhos de Ella, aponto o dedo para o segundo andar.

— Andar de cima, primeira porta à direita.

Ela concorda e apressa-se para a escada, que range e estala com seus saltos altos.

— O carro não significa nada, Micha — Ella arrasta os pés pelo asfalto, evitando o contato visual comigo.

— E estou falando sério. É só um carro emprestado.

— Entendo que não signifique nada para você, mas provavelmente significa para Blake. Caras não emprestam carros assim para uma garota em quem não tenham interesse — garanto a ela, enfiando as mãos no bolso para resistir à tentação de percorrer minhas mãos por seu corpo e tentar implorar por ela novamente.

Ela suspira e olha para mim.

— Eu não devia ter vindo. É estranho demais.

— Só é estranho se você tornar tudo estranho. Pare de se preocupar tanto, moça bonita — vou em direção às escadas e ela me segue.

— É mais fácil dizer do que fazer — ela resmunga, contorcendo os lábios.

Quando chegamos ao pé da escada, fico de lado e sinalizo para que ela vá à minha frente.

— Primeiro as damas.

Ela sorri insegura e sobe a escada, segurando no corrimão. Sorrindo para mim mesmo, caminho atrás dela com os olhos vidrados em seu traseiro. Ela está com *shorts* minúsculos, justos o bastante para que uma parte pequena da bunda fique de fora. Como tenho saudades daquela bunda.

No topo das escadas, ela olha por cima do ombro e vê que estou encarando. Coloca as mãos nas costas e encosta na parede.

— Você me fez andar na frente só para ficar olhando para minha bunda? Achei que fôssemos amigos.

Dou de ombros, sem me importar por ter sido pego no flagra.

— Eu costumava encarar sua bunda o tempo todo antes, quando éramos somente amigos. Você nunca percebeu.

Ela passa os dedos nos cabelos ruivos e diz:

— Você vai dificultar as coisas, não vai?

— Provavelmente — admito, honestamente, e ela fica sem expressão. Depressa, de forma que ela não consiga me impedir, tiro o cabelo dela dos olhos e beijo sua bochecha de leve, piscando ao dar um passo para trás e dizer:

— Relaxe. Só vou arrancar suas roupas quando você pedir.

— Você é implacável.

Ela contém um sorriso e continua:

— E não vai ajudar se continuar me tocando e olhando para mim dessa forma. Quero ficar melhor para você, mas tenho que ir devagar com as situações complexas até aprender a lidar com elas. Pense nisso como um alcoólico em recuperação, que não pode estar em um relacionamento até conseguir lidar com as coisas de forma racional.

— Foi a terapeuta que disso isso para você?

— Sim.

Suspirando, abro a porta e faço uma pequena continência com os dedos:

— Tudo bem, vou me comportar o melhor possível. Palavra de escoteiro.

Ella gira meus dedos para trás de brincadeira e revira os olhos, entrando no apartamento. Observa o sofá de couro que Ethan roubou da casa da mãe, a televisão posicionada sobre um engradado e a mesa de jantar, que fica entre a cozinha e a sala de estar.

— Esse apartamento é tão masculino.

Ela funga e recua, abanando a mão na frente do rosto.

— Tem até cheiro de homem.

Belisco sua bunda e ela solta um grito, dizendo:

— Tem cheiro de homem.

Vou até a cozinha antes que ela fique brava comigo por causa da ceninha.

Ela começa a conversar com Lila e Ethan enquanto eu removo a fita da caixa de louça na mesa da cozinha e tiro uma pilha de pratos. Do balcão, meu telefone toca. É o hospital de Nova Iorque em que fiz o exame de sangue.

Atendo, relutante.

— Alô.

— Oi. É Micha Scott? — Pergunta uma garota de voz estridente.

Recosto-me no balcão e olho para a parede.

— Sim, sou eu.

— Aqui é a Amy, do Centro Médico NYU. Telefonei para dizer que os resultados do teste foram confirmados e você é candidato ao transplante.

— Está bem, obrigado por me avisar.

Desligo, segurando o telefone com força.

— Porra!

Ethan enfia a cabeça na cozinha.

— Vamos pegar algo para comer. Você aí... Está tudo bem? Você parece estranho.

— Estou bem.

Jogo o telefone na mesa e a parte de trás se desmonta.

— E, sim, por mim tudo bem.

Ele aponta com a cabeça para a porta da frente, onde Ella e Lila estão esperando.

— Vamos sair por aí, então.

Assim que ele sai, pego várias doses de vodca de uma garrafa que encontrei no meio das caixas, depois coloco algumas minigarrafas no bolso. O telefonema do hospital é um doloroso lembrete de que meu pai só veio até mim quando precisou de algo. Mas esse não é o problema, de fato. Aceito que ele sempre me verá como um simples conhecido. O que me irrita é que, lá no fundo, não quero fazer isso por ele. Quero que ele sofra, e esse sentimento está me consumindo.

Não quero me sentir assim, mas não posso me livrar do ressentimento.

Ethan volta para a cozinha com uma expressão de irritação no rosto.

— O que você está fazendo? Vamos. Estou morrendo de fome.

— Estou indo. Calma, mocinha. E não vamos naquele maldito Mustang — digo, ao ir correndo para a porta.

Ella

Micha está puto da vida com o Mustang e faz um discurso dramático sobre como não vai dirigi-lo de jeito nenhum.

Nem no inferno. Não mesmo. E quanto mais a noite avança, mais fica claro que a raiva dele vai aumentando, e o carro é só um pretexto.

Quando Ethan entra no estacionamento, decido que o universo está contra mim, porque o restaurante é o mesmo em que deixei Blake mais cedo, o lugar em que ele trabalha.

Inclino-me do banco de trás até apoiar os braços sobre o console, dizendo:

— Não quero comer aqui.

— Por que não? Para mim parece bom — Micha olha para as placas de neon do restaurante e as decorações chamativas penduradas no toldo inclinado. Seus olhos estão vermelhos e ele pronuncia as palavras bem devagar, o que em geral significa que ele está cansado ou bêbado.

— Porque a comida é péssima.

Lila diz rapidamente, desafivelando o cinto de segurança.

— Há um lugar no centro da cidade que faz costelas muito boas. Fica só a quinze minutos daqui.

Micha balança a cabeça negativamente e juro que ele está um chato de propósito.

— Não, acho que esse lugar está bom.

Lila e eu trocamos olhares preocupados quando Micha e Ethan saem do carro e batem as portas, deixando a gente sozinha no táxi escuro.

— Isso não vai ser bom — sussurro, observando enquanto Micha vai para a traseira do carro. Ele inclina a cabeça e dá um gole em uma garrafa. — Principalmente porque ele está de péssimo humor.

— Acho que ele bebeu. Senti um hálito de bebida — Lila diz, quando abro a porta.

Respiro em voz alta.

— Estou bem desconfiada de que ele está, sim, o que significa que estamos praticamente entrando em um poço de drama.

— Tem certeza de que Blake ainda está trabalhando? — Lila escorrega no banco para sair por meu lado.

Faço que sim com a cabeça.

— A gente vem buscá-lo, lembra?

Todos nós atravessamos o estacionamento em direção à entrada. Está tão escuro que as estrelas começam a brilhar no céu ao longe, e as luzes nas ruas mostram suas cores fluorescentes. Micha está andando de forma desajeitada e tropeça nos próprios pés quando pula para tocar a parte de cima da porta, torcendo o tornozelo ao pisar de volta no chão.

— Sim, estamos entrando num poço de drama — digo baixinho, quando Ethan abre a porta.

O restaurante está à meia-luz e a atmosfera cheira a mofo. Está lotado e barulhento, mas há algumas cabines vazias. Pequenas lanternas estão penduradas sobre as mesas e uma música *country* suave toca nos alto-falantes.

Blake está atrás do balcão servindo bebidas para um grupo de rapazes barulhentos. Pigarreio e olho nos olhos de Lila, acenando a cabeça discretamente na direção de Blake. Ela segue meu olhar e sua expressão fica tensa.

— Espera aí, tive uma ideia.

Ela vai até a *hostess*, uma morena de camisa branca e pantalona preta. Lila dá uma gorjeta para ela e depois volta com um sorriso animado no rosto.

— Já cuidei de tudo. E, sim, sei que sou a melhor amiga do mundo — ela diz baixinho.

— O que você fez? — Pergunto, mas ela simplesmente continua sorrindo.

Quando a *hostess* nos encaminha para a mesa, percebo que Lila a subornou para que nos levasse à cabine mais afastada do balcão. Quero abraçá-la, mas seria estranho, então sento-me e Lila vem logo a meu lado.

Ethan para do outro lado da cabine e diz:

— De jeito nenhum que vou sentar ao lado de Micha. Venha para cá, Lila.

Lila olha para mim.

— Tudo bem para você?

Fico confusa e a instabilidade fica evidente em minha voz.

— Acho que...

— Não tô nem aí para onde eu vou sentar. Na verdade, acho que vou ficar no bar — os olhos de Micha desviam para o final do corredor.

Lila dá um pulo e se apressa em ir para o outro lado, sentando-se com Ethan, arrumando o cabelo para dentro da fita do cabelo. Micha senta a meu lado na cabine e coloca o braço ao redor de mim. Ele está vestindo uma camisa cinza de manga curta e o calor de seu braço aquece minha nuca. Os olhos estão injetados, o rosto está vermelho e o hálito cheira a vodca.

Escondo o rosto com o cardápio, aproximo-me dele e sussurro:

— Você está bêbado.

Ele pisca para mim de forma inocente.

— Por que você pensa que estou?

— Por que você está fedendo a vodca — aponto o óbvio para ele.

— Tomei umas doses antes de virmos para cá e outras ali no estacionamento.

Ele coloca a palma da mão em minha coxa e diz:

— Relaxa, só quero me divertir.

— Não foi por isso que você bebeu.

Coloco o cardápio em cima da mesa.

— Você só faz isso quando está chateado.

Ele revira os olhos e tira a mão de minha perna.

— Como você sabe? Talvez eu tenha mudado enquanto estive na estrada.

— Ah, então a versão idiota de Micha vai voltar.

Falo por entre os dentes.

— Há outra razão pela qual você está chateado. Esta versão idiota só aparece quando você está com raiva.

Com os olhos vidrados em mim, ele abre o cardápio e diz:

— Estou chateado porque meu pau não recebeu atenção nenhuma nas últimas semanas.

Ethan não segura o riso e os olhos azuis de Lila se arregalam. Apoio a cabeça na mesa e fico assim até que o garçom venha pegar nossos pedidos. Levanto a cabeça e vejo Blake na ponta da mesa.

Ele está usando um *jeans* legal, uma camisa preta de botão, e cachos de seu cabelo saem um pouco pelas laterais do boné.

— Ella, o que você está fazendo aqui?

— Vim comer alguma coisa.

Falo de forma leve, esperando que possamos pular as apresentações.

Ele está com a caneta sobre um caderno e diz:

— Como assim? Não conseguiu esperar até a hora de me buscar, hoje à noite? Tinha que me ver mais cedo? — Ele brinca.

— Mas que droga.

Não quis dizer em voz alta, mas escapou, e rapidamente levo a mão à boca, dizendo:

— Sinto muito.

— Quem diabos é você? — Micha pergunta, encarando Blake.

— Sou Blake.

Ele responde, endireitando o corpo, sentindo-se desconfortável.

— Quem é você?

— Sou Micha. E, pelo seu olhar, acho que você sabe que eu e Ella estamos namorando — um olhar malicioso cobre seu rosto.

— Micha, acho que... — Começo a dizer.

— Ella, deixe para lá.

Ethan interrompe, lançando-me um olhar de advertência ao cutucar minha perna com o pé por baixo da mesa.

— Você sabe que não vale a pena nem tentar.

Fecho a boca e me concentro no cardápio.

— Acho que vou comer o sanduíche de frango. E vocês?

— Vou comer você — Micha diz e sinto a bochecha arder quando a mão dele desliza por minha coxa.

Coloco a mão por cima e o impeço de ir adiante, depois olho para Ethan pedindo ajuda.

— O que devemos fazer com ele?

Micha afunda o rosto em meus cabelos e diz:

— Qualquer coisa que você quiser, amor.

Ethan dá de ombros e joga o cardápio no centro da mesa.

— Você sabe tão bem quanto eu que até desmaiar ele só vai ficar cada vez mais intenso.

— Acho que volto daqui a pouco — Blake diz, e se apressa pelo corredor de volta ao balcão.

— Ele foi esperto.

Micha coloca a mão no bolso e revela uma minigarrafa de vodca dentro dele.

Tiro a garrafa da mão dele e seus olhos vidrados ficam frios.

— Me dá isso, moça bonita, senão...

— Senão o quê?

Jogo a garrafa para Ethan e ele a pega.

— Você vai dizer coisas ruins? Prefiro que você use a mim como saco de pancada, não outra pessoa.

Micha estreita os olhos e fico esperando o que virá em seguida, mas Ethan levanta-se antes que ele diga qualquer coisa.

— Vamos levá-lo para casa.

Ethan dá um passo para trás para deixar Lila sair da cabine.

— Antes que ele faça algo estúpido.

Já vi Micha assim algumas vezes e há sempre uma razão por trás disso, mas descobrir a razão pode ser perigoso. Mesmo para o melhor amigo.

***

Está escuro e nenhum *hall* de entrada está aceso naquela parte do condomínio. Mal dá para ver alguma coisa e Ethan luta para fazer Micha subir as escadas.

— Só pare de arrastar os pés. Ethan diz, conforme eles tropeçam para o lado e Micha bate o corpo no corrimão, fazendo vibrar a escada toda.

— Se você saísse do caminho, eu ficaria bem.

Micha empurra Ethan para o lado e tenta subir a escada sozinho, mas não consegue.

— O que a gente faz? — Lila pergunta, um pouco mais abaixo na escada, desconfortável com a situação.

Suspirando, intervenho, posicionando-me entre Micha e Ethan.

— Coloque o braço ao redor de mim.

Micha coloca o braço em meu ombro e se apoia em mim todo contente. Tenho dificuldade de levá-lo pelas escadas e o peso do corpo dele quase me derruba no chão. Ethan vai na frente para abrir a porta e acende a luz da entrada.

Micha afunda o rosto em meu cabelo e seus dentes mordiscam minha orelha.

— Seu cheiro é tão bom. Juro por Deus, quero comer você todinha.

Contenho o riso que insiste em subir pela garganta.

— Você precisa dormir.

Ethan segura a porta e Micha e eu passamos pela soleira, quase caindo no chão. Nós nos equilibramos novamente assim que a porta se fecha, Micha luta para tirar a camisa e a joga no chão.

Mesmo ele estando bêbado e eu sabendo que não devemos seguir esse caminho, meu olhar percorre seus músculos, a pele macia e a tatuagem no tórax, e uma coisa se desenrola dentro de mim.

Ele tira as botas e o cinto e me preocupo que a próxima coisa que vai tirar são as calças. Lila prontamente se volta para o canto, fingindo estar absorta na tela desligada da televisão. Entretanto, Micha fica de calça e cambaleia até a cozinha, procurando a meia garrafa de vodca que está no balcão.

— Ah, não. Não vai, não.

Vou correndo para a cozinha, tiro a garrafa dele e a fecho.

— Você só pode beber água.

— Vou fazer o que eu quiser, Ella May. É isso o que você faz. Faz só o que quer, me afasta — ele diz rispidamente, ao dar um passo para trás, batendo a cabeça no balcão.

Estendo as mãos para ele e digo:

— Venha comigo e vamos colocar você na cama.

Ele me olha com vigor e pergunta:

— Você também vem?

Faço que sim com a cabeça, mantendo meus olhos nos dele.

— Mas somente para colocá-lo lá, e depois vou para casa.

Ele coloca as mãos sobre as minhas, segurando-as com força, e eu caminho de costas, guiando-o pelo corredor. Seus olhos injetados estão presos aos meus e é difícil manter um ritmo cardíaco normal.

Digo a mim mesma repetidas vezes que a linha de amizade entre nós precisa se manter e que, de qualquer forma, ele está bêbado. Quando consigo levá-lo ao quarto, ele cai com tudo na cama, levando-me com ele de propósito. Ele entrelaça as pernas nas minhas e me abraça, deixando-me bem perto dele ao mesmo tempo em que afunda o rosto em meu pescoço e morde minha pele antes de parar.

Contorço os braços e agito as pernas, mas isso só faz com que ele me segure mais forte. O pânico toma conta de mim quanto mais ele me mantém presa e eu fico com ódio de minha cabeça confusa.

— De jeito nenhum.

Ele respira fundo, roçando o nariz mais perto ainda.

— Não vou deixar você ir.

— Ethan. Você pode vir aqui? — Chamo baixinho, tentando manter a voz num tom neutro.

Um pouco depois, Ethan aparece na porta e apoia os braços no batente. As mangas do moletom preto estão arregaçadas, expondo as tatuagens coloridas em seus braços.

— Você precisa de alguma coisa? — Ele ri, divertindo-se ao ver a cena.

Balanço o ombro para cima e peço.

— Você pode me ajudar a soltá-lo de mim?

Ele coça o queixo como que pensando no pedido e responde:

— Acho que é melhor você ficar aí. Dessa forma, se ele acordar e ainda estiver bêbado, você cuida dele.

— Ethan — imploro, mas ele vai embora, rindo sozinho.

Chamo Lila algumas vezes, mas ela não responde. Fico me perguntando se Ethan disse a ela para ir embora. Depois de me contorcer muito, consigo liberar um braço. Esfrego meus olhos cansados, observando Micha e ouvindo-o inspirar e expirar. Corro meus dedos pelo cabelo dele, depois deslizo o dedo pela têmpora até chegar no braço dele. *Deus, como ele é bonito.*

— O que se passa nessa sua cabeça? — Sussurro, levando a mão de volta à lateral de meu corpo.

Ele respira suavemente, e sua respiração acaricia meu rosto. Desisto de me libertar e beijo sua testa antes de me aninhar nele com um sorrisinho. Da próxima vez que for à terapeuta, posso dizer a ela que fui abraçada por dez horas seguidas.

Capítulo 11

Micha

Abro os olhos e vejo Ella dormindo tranquilamente em meus braços, com uma de minhas mãos em sua cintura e a outra um pouco abaixo do queixo. Eu deveria estar extremamente feliz, mas meu coração bate forte, meu estômago arde, e não tenho ideia do que aconteceu na noite passada, o que eu disse ou fiz.

Cuidadosamente, para não acordá-la, saio da cama e vou para o banheiro. O local todo está girando e meu cérebro parece que vai explodir dentro do crânio.

Depois que coloco os bofes para fora, escovo os dentes e volto para o quarto. Ella está acordada, sentada na cama e encostada na cabeceira.

— Como você está se sentindo? — Um toque de zombaria brilha em seu olhar.

— Você acha minha dor engraçada? — Subo na cama e deito de barriga para baixo, com o gosto de vômito queimando no fundo da garganta.

— Que diabos aconteceu ontem à noite?

Os dedos dela passeiam em movimentos circulares por minhas costas nuas.

— Bem, começou com você bebendo meia garrafa de vodca e acabou com você me prendendo na cama.

Levanto a cabeça e arqueio a sobrancelha.

— A gente...

Ela balança a cabeça e se deita a meu lado, dizendo:

— Você não me deixava ir. Você é meio malvado quando fica tão bêbado.

— Eu disse coisas malvadas para você?

— Não, mas tentou começar umas brigas.

— Sinto muito. Por qualquer coisa que tenha feito — digo, fazendo careta.

Seus enormes olhos verdes piscam para mim.

— Não precisa sentir muito. Quero que você me diga o que está acontecendo.

— Não está acontecendo nada. Só extrapolei um pouco — minto, desviando o olhar.

— Sabe de uma coisa? Isso não é justo.

Ella cutuca meu braço e olho para ela, que diz:

— Você me faz contar tudo e, quando não conto, você vai atrás de mim, me pressiona ou me provoca até que eu ceda.

— Você sempre pode tentar fazer o mesmo.

Digo a ela num tom baixo e rouco.

— Pode ser interessante ver até onde a coisa vai. Na verdade, desafio você a fazer o mesmo.

O corpo dela fica rígido.

— Micha, fale comigo.

Balanço a cabeça negativamente, sendo teimoso.

— Falei para você tentar me obrigar primeiro, e então, quem sabe, eu fale.

Ela morde o lábio inferior, refletindo, e depois empurra meu ombro, forçando-me a ficar de barriga para cima. Eu poderia ganhar essa batalha facilmente, mas isso não vem ao caso. Ela ajeita a postura e enlaça uma das pernas em mim. Seus cabelos ruivos estão bagunçados e cobrem nossos rostos e o delineador está todo borrado, mas ela continua linda.

Ela se esforça para ficar séria.

— Agora, diga por que você ficou tão chateado ontem à noite.

— Não, estou bem. Acho que vou guardar para mim — digo.

Ela apoia as mãos com força no meu ombro e enrijece as pernas ao redor de minha cintura, esfregando-se em mim acidentalmente e me fazendo ficar de pau duro.

— Por favor, me diga — ela bate os cílios com força e é tão ridículo que se torna adorável.

— Tudo bem, eu te conto.

Coloco as mãos na cintura dela e massageio sua pele.

— Mas, só para constar, eu nunca bato os cílios assim para você.

Ela sorri com orgulho.

— Sei disso. Esse é o meu truque secreto. Você sempre cai como um patinho.

Movo minhas mãos e acaricio suas costas.

— Você está dizendo que brinca comigo?

— Não mude de assunto. Diga-me por que você estava tão chateado ontem à noite — ela diz, deixando minhas mãos ficarem onde estão.

— Meu pai tem algum tipo de doença esquisita.

Deixo escapar um suspiro, sentindo o clima ficar pesado.

— E ele precisa de mim para um tipo de transplante de sangue e de medula óssea.

O rosto dela fica branco como um fantasma.

— Ele... Vai ficar bem?

Faço que sim com a cabeça e digo:

— Sim, não é nada que tenha risco de vida, mas eu...

— Mas você o quê? — Ela me força a continuar, massageando meus ombros com os polegares.

Desvio o olhar dela e fico encarando a rachadura na parede.

— Não quero fazer isso por ele. Quero que ele sofra e me sinto um lixo por causa disso. Quer dizer, sou tão sacana assim que vou deixá-lo doente, só porque estou puto?

Ela relaxa o peso sobre mim e seus lábios se abrem.

— É por isso que está chateado? Está se sentindo culpado por ter raiva dele?

— Por que me parece que você acha isso engraçado?

Fico encarando Ella e digo:

— Não é engraçado.

— Não é — ela diz.

Ela se esforça para manter a expressão impassível.

— É só que... Você é adorável. Você está aborrecido porque se sente mal por estar pensando coisas ruins.

— Nunca mais me chame de adorável.

Aperto a bunda dela e seu corpo fica tenso, mais próximo de mim, deixando meu pau ainda mais duro.

— Nenhum cara quer ser chamado assim.

O riso domina seus lábios conforme ela sem querer roça o corpo contra meu pau duro.

— Eu não me importo. Você é. Você é tão adorável, Micha Scott. Não acho que exista outro cara no mundo inteiro que seja tão doce quanto você.

Olho para ela de forma fria e dura.

— Quer ver como eu sou doce?

Com um movimento rápido, inverto nossas posições, então agora seu corpo quente está sob o meu. Meu estômago arde, mas ignoro a sensação de náusea.

— Se você continuar me chamando de adorável, vou virar seu corpo e mostrar a você toda minha masculinidade.

Os lábios dela se abrem numa expressão de choque a ela enrubesce. Coloco uma das mãos na bochecha dela e deixo meu polegar deslizar debaixo de seus olhos.

— Olha só que adorável.

O corpo dela treme debaixo do meu, mas sua voz está tranquila.

— Então, o que você vai fazer? Quanto a seu pai?

Afasto-me um pouco, mas ainda deixo seu quadril preso às minhas pernas.

— Sempre soube o que ia fazer. Só estava tendo um conflito interior com esses pensamentos de merda que estão me enchendo a cabeça.

— Então você vai ajudá-lo.

— Sim, vou ajudá-lo.

Seu peito ofega conforme seus olhos me encaram.

— É muito difícil ser apenas sua amiga.

A objetividade dela me espanta e penso em arrancar suas roupas e fazer amor naquele exato momento.

— O que você quer que eu faça com essa frase? Porque ela me deu milhares de ideias...

Ela me lança um sorriso apertado.

— Não quero que você faça nada. Só quero que você saiba que é assim que me sinto, que você faz com que me sinta assim. Tenho que começar a compartilhar meus sentimentos.

Beijo com carinho sua bochecha e depois me afasto dela, mas não antes de me esfregar em seu corpo mais um pouco. Ela ofega ao sentir como estou e eu sorrio.

— Você é melhor do que pensa ser, Ella May.

Aponto para minha boca e digo:

— Viu só? Você me fez sorrir.

Ela revira os olhos ao sair da cama, ajeitando a camisa.

— Tudo o que tenho que fazer para que você sorria é tirar a roupa.

Fico olhando para ela, imaginando-a toda suada e nua debaixo de mim.

— Pare de me olhar assim. Você está me deixando com dificuldade de respirar — a respiração dela está estranha.

Com os olhos ainda nela pego meu telefone, que está sobre uma das muitas caixas ao redor do quarto minúsculo.

— Que tal uma viagem até Nova Iorque?

Ela arqueia as sobrancelhas e indaga:

— Como amigos?

Concordo com a cabeça, ligando para meu pai.

— Se você quer assim.

— É o que eu quero por enquanto. E, sim, vou com você, porque te amo.

Ella

Depois que Micha ficou bêbado, fico pensando que pode ser que ele tenha um problema. Ele está fazendo o que meu pai fez, usando o álcool para lidar com os problemas. Apesar de ser difícil confrontá-lo, sinto que deveria.

Falo nesse assunto com minha terapeuta durante a última consulta antes da viagem a Nova Iorque, mas ela discorda.

— Não acho que seja uma ideia muito boa no momento, Ella.

Ela diz em voz alta, por causa do barulho da chuva contra a janela. As calçadas estão inundadas, o céu está cinza-chumbo e o vento está uivando.

— Você ainda está lidando com os próprios problemas e trazer à tona esse tipo de coisa pode detonar emoções feias.

— Micha não é assim. Ele jamais me magoaria intencionalmente — discordo dela, aumentando o tom de voz por causa do barulho do trovão.

— Confrontar problemas pode ser ruim para qualquer um. Como vão indo as coisas ultimamente? Tudo bem? — Ela coloca os óculos e lê as anotações da consulta anterior.

Digo a verdade, embora minha reação inicial seja dourar a pílula.

— Tudo bem, exceto por um momento, depois de falar com Dean ao telefone... mas as coisas sempre ficam uma merda quando falo com ele.

— Por que ele ligou para você? — Ela pergunta.

Sinto um nó no peito ao dizer, suavemente:

— Porque hoje é o aniversário de minha mãe.

Ela não me olha com compaixão, por isso gosto dela.

— Ele foi rude durante a conversa?

Tenho dificuldade em respirar.

— Um pouco, mas é porque ele ainda me culpa pela morte de nossa mãe, acho.

Ela posiciona o lápis sobre o papel, pronta para tomar notas.

— Você fala para ele como se sente quando ele te magoa?

Balanço a cabeça negativamente e digo:

— Não, e não quero.

Suas mãos movem-se rapidamente pelo papel conforme ela escreve algo.

— O que você fez depois que desligou o telefone com Dean e ficou chateada?

— Não fiquei chateada.

Corrijo-a.

— Só triste, então voltei para meu quarto e me enrolei feito uma bola por um tempo. Depois saí sozinha da situação.

— Que bom. A que horas você vai para Nova Iorque? — Ela tira os óculos e há marcas vermelhas no local em que ficaram pressionados contra o nariz.

Inclinando a cabeça para trás, olho para o relógio na parede atrás de mim.

— Tipo em quatro ou cinco horas.

— Você vai ficar bem? Você vai viajar sozinha com Micha? — ela indaga.

— Vou ficar bem. Sei que você não quer que a gente namore, e não estamos namorando, mas ele ainda é meu amigo e precisa de mim — garanto a ela.

— Nunca disse para você não namorá-lo, Ella. Só disse que, até poder construir uma vida estável, você deveria ir com calma, e relacionamentos geralmente não são calmos — a chuva fica mais forte, batendo na janela, e ela ergue o tom de voz.

Enrolo um cacho do cabelo com o dedo.

— Como vou saber se estou pronta para ficar com ele de novo?

Ela me oferece um sorriso encorajador.

— Só você saberá, mas posso aconselhá-la a dar passos de bebê em qualquer relacionamento em que entre, assim seus pensamentos terão tempo de assentar e você conseguirá enxergar o que é real.

Meus pensamentos passam correndo pela cabeça enquanto levanto e coloco a mochila nos ombros.

— Acho que vejo você quando eu voltar.

Ela me acompanha até a porta.

— Cuidado, Ella. E lembre-se, se precisar de alguma coisa, me ligue.

Eu me despeço e saio para a chuva, seguindo em direção ao apartamento. Minhas botas batem nas poças de água e, apesar de ter corrido o caminho todo, minhas roupas e meus cabelos ficam ensopados.

Ethan e Micha estão sentados no sofá da sala de estar quando entro correndo e fecho a porta, fugindo da chuva. Os olhos deles se arregalam para mim.

Micha vê minha calça e camiseta agarradas ao corpo e gotas de água correndo por meu rosto.

— Você não tinha uma jaqueta para colocar por cima?

Eu torço o cabelo, deixando uma sujeira no piso da entrada.

— Não, eu não pensei que fosse chover.

— Como assim? As nuvens escuras não deixaram isso óbvio? — Ethan pergunta em tom zombeteiro, enchendo a mão com salgadinhos de um saco sobre a mesa de centro.

— Geralmente não chove, aqui. Dá tempo de tomar um banho antes de irmos? — Vou até o quarto e minhas botas deixam um rastro de água no tapete.

— Sim, dá tempo. Mas seja rápida — diz Micha.

Fecho a porta do quarto, tiro as roupas molhadas e entro no banheiro da suíte, deixando a porta entreaberta. A água quente do chuveiro relaxa minha tensão e deixo-a correr pelo corpo por mais tempo do que havia planejado.

— Ella, você está viva aí? — A voz de Micha aumenta por causa do som da água corrente.

Esfrego a água dos olhos e respondo:

— Sim, eu já ia sair.

Espero um minuto para que ele saia, depois desligo a água e abro a cortina para sair, mas ele ainda está lá, recostado no balcão.

— Merda. Pensei que você tivesse saído — pego a cortina para me cobrir.

Ele cruza os braços e seus olhos ferozes estão vidrados em mim.

— Queria ter certeza de que você ia sair. Precisamos ir.

Pego a toalha do cabide e me cubro, antes de soltar a cortina e sair. O olhar dele me segue o tempo todo em que caminho até o quarto.

Procuro na cômoda algumas roupas e escolho uma camiseta com capuz, listrada de cinza e preto, e *jeans*.

— Tudo bem, me dê um minuto para trocar de roupa e ficarei pronta.

Ele pega um desenho de uma garota com rachaduras no rosto e o analisa.

— Quando você desenhou isso?

Suspirando, visto a calcinha sem tirar a toalha.

— Um pouco antes de vir te visitar em LA.

Ele o põe de volta na cômoda e seus olhos apaixonados voltam-se para mim.

— Parece que você estava triste quando o desenhou.

Visto a calça *jeans*, tropeçando pelo quarto, e meu pé fica preso no meio da perna da calça.

— Eu estava triste porque não estava conseguindo ver você.

Um sorriso se esboça em seus lábios ao olhar para meu sutiã, enquanto penso em uma maneira de vesti-lo sem que ele me veja pelada.

— Você está com algum problema? — Ele pergunta.

Pisco para ele impassível.

— Você se importaria de sair por um minuto?

Ele balança a cabeça de forma exagerada e diz:

— Eu me importaria muito.

Balançando a cabeça, viro de costas e deixo a toalha cair no chão. Enfiando o braço em cada uma das alças, coloco o sutiã e estico as mãos para fechá-lo, mas dedos acariciam minhas costas.

— Sei que não deveria dizer isso, já que temos que ser amigos.

Micha respira fundo e diz numa voz rouca, enquanto fecha meu sutiã.

— Mas você está ridiculamente linda.

Meus pulmões se contraem enquanto olho por cima do ombro e seus saborosos lábios estão a centímetros de distância.

— Você está certo.

Digo, sem fôlego, conforme meu coração martela dentro do peito.

— Você não deveria dizer coisas assim.

O olhar dele se move para meus lábios, cheio de desejo como se ele fosse me beijar, e um gemido de carência treme em meus lábios. Sugando o *piercing*, ele se afasta, sem desviar o olhar até fechar a porta e desaparecer no corredor.

Deixando escapar um suspiro de tremor, rapidamente visto a camisa e penteio o cabelo, desejando que ele tivesse me beijado.

***

Ethan nos deixa no aeroporto em cima da hora para fazermos o *check-in* e vencermos a multidão antes que o avião comece a taxiar. Todo mundo pensa que somos recém-casados e Micha se diverte com isso, mas eu fico desconfortável. Recém-casados é igual a casamento, algo para o qual não estou pronta.

Conforme nos aprontamos para embarcar, Micha me diz para ir em frente sozinha. Ele tem algo a fazer e vai se encontrar comigo no avião. Pego minhas malas e entro na fila com o cartão de embarque na mão, enquanto ele segue para a loja de presentes com a sacola nos ombros.

No avião, acho nossa fileira e coloco a mala pequena debaixo do assento, depois ponho a maior no compartimento superior. Sento-me perto da janela e olho para o céu azul e para a asa do avião, imaginando se voar vai ser muito ruim, já que nunca estive em um avião antes.

— Você parece nervosa — Micha comenta ao chegar à fileira em que estou.

— Estou bem. Só estou perdida em pensamentos — asseguro a ele.

Ele coloca a mala no compartimento superior e a camisa xadrez verde de capuz se ergue, apenas o suficiente para mostrar um pequeno pedaço de músculo sarado do abdome e a pele suave de porcelana. Meus pensamentos ficam cheios de imagens de meus dedos correndo pelo peito dele, deslizando no abdome, saboreando sua pele macia.

— Está curtindo a vista — ele arqueia a sobrancelha ao perceber meu olhar e puxar a camisa de volta para baixo.

Escondendo o sorriso, viro-me para a janela e digo:

— Acho que sim.

Ele senta no assento do meio e, quando olho, há uma sacola de papel em seu colo.

Aponto para ela.

— O que há nela? É bom?

Ele abre a sacola e a move em minha direção. Dentro há um *cupcake* de chocolate com granulado rosa e vermelho. Meu coração instantaneamente se enche de amor por ele.

— Eu sei que não é o mesmo. Mas acho que chega perto — ele tira o *cupcake* da sacola e o equilibra na palma de minha mão.

Lágrimas apontam em meus olhos conforme imagens de minha mãe surgem em minha mente. Era o aniversário de trinta e cinco anos dela e eu tinha doze. Quando perguntei o que queria de presente, ela me disse que queria fazer *cupcakes* o dia todo. Foi um momento bom na minha vida, apesar de a maioria das pessoas provavelmente o verem de forma estranha. Mas ela estava feliz. Eu estava feliz. Micha estava feliz. E a felicidade trouxe uma rara serenidade para nós.

— Você lembrou.

Uma lágrima escapa de meu olho e rola pela bochecha.

— Claro que lembrei.

Ele enxuga a lágrima e diz:

— Como não iria me lembrar do dia em que fiz dúzias e dúzias de *cupcakes*?

Em meio às lágrimas, consigo sorrir diante da lembrança.

— Não podia dizer não. Era o aniversário dela e ela parecia tão feliz.

— E eu fiquei totalmente feliz em fazer aquilo.

Ele diz, enxugando outra lágrima com o dedo.

— Mas acabei colocando os bofes para fora de tanto comer massa.

— É uma boa lembrança de minha mãe. Rara, mas boa — fecho os olhos, luto contra as lágrimas e deixo escapar um suspiro trêmulo.

Quando abro os olhos novamente, ele está me observando bem de perto, como se tivesse medo que eu fosse quebrar. Afundo o dedo na cobertura e lambo.

Ele reprime um sorriso.

— O que achou?

Lambo um pouco da cobertura que ficou em meus lábios e digo:

— Muito, muito bom.

Uma mulher de uns vinte e cinco anos, com cabelos loiros encaracolados e bochechas ossudas, senta-se na cadeira ao lado de Micha. Ela olha de forma sedutora para ele ao colocar a mala debaixo do assento e desligar o telefone.

Aproximo-me de Micha e pisco, surpresa.

— Você tem uma admiradora.

Ele espia por cima do ombro e, quando olha de volta para mim, seu rosto se ilumina de diversão.

— Só uma entre muitas.

Lambo a boca cheia de cobertura da parte de cima do *cupcake*, rindo, e ele me observa atentamente, arrastando o *piercing* por entre os dentes.

— Sabe o que eu amo?

Ele pergunta, e espero que algo obsceno saia de sua boca.

— O tamanho de seus olhos. Eles são bonitos — ele coloca o dedo no canto de meus olhos, tocando-os com delicadeza.

A mulher revira os olhos ao afivelar o cinto de segurança e pega uma revista do bolso do assento à frente.

— Sabe o que eu amo?

Pergunto, e ele balança a cabeça negativamente.

— Quando você está deitado sem roupa na minha cama.

Ela faz uma cara de nojo ao folhear a revista e a testa de Micha se enruga numa careta.

Cubro a boca com a mão e falo no ouvido dele.

— Ela está ouvindo a conversa e ficando irritada, então pensei que podíamos nos divertir.

Um sorriso maligno se expande no rosto dele.

— Você sabe o que eu amo? Seu corpo debaixo do meu, suado e cheio de tesão.

Ela bufa de irritação e vira de costas para nós, olhando para o corredor. Sorrindo, dou uma mordida no *cupcake*.

— Foi divertido.

— Foi divertido — ele concorda, e desliga o telefone.

O avião começa a se mover para trás e parece que demora uma eternidade, mas finalmente estamos no céu. Respiro devagar, batendo os dedos nas pernas, sem saber ao certo por que estou toda agitada, além do fato de estar colocando confiança demais no piloto.

Os dedos de Micha apertam meu pulso e ele beija minha pulsação acelerada.

— Relaxe, está tudo bem.

Aninho-me nele e apoio a cabeça em seu ombro. Ele pega o iPod e coloca um dos fones no ouvido. Afasta meu cabelo para o lado e coloca o outro fone no meu.

Ele escolhe entre as listas de música e segundos mais tarde *Chalk Line*, do Strike Anywhere, começa a tocar. É a versão acústica, por isso é mais suave. Ficando mais perto, ele canta junto e o som de sua voz angelical me leva ao sono.

Capítulo 12

Micha

Depois que o avião pousa e a gente faz o *check-in* no hotel absurdamente elegante que meu pai reservou, decidimos passear pela cidade. As calçadas estão cheias de gente e o trânsito está praticamente parado. É o meio da tarde, mas está friozinho e os prédios são tão altos que a luz do sol mal ilumina suas partes mais baixas e as calçadas.

Ella está com uma jaqueta de capuz e luvas que deixam os dedos de fora, e treme de frio ao beber o café.

— Está com frio, amor? — Pergunto, levantando o capuz para cobrir a cabeça.

Ela acena que sim, com o café próximo aos lábios.

— Acho que estou acostumada demais ao clima de Las Vegas.

Posiciono-me atrás dela e esfrego as mãos em seus braços algumas vezes, criando calor pela fricção.

— Imagine como vai ser ruim quando voltarmos para casa para o Natal. Star Grove é duas vezes mais frio que aqui.

Ela toma o café e eu enlaço meus braços ao redor dela, guiando-nos pela multidão.

— Acho que não vou a lugar nenhum no Natal.

Fico ao lado dela e olho em seus olhos, indagando:

— Como assim, não vai? Você não pode ficar sozinha no *campus* por três semanas.

— Não quero voltar para uma casa vazia, Micha. E não estarei sozinha. A Lila também não vai para casa.

Enquanto os carros zunem, paramos no cruzamento e esperamos com a multidão até que o sinal abra para nós.

— Você pode ficar comigo. Eu até daria minha cama para você — convido-a.

Ela olha para mim, rabugenta, e diz:

— Do mesmo jeito que você arrumou duas camas no hotel?

— Ei, foi meu pai que reservou o quarto. Não foi culpa minha — digo, enquanto ela tira os cabelos da boca.

— Ah, tá. Que conveniente para você — ela comenta, revirando os olhos.

— Vai ser muito conveniente para mim — sinto que estou pisando em ovos. — Dessa forma, se eu ficar com muito tesão ou entediado, posso fazer com que você enrosque a perna em mim para que eu a sinta novamente. Sabe como é, você é meio safada quando fica num quarto escuro.

Ela olha para um cara mais velho de cabelo fino e óculos que está ouvindo nossa conversa com um enorme sorriso no rosto.

— Não foi isso que aconteceu.

Lanço um olhar intimidador ao pervertido, que rapidamente vira o rosto.

— Foi exatamente isso que aconteceu, moça bonita, e você sabe.

Ela toma o café para esconder a expressão de tormento.

— Não faço ideia do que você está falando.

Entrelaçando meus dedos nos dela, caminhamos pela rua com a multidão e paramos do outro lado para olhar em volta.

— Você queria ir a algum lugar especial enquanto estivermos aqui? Central Park? Podíamos ir esquiar — pergunto.

Ela inclina a cabeça para trás, protegendo os olhos do sol, e olha para o Empire State Building, que se alonga pelo céu, e diz:

— Quero ir lá em cima.

Meu peito se contrai diante das lembranças que me invadem a mente: ela em pé na ponte, segurando no gradil sobre a água, pronta para jogar fora sua preciosa vida.

— Tem certeza? Porque há um monte de outras coisas que poderíamos fazer — pergunto, deixando escapar um lento suspiro.

Sorrindo, ela pega em meu braço e confirma:

— Sim, agora vamos.

Tiro essa lembrança da cabeça da melhor forma que posso, e relutantemente permito que ela me guie pela rua, porque eu iria a qualquer lugar com ela, mesmo que não quisesse.

Ella

Temos de esperar na fila para pegar o elevador, mas ele nos leva ao topo rapidamente e me deixa com um pouco de tontura. Quando as portas se abrem, saímos e meu estômago revira por causa do nervoso. Jogo o copo vazio de café no cesto de lixo e vou até a área de observação, que está bloqueada por barras de ferro.

Micha vai junto comigo, apesar de não querer estar lá. Isso o deixa nervoso, então entrelaço meus dedos nos dele ao olhar pelas barras para ver a cidade cheia de vida lá embaixo. Está escurecendo e as luzes coloridas brilham à distância. É aí que sinto, assim que o vento bate com força em mim, a mesma impotência que senti no avião.

Micha percebe meu desconforto e seus braços enlaçam minha cintura.

— Respire devagar e relaxe para curtir o cenário — ele acaricia meu pescoço com beijos até eu me acalmar.

— É bonito. Tipo, impressionante mesmo — sussurro.

Ele chupa o ponto sensível de minha orelha, antes de desviar o rosto.

— É, não é?

Tremendo por causa do frio e do toque dele, recosto-me nele e ele apoia o queixo sobre minha cabeça.

— E é real.

Muitas pessoas não entenderiam o que eu disse, mas ele entende e seus braços me apertam com mais força. As pessoas caminham a nosso redor, mas eu não saio do lugar, descobrindo como é ter um momento de paz em que os pensamentos não estão embolados na cabeça.

Em determinado momento, começo a chorar, mas faço isso baixinho, esperando que ele não perceba.

Os dedos dele procuram meu rosto para enxugar as lágrimas.

— Por que você está chorando, moça bonita?

— Não é nada... É só que tudo isso é tão normal. Sinto muito. Não sei por que estou sendo tão bebezona — admito, limpando as lágrimas.

Ele beija minha cabeça e me traz para mais perto.

— Você não está sendo bebê. Você está sendo verdadeira.

Sentindo um pouco do fardo de minhas costas cair, faço que os braços dele me segurem com ainda mais força, desejando que ele nunca me solte.

***

Ele me leva de cavalinho de volta ao hotel porque meus pés doem de tanto andar. Não consigo parar de rir o caminho todo, porque as pessoas não param de olhar para nós de forma estranha, apesar de algumas olharem com inveja.

Quando entramos no saguão do hotel, o porteiro, que usa um chapéu engraçado e um uniforme de botão, se aproxima de nós com um olhar de preocupação em seu rosto pequeno.

— Nada de barulho no saguão.

As botas de Micha arrastam-se pelo piso de mármore branco.

— Com certeza. Vamos deixar esse barulho para o quarto — ele responde, ao entrar comigo ainda em suas costas no elevador.

O porteiro fica parado na frente das portas que se fecham e Micha acena para ele. Faço um movimento para sair das costas dele, mas ele pressiona minhas pernas em seus braços com força, ao apertar o botão de nosso andar, fazendo o elevador subir.

Quando chegamos ao andar, ele me pega no colo e assim caminha pelo longo corredor até nosso quarto.

Um casal de meia-idade passa por nós e a mulher leva a mão ao coração, dizendo:

— Ah, veja Harold, recém-casados!

Isso acaba com meu humor, mas Micha ri e se diverte ao inserir o cartão-chave na fenda que abre a porta. Ele gentilmente me põe no chão, mas me pega de volta rapidinho.

— Tenho de ultrapassar a soleira, certo? — Ele dá uma piscadinha e a mulher sorri, entusiasmada.

Ele me leva para dentro do quarto e fecha a porta com o pé.

— Bem-vinda à suíte nupcial, onde somente coisas obscenas podem acontecer.

Dou um tapa em seu braço enquanto ele me leva para a cama.

— Não somos recém-casados, então pare de fingir.

Seus olhos brilham de safadeza e ele me joga na enorme cama decorada com cortinas brancas e contas nos travesseiros. Meu corpo balança quando atinjo o colchão e viro de barriga para baixo, estreitando meus olhos para ele, que ri histericamente.

— Vou fazer você pagar por isso — aviso, com um olhar sombrio. — Vai pagar caro mesmo.

Ele vai até a mala que está no sofá e diz:

— Não vejo a hora.

Fico de barriga para cima e estico o braço sobre a testa para encarar o teto, sentindo-me feliz, e querendo desesperadamente que aquele momento se prolongue.

— Aposto que não vê, mesmo.

Segundos mais tarde, ele pula por cima de mim, controlando o peso com as mãos bem a tempo de não esmagar meu corpo.

— Sei o que deveríamos fazer.

— De jeito nenhum. Não quero ouvir nada do que vem de sua boca.

Digo, e ele prende meus braços sobre a cabeça.

— Você está daquele jeito.

— Que jeito?

— Aquele em que tudo o que diz inclui safadeza. Sabe que eu sempre me perguntava se você guardava isso só para mim, ou se fazia esse tipo de coisa com toda garota com quem se envolvia.

O rosto dele fica tenso e ele se afasta de mim, ainda segurando meus pulsos.

— Você sabe que nunca fiquei com ninguém tempo suficiente para de fato fazer algo com a pessoa.

O momento de alegria está morrendo por minha causa e eu não quero que termine.

— Conte o que você queria fazer, e não se contenha.

Seus olhos azuis-claros brilham como o oceano na luz do sol.

— Devíamos lutar.

Balanço a cabeça de forma enfaticamente negativa.

— De jeito nenhum. Da última vez que lutamos, você ficou sentado em cima de mim por uns dez minutos, morrendo de rir porque eu não conseguia levantar.

— Em primeiro lugar, conte a história direito. Eu estava montado em você, não sentado em você. E, em segundo lugar, só fiquei em cima de você por tanto tempo porque toda vez que você tentava sair, o seu corpo roçava o meu e eu ficava excitado.

— A gente tinha tipo quinze anos. Você ainda não me via dessa forma.

— Eu *já* tinha quinze. E você era uma garota — ele retruca.

Dou risada do sorriso de pateta dele.

— Tudo bem, vamos lutar, mas eu não vou me controlar.

Sugando o *piercing*, ele se afasta da cama, tira a camiseta e a joga no chão.

— Nem eu.

Seguro o rosto com as mãos, balançando a cabeça negativamente, ciente de que estou prestes a entrar em uma confusão, mas Anna me disse para ser minha própria juíza da situação. Nesse exato momento, estou me divertindo e não quero que acabe, então fico de pé sobre o colchão.

— Só não quebre nada.

Aviso, apontando para as luminárias de vidro espalhadas pelo quarto e para os quadros na parede.

— E não me quebre.

Ele sorri de forma sombria.

— Ah, pode acreditar em mim, tenho grandes planos para você quando eu vencer.

Começo a ir para a lateral da cama, mas ele prevê o movimento e me bloqueia, com os braços estendidos em minha direção.

Para me livrar dele, deslizo para o outro lado, mas depois giro e volto de costas, procurando o espaço vazio para saltar no chão e correr na direção do sofá.

— Não estamos brincando de pega-pega. Você tem ao menos que tentar me prender no chão — ele gira pelo sofá em minha direção e eu corro para o outro lado.

Recuo para o banheiro, pensando se me tranco ou não lá dentro. Assim que vejo que estou ao alcance dos braços dele, sei que perdi.

Ele se aproxima, flexionando os braços enquanto estala os dedos.

— Venha, me desafie. Você sabe que quer. A menos que esteja com medo demais.

Ele está intencionalmente tentando me irritar e está funcionando. Procuro uma solução e sorrio ao encontrar uma. Com dedos trêmulos, agarro a barra da camiseta, ergo-a pela cabeça e balanço os cabelos.

Ele calculadamente absorve a visão de minha pele nua e meu sutiã preto.

— Boa jogada.

Aproximo-me bem pouco e ele faz o mesmo, e assim nos encontramos no centro do quarto. Estendo a mão para ele, sem outros planos além do de agarrar os músculos de seu abdome, mas ele procura meus pulsos e nossos corpos colidem.

Ele me levanta e prendo as pernas ao redor de sua cintura, enquanto as longas pernas dele caminham em direção à cama.

— Isso não é luta — digo, jogando a cabeça para trás, rindo.

Os lábios dele se transformam num sorriso conspirador conforme ele tira meu cabelo da frente dos olhos.

— Não vou jogar você no chão para fazer isso.

— Fazer o quê? — Pergunto, quando ele cai na cama, ficando em cima de mim.

— Isso — com um olhar sinistro, ele agarra meus pulsos com uma das mãos, deixando-me presa ao colocar cada uma das pernas nas laterais do meu corpo.

Meu corpo estremece.

— Como eu saio daqui?

Ele se aproxima ainda mais e os cachos loiros de seu cabelo fazem cócegas em minhas bochechas.

— Você não sai — seus dedos passeiam por meu tórax e meu corpo se agita.

— Não ouse.

Aviso, me contorcendo para tentar escapar.

— Quer dizer. Não é engraçado e dessa vez eu vou me vingar de você.

Os dedos dele se movem pelo meu abdome, hesitantes, antes de ele segurar meu corpo com força. Meus músculos se tensionam quando eu grito.

— Micha, por favor, não.

Imploro, forçando o riso.

— Vou fazer qualquer coisa que você quiser, mas não faça cócegas em mim.

Ele afasta as mãos com um olhar de satisfação e diz:

— E é assim que se ganha uma luta.

Fico olhando para ele com raiva nos olhos, mas meu corpo está em êxtase por estar preso debaixo do dele.

— Essa foi uma jogada suja.

— O que posso dizer? Gosto de jogar sujo.

Ele faz uma pausa com os olhos presos aos meus e sua respiração se acelera.

— Ella... Não tenho certeza de até onde posso ir com você. Sei que você disse que precisava de um tempo para se recompor, mas você está deitada debaixo de mim e a sensação é tão boa, tudo o que quero nesse momento é tocar você.

Meu peito ofega ao imaginar as mãos dele sobre mim e as palavras da terapeuta ecoam em minha cabeça: passos de bebê.

— Você pode me tocar, se quiser... Mas vá devagar.

Ele fica esperando que eu retire a última frase, mas selo meus lábios com nervosismo e ansiedade. Propositalmente ele desliza a mão por meu corpo em direção a meu seio, e não desvia os olhos dos meus. Quando a mão dele chega à barra de meu sutiã, ele para a fim de testar minha reação. Fico parada, imóvel, desejando que ele vá adiante, curvando-me para ele.

Seus olhos azuis-claros se incendeiam conforme seus dedos deslizam por debaixo de meu sutiã e sua boca mergulha em meu pescoço. Ele suga a pele sob minha orelha, sua mão massageia meu seio e o polegar acaricia o mamilo. Ele não tenta tirar meu sutiã e, em vez de levar a outra mão para dentro de minhas calças, ele a mantém fora, enquanto me afaga no meio das pernas.

Ele mantém um limite a fim de não ir tão longe. Eu o amo tanto que não há palavras para descrever. Sou extremamente sortuda por tê-lo. Prometo a mim mesma empenhar-me para dar a ele o que ele quer e tentar fazê-lo feliz.

Segundos mais tarde, um gemido abençoado me escapa dos lábios enquanto ele momentaneamente acaba com minha ansiedade.

Capítulo 13

Micha

O transplante é no dia seguinte e encontramos meu pai no hospital. O quarto em que nos colocam é pequeno, tem uma cortina, algumas cadeiras e uma máquina estranha cheia de fios. O lugar tem cheiro de desinfetante e a agitação do corredor flui pela porta aberta.

Li sobre o procedimento antes de vir para Nova York e não é tão complicado. O médico vai colocar uma agulha em meu braço e o sangue vai correr por uma máquina antes de retornar para minhas veias.

Meu pai está fazendo alguma coisa ao telefone e nós três sentamos em silêncio. Ella está descascando o esmalte com a unha e eu não consigo parar de bater os pés no chão. Ella tem uma marca de chupão no pescoço, bem no lugar em que suguei sua pele ontem à noite. Ela tentou cobrir com maquiagem, mas ainda está visível e eu amo que esteja.

— Micha, dá para parar com isso?

Meu pai pede de forma rude, olhando para meus pés.

— Estou com dor de cabeça.

Paro de bater a perna e Ella me olha longamente antes de encarar meu pai friamente.

— O senhor se importaria de sair do telefone? É meio rude, já que ele está aqui para ajudá-lo — ela pergunta, enquanto arregaça as mangas da camisa.

Deus, amo quando ela fica assim. Apesar de ser rara, essa atitude de raiva é bonita. Pelo menos para mim, embora provavelmente não muito para as pessoas a quem ela a direciona.

Meu pai olha feio para ela ao desligar o telefone, e diz:
— Desculpe-me.
— Sim, desculpe mesmo. Em vez de fazer isso, você deveria estar sentado aqui agradecendo a ele, não acha? — Ela rebate.

Cubro a boca com uma mão para esconder o sorriso e seguro a mão dela com a outra, deslizando o dedo por seu pulso, pensando em como me senti ao tocá-la ontem à noite.

Meu pai olha para mim esperando que eu intervenha, mas dou de ombros e digo:
— Você está sozinho nessa.

A enfermeira entra antes que alguém possa dizer mais alguma coisa. Ela tem uma prancheta nas mãos e seus olhos analisam os papéis. O cabelo dela tem o mesmo tom que o de Ella, mas ela é pelo menos dez anos mais velha, tem olhos castanhos e sardas.

— Tudo bem, Micha?

Lanço um sorriso carismático para ela.

— Sim, você até pronunciou o nome corretamente, o que não acontece com muita frequência.

Ela sorri para mim, um pouco cansada, ao colocar a prancheta no balcão.

— Provavelmente é melhor se vocês dois esperarem lá fora. Vai levar um tempo.

Ella olha para mim e eu concordo com a cabeça, enquanto meu pai se apressa a sair do quarto como se o lugar estivesse pegando fogo.

Antes de sair, Ella me dá um beijo no rosto.

— Estarei aqui fora se você precisar de mim.

Ela está agindo de forma estranha desde ontem à noite; mais afetuosa, o que não me incomoda, mas me deixa confuso.

Assim que todos saem do quarto, a enfermeira prepara a máquina e coloca uma agulha em meu braço. Mal sinto a picada. Meus pensamentos estão com Ella e no que ela está falando para meu pai.

Ella

Assim que bato os olhos no pai de Micha, fica claro que ele é um canalha arrogante. Está vestindo um terno e segurando uma maleta, como se precisasse provar que tem algo importante a fazer. Micha não me conta muito sobre o que acontece entre eles, mas é óbvio que não é coisa boa.

Depois que a enfermeira nos pede para sair, sento na sala de espera e o pai de Micha senta de frente para mim. O lugar é barulhento, com crianças chorando e pessoas tossindo.

— Você é aquela garotinha que morava na casa ao lado, não é?

O pai de Micha pergunta, em tom desdenhoso. Ele se parece com Micha, com os olhos azuis-claros e características faciais atraentes, só que mais velho.

— Aquela que tinha uma família problemática.

Ele bate em meu ponto fraco e é preciso muita preparação mental antes de retaliar.

— Você não é o imbecil que abandonou a família?

A senhora a meu lado vira a cabeça em nossa direção, censurando-me com o olhar por causa de minha linguagem vulgar.

O pai de Micha se aproxima de mim em seu assento, abotoando o punho da camisa.

— Eu gostaria de saber por que você pensa que pode falar comigo dessa forma. Você não me conhece.

— Mas eu conheço, sim.

Cruzo as pernas e apoio os braços no colo.

— Você é o homem que abandonou a pessoa mais maravilhosa que conheço. E você sabe de uma coisa? Fico até feliz por você ter feito isso, caso contrário Micha poderia ter se tornado um canalha como você.

O pai de Micha olha para mim como se quisesse me dar um tapa, e a senhora estreita os olhos para mim, prestes a dizer alguma coisa, mas eu saio antes que ela tenha a oportunidade.

Ando pelos corredores do hospital e passo pelo posto de enfermagem, decidindo roubar um pirulito do pote para fazer uma brincadeira com Micha. O hospital é um lugar triste, cheio de choro, de gritaria e do apito das máquinas. É como se todo mundo estivesse esperando que alguém morresse e isso deixa uma sensação preocupante no ar. Isso me leva de volta ao dia em que minha mãe morreu e nós fomos ao hospital com ela, embora ela tivesse sido dada como morta assim que chegou. Eu não chorei, mas meu pai e Dean choraram, abraçados um ao outro, enquanto eu ficava perto do final do corredor, observando as enfermeiras e os médicos andarem por lá.

Senti-me deslocada, como se não devesse estar ali. Finalmente, acabei indo embora e caminhei até chegar em casa, deitei na cama e fiquei encarando o teto até o sol nascer, sabendo que minha vida nunca mais seria a mesma.

Quando chego à área de psiquiatria, parece que uma mão invisível se posiciona em meu pescoço para me estrangular. Saio de lá rapidamente, tropeçando em uma enfermeira de uniforme azul.

— O que você está fazendo?

Ela olha sobre meus ombros e fecha a porta.

— Você não deveria estar ali.

Afasto-me um pouco dela.

— Nada. Estava só procurando o sanitário.

Paro de pensar que pode ser que eu acabe em um lugar como aquele e volto para a área da frente. Micha está esperando por mim em uma das cadeiras, folheando uma revista. Ele está pálido e seus cabelos loiros estão grudados na testa. Está usando uma camiseta do Rise Against e *jeans* pretos, e as pulseiras de couro foram substituídas por bandagens.

Escondo o pirulito com a mão atrás das costas e me aproximo dele.

— Você sobreviveu.

Ele olha para mim e me lança um sorriso cansado.

— Claro que sim, mas para onde você fugiu?

— Nenhum lugar.

Sento-me na cadeira a seu lado e ele joga a revista na mesa.

— Só queria ficar longe de seu pai.

Ele observa meu rosto e pergunta:

— O que você disse a ele? Porque ele voltou para o quarto bem irritado.

Chacoalho um dos ombros e digo:

— Nada além da verdade.

Sorrindo, ele estica as pernas na frente do corpo e os braços acima da cabeça.

— Se você concordar, gostaria de voltar para o hotel e dormir. Essa coisa acabou comigo.

— Você não quer esperar seu pai?

— Na verdade, não.

Ele põe as mãos no colo e indaga:

— O que você está escondendo atrás das costas?

Minha boca se curva em um sorriso quando estendo o pirulito vermelho na palma da mão.

— Isso é por você ter sido um garoto muito corajoso.

Ele ri suavemente e pega o pirulito.

— Meu Deus, como eu te amo.

Levanto, ajudo Micha a se levantar e seus movimentos são letárgicos, conforme avançamos em direção às portas automáticas.

Ele tira a embalagem do pirulito e o leva à boca.

— Por mais que eu tenha amado o presente, há uma tonelada de outras formas que você poderia usar para fazer com que eu me sinta melhor, quando voltarmos ao quarto.

Rio baixinho, sem protestar, porque naquele momento eu faria qualquer coisa por ele.

Capítulo 14

Micha

As folhas caíram das árvores e o ar está frio, mas nada que se compare a Star Grove. Está quase chegando a hora de ir para casa para o feriado de Natal, e o Natal parece estar por toda parte. Ella ainda está sendo teimosa. Tento convencê-la a vir comigo inúmeras vezes, mas ela sempre recusa, educadamente.

Por acaso, duas noites antes de Ethan e eu irmos embora, tenho minha primeira apresentação no The Hook Up. É noite de sexta-feira e todas as mesas e cabines estão ocupadas. O bar está lotado, as pessoas gritam seus pedidos à atendente, uma moça de vinte e poucos anos com tatuagens brilhantes nos braços, *dreadlocks* e um *piercing* no nariz. Há luzes vermelhas e verdes penduradas no teto e um enfeite com motivos natalinos no centro de cada mesa.

Já faz um tempo que não toco sozinho e uma energia antinatural de nervosismo pulsa em meu sangue. Da porta dos fundos, meus olhos analisam o local, absorvendo o barulho das pessoas.

Alguém belisca minha bunda e eu me viro com tudo.

— Que porra é essa?

Ella sorri abertamente para mim e diz:

— Você está nervoso.

Meus olhos percorrem todo o corpo dela. O cabelo está preso de um jeito bagunçado com cachos caindo pelo rosto, seus lábios carnudos brilham na luz, e ela está usando uma camiseta curtinha listrada de verde e *jeans* bem justos que abraçam cada curva de seu corpo.

— Cai na real, moça bonita. Você sabe que eu nunca fico nervoso.

— Você parece nervoso. Você está um pouco nervoso — ela repete, mordendo o lábio inferior.

Deslizo o dedo por seus lábios vermelhos.

— Você mesma também parece um pouco nervosa.

Ela morde meu dedo de brincadeira, surpreendendo-me e me excitando.

— Só estou nervosa por você.

Desde que partimos de Nova Iorque, nosso relacionamento tem sido estritamente de amizade. Ela pareceu fechar a porta quando voltamos para nossas vidas reais, então me afastei, mesmo não querendo.

— Você voltou aqui só para me analisar?

Brinco, para encobrir a tensão sexual. Passo as mãos no cabelo e olho por cima do ombro para as pessoas que não param de entrar pela porta da frente.

— Porque isso seria muito malvado de sua parte.

Ela joga os braços por cima de minha nuca e mordisca minha orelha, dizendo:

— Estou me sentindo malvada, hoje.

Afastando-me um pouco com delicadeza, percebo que seus olhos estão brilhantes, e as pupilas, dilatadas.

— Você está bêbada?

Ela balança a cabeça para lá e para cá, linda de morrer.

— Tive uma noite difícil, então Lila me deu umas doses de Bacardi.

— Lila te deu Bacardi? Ela não parece o tipo de pessoa que toma Bacardi — questiono, arqueando a sobrancelha em dúvida.

— Bem... Ethan deu para ela — ela cambaleia para o lado, quase caindo no chão, e eu a seguro pela cintura.

Eu a ajudo a recompor o equilíbrio e mantenho a mão a seu lado.

— Você vai ficar bem?

— Vou ficar bem... A gente devia dançar — seus olhos se desviam para o centro do salão, onde as pessoas estão dançando sob as luzes brilhantes.

Abafando o riso, dou passagem para um grupo de rapazes de aparência rude. Viro suas costas contra a parede e ela se apoia, enquanto coloco a mão de forma possessiva ao lado da cabeça dela.

— Ella May, vou tocar em, tipo, cinco minutos. Não posso dançar agora.

Ela faz biquinho com o lábio inferior, fazendo careta e batendo os cílios com força.

— Por favor, por favor, por favor.

— Ella...

Começo a falar, rindo, e meus ombros se agitam quando uma de suas mãos esfrega a parte da frente de meu *jeans*, bem onde está meu pau duro. Tiro sua mão antes que ela a ponha dentro de minhas calças.

— Amor, acho que você pode estar um pouquinho alta, então vá com calma, está bem?

Sua mão livre começa a tatear pela mesma área, quando Ethan e Lila aparecem na porta. Ethan tem uma cerveja nas mãos e Lila está com o telefone no ouvido, falando bem alto por causa do barulho do ambiente.

— Então, ela encontrou você. Graças a Deus. Ela não parava de falar em você — Ethan diz, com um sorriso maroto.

Ella afunda o rosto em meu peito e diz:

— Estou cansada.

— Quanto você a deixou beber? Demais, obviamente — pergunto a Ethan, irritado.

Ethan balança a cabeça e a inclina para trás para beber a cerveja.

— Ela escolheu beber. Deixei as duas na sala de estar por quinze minutos, para tomar banho e me arrumar para essa festa. Quando saí, metade de nossa garrafa de Bacardi tinha desaparecido e essas duas aqui estavam bêbadas.

Lila tropeça no salto e se apoia encostando as mãos na parede.

— Bem, eu tô cagando para o que você faz. Não quero que venha aqui — ela diz ao telefone.

Um enorme sorriso se espalha pelo rosto vermelho de Ethan ao apontar para Lila.

— Ela está terminando com um cara pelo telefone. É hilário.

— Você está bêbado? — Pergunto, de forma acusadora, tropeçando para trás, pois Ella joga todo o peso do corpo em mim.

Ethan concorda com a cabeça.

— Talvez um pouco.

Tiro o cabelo de Ella da frente do rosto e pergunto:

— Quem dirigiu?

— Pegamos um táxi.

Ethan dá um gole na cerveja e coloca a garrafa perto da parede, junto com outros copos e garrafas vazios.

— Não sou tão estúpido a ponto de dirigir bêbado.

Ella cobre meu ouvido com a mão e sussurra.

— Mas ele não pagou o taxista. Ele fez a gente saltar e correr.

Suspiro e enlaço sua cintura.

— Vamos colocar vocês três sentados para que eu possa me concentrar no que tenho a fazer.

Escolho uma cabine no canto mais longe e peço à garçonete, que me mostrou onde tudo estava, para ficar de olho neles e não servir mais nada alcoólico. Eles estão chapados, mais do que chapados, e isso só vai trazer problemas.

Ella apoia a cabeça na mesa, fazendo cara de cachorrinho triste e carente, e eu tiro os cabelos de sua testa suada.

Abaixo-me e pergunto, baixinho:

— Aconteceu alguma coisa hoje que te chateou?

Ela balança a cabeça negativamente e desvia o rosto de mim.

— Não aconteceu nada. Só quero ir para casa dormir.

Ela está mentindo, mas não posso falar com ela sobre isso agora. Apesar de isso quase me matar, deixo a mesa e vou para a coxia para pegar meu violão. Quando piso no palco e no foco da luz, o local se aquieta um pouco, mas ainda não é o melhor cenário. O lugar é uma merda, e pelo menos uma vez eu gostaria de tocar em um lugar em que as pessoas não estivessem tão chapadas que mal conseguissem ouvir.

Toco um acorde, levo os lábios ao microfone e abro meu coração para um salão cheio de estranhos que não me ouvem.

***

Depois da apresentação, um cara grande e careca vem falar comigo na coxia e me dá um cartão com seu nome e telefone.

— Ei, sua apresentação foi o máximo — ele tem uma cicatriz que pega metade do braço e uma corrente dourada no pescoço.

— Obrigado — resmungo, lendo o cartão.

— Mike Anderly. E você é... — Ele espera até que eu diga meu nome.

— Micha — digo, excluindo o sobrenome de propósito.

— Olha só, vou direto ao assunto.

Ele fala, gesticulando muito.

— Sou produtor musical. Trabalho para uma empresa bem pequena, mas bem boa e honesta, em San Diego. Gostei de seu som e adoraria conversar com você sobre seus planos no ramo musical.

Fico olhando para o cartão e indago:

— Meus planos?

Ele concorda com a cabeça.

— Sim, na música.

Pego a capa do violão e digo:

— Bom, não tenho certeza de quais são meus planos.

— Bem, quando você decidir, ligue para mim.

Ele diz, se afastando em direção ao salão principal.

— Como disse, estou interessado no seu som — ele vai embora e fico imaginando que ele é apenas mais um maluco.

Mas e se ele não for? E se eu tive um golpe de sorte? Posso não ter dito o que quero fazer com minha música, mas eu sei. Quero tocar num lugar que não seja uma merda, onde a pessoas ouçam e entendam. Quero ser músico.

***

Sinto-me fazendo papel de pai levando os três para casa, e quando chegamos, tropeçando, em meu apartamento, estou pronto para ver todos eles desmaiando. Pego Ella e a levo para minha cama, pois ela mal consegue andar.

— Mantenha o pau dentro da calça.

Aconselho Ethan, conforme ele cambaleia para a cozinha com o braço em volta de uma Lila bastante intoxicada.

— E não beba mais.

Ele dá tchau para mim e Lila ri ao abrir a geladeira, derrubando as garrafas. Desço para meu quarto com Ella nos braços. Ela respira suavemente e não para de murmurar algo sobre querer que as coisas todas vão embora. Isso está me matando de medo.

Sem abaixá-la, jogo minhas botas para um canto, com o restante de meus sapatos, e cuidadosamente a deito em minha cama. As luzes do quarto estão apagadas, mas a luz da Lua entra pela janela, iluminando seu rosto, os lábios carnudos e a linda pele branca e perfeita.

Ela se aninha em meu travesseiro e murmura:

— Desculpe-me.

Coloco as cobertas sobre ela e pergunto:

— De quê, amor?

Ela suspira, desanimada.

— Por arruinar sua primeira apresentação.

— Você não arruinou minha apresentação, moça bonita. Eu te amo. Agora durma — com um pequeno sorriso no rosto, dou um beijo em sua bochecha.

Quando tiro a camisa, ela já desmaiou. Tomo um banho rápido para lavar a sensação desagradável da noite. Não estou animado por precisar tocar em lugares em que as pessoas mal me ouvem. Quero mais, e, embora aquele cara parecesse caricato, fico imaginando se a proposta poderia ser verdadeira.

Quando volto para o quarto com a toalha ao redor da cintura, Ella está sentada na cama e a luminária está acesa. Ela tem um olhar pensativo, como se estivesse prestes a se meter em encrenca.

— Você devia estar dormindo — digo, jogando as roupas sujas no cesto e pegando calças limpas da gaveta de cima da cômoda. É óbvio que ela está olhando para mim, o que seria ótimo, só que ela está bêbada e não há nada que eu possa fazer com ela que não me faça sentir mal.

— Estou entediada. Podemos fazer alguma coisa? — Ela fala um pouco arrastado, e seus olhos estão vermelhos.

Subo na cama e sento-me ao lado dela.

— Acho que devíamos dormir. Está tarde.

— Ethan e Lila ainda estão acordados. Estão jogando *strip* pôquer[3] — ela expõe uma garrafa de Jack Daniels que estava escondida atrás das costas, abre a tampa e a balança no pé cama.

Meus olhos se arregalam e pergunto:

— Agora?

Ela balança a cabeça para cima e para baixo e diz:

— Os dois já tiraram as camisetas.

— Você acabou de vir de lá?

— Sim, onde você acha que eu consegui isso?

Ela balança a garrafa na frente de meu rosto e estico a mão para tomar dela, mas ela joga a mão para trás, rindo.

— Ah, não. De jeito nenhum, Micha Scott. Não até você brincar comigo.

Ela se ajoelha em frente a mim e atira a perna em meu colo, jogando a cabeça para trás para tomar um gole. Ela ri, antes de sua expressão ficar séria.

— Você se lembra daquela vez... Na noite em que minha mãe morreu?

Meu corpo se contrai.

— Como eu poderia me esquecer daquela noite?

Há um ar travesso em seus olhos verdes, e me pergunto para onde diabos está indo esta conversa.

— Você se lembra de como me beijou antes de descer daquela árvore?

---

[3] N. da T.: jogo de cartas em que as pessoas que perdem vão tirando peças de roupa até ficarem nuas.

Concordo com a cabeça, envolvendo meus dedos em sua cintura.

— Claro que lembro, mas estou surpreso por você se lembrar.

Pois ela estava tão bêbada quanto está agora.

Ela lambe os lábios de forma sedutora.

— Foi um bom beijo, não foi?

Tiro a garrafa de suas mãos e tomo um gole bem grande, sabendo que vou precisar. Nunca vi esse lado dela e, apesar de ela estar bêbada, estou morrendo de curiosidade para ver o que vem adiante.

— Foi um beijo muito bom.

Ela se aproxima ainda mais e coloca as mãos em meus ombros.

— A gente devia fazer de novo.

Uma luta começa a ser travada dentro de mim sobre o que é certo e o que é errado, e ela suavemente pressiona os lábios contra os meus. Ela raramente me beija primeiro e é uma mudança boa saber que sou desejado.

— Você é tão *sexy*. Eu costumava observar secretamente o tempo todo, quando você ficava consertando carros sem camisa — os dedos dela passeiam pelo meu abdome e minha respiração se acelera.

Tento não rir do segredo que ela acaba de divulgar e, brincando, beijo todo o queixo dela para distraí-la da confissão.

— Que tal a gente ver o que Lila e Ethan estão aprontando?

Rindo, ela salta da cama e derruba a luminária. Nem se importando em pegá-la, vai para o corredor e sai correndo.

— Se você quer me colocar na cama, vai ter que me pegar primeiro.

Visto *jeans* e camiseta, pego a garrafa de uísque e vou para a cozinha, onde Ethan e Lila estão sentados à mesa sem camisa e com as cartas à frente. Aos tropeços, Ella avança até a porta da geladeira e puxa uma cerveja, fazendo um barulhão quando as demais garrafas caem por cima umas das outras.

Ethan joga as cartas na mesa da cozinha e se rende, erguendo as mãos:

— Lila me convenceu a jogar.

Lila olha para cima, mal reconhecendo coisa alguma, e diz:

— É verdade, eu o convenci.

Sento-me entre eles e digo:

— Tudo bem, desisto de tentar acabar com uma noite da qual todos vão se arrepender.

Recolho as cartas e as embaralho.

— Então não venham chorar quando ficarem pelados e com frio.

***

Ella

Não planejei beber tanto, e sinto-me culpada por ter arrastado Micha e todo mundo para minha confusão. Mas eu queria esquecer por dois malditos segundos que meu pai vai para casa no Natal e convidou Dean e Caroline para passarem o final de semana, mas não me convidou. Acabei sabendo o que estava acontecendo quando Dean telefonou para saber onde estava a chave do cortador de grama, porque ele estava planejando consertá-lo, vendê-lo ou fazer qualquer outra merda com ele. Desliguei antes de ouvir a história toda.

Depois, a carta que chegou de meu pai. A maldita carta que não consegui abrir, pois parecia que, o que quer que estivesse escrito ali, poderia estilhaçar meu mundo em bilhões de pedaços.

Na hora em que chegamos à casa de Micha e Ethan, eu estava à beira de um ataque de pânico, e tinha esquecido de tomar meu remédio naquela manhã.

Quando Ethan foi tomar banho, Lila pegou a garrafa de Bacardi e me obrigou a colocar um pouco de álcool no organismo. "Um pouco" acabou se tornando um conceito subjetivo, e subitamente várias horas haviam se passado. Tenho cartas nas mãos e uma cerveja na boca, e um jogo bem intenso de *strip* pôquer está em andamento. Minha camisa está no chão, junto com as meias e botas.

Ethan e Lila saíram para buscar cerveja. Micha obrigou Ethan a entregar a chave da caminhonete, assim ele sabia que eles iriam andar em vez de tentar dirigir. Micha e eu continuamos o jogo, ambos determinados a vencer. A embriaguez diminuiu desde que mudei para cerveja, mas minha habilidade de fazer boas escolhas está prejudicada.

Micha senta-se à mesa de frente para mim, mexendo nas cartas.

— Acho que vou aumentar a aposta em troca de seu sutiã.

Balanço a cabeça negativamente e estreito os olhos para ele.

— De jeito nenhum. Só uma peça de roupa por vez.

Ele mexe o *piercing*, tentando me seduzir ao jogar sujo.

— E quem criou essas regras?

— Eu.

Circulo o dedo acima da cabeça e digo:

— Tá vendo essa coroa invisível bem aqui? Isso significa que sou a Rainha do Pôquer e, portanto, posso fazer qualquer regra sempre que quiser.

Uma risada desafinada explode de seus lábios.

— Esse movimento que você fez é para mostrar uma auréola, não uma coroa, e anjo é uma coisa que você não é.

Fico de queixo caído e atiro uma ficha contra seu tórax.

— Sou totalmente um anjo.

— Ai. Isso foi maldade — ele esfrega o mamilo no local em que a ficha bateu.

Dou uma risada, tomando mais um gole de cerveja.

— Agora, de volta ao jogo. O que você tem?

Ele bate os dedos na mesa, olha para as cartas e depois para mim, daquela forma que me faz derreter por dentro.

— Quero aumentar a aposta.

Ele diz, e, quando começo a jogada, acrescenta:

— Se você ganhar, leva minha camiseta autografada do Silverstein. Mas, se eu ganhar, você tem que ficar pelada.

Meu coração bate de forma ensurdecedora no peito.

— Achei que você tivesse dito que nunca me daria a camiseta. Era seu maior orgulho e alegria ter conseguido aquele autógrafo.

Ele dá de ombros com indiferença e comenta:

— Estou abrindo uma exceção agora.

Analiso o par de rainhas que tenho na mão e a que está descartada na mesa, mas há também um par de ases na jogada. Merda.

— Não sei...

— Qual é, Ella May. Se solta — ele diz, mexendo as sobrancelhas para cima e para baixo.

Por detrás de minhas cartas, olho para ele.

— Vamos fazer o seguinte. Se perder, você me dá a camiseta, mas, se eu perder, tiro o sutiã e a calça, mas fico de calcinha.

Micha ri e diz:

— Não tem muita graça.

Reviro os olhos.

— Já vi você jogar pôquer com garotas assim antes, e você nunca oferece nada tão valioso a menos que tenha uma boa mão de cartas e a certeza de que vai ganhar.

— E eu vi você jogar várias vezes e sei que não recua de um bom desafio. Então, moça bonita, está dentro ou fora? — Ele retalia, batendo a garrafa na mesa.

Penso na proposta, mas não por muito tempo, e coloco as cartas na mesa.

— Estou dentro. O que você tem?

Assim que os lábios dele se movem para cima, sei como tudo vai acabar. Ele joga as cartas na mesa e diz:

— Tire a roupa, Ella May.

— Você tinha o maldito ás. Eu sabia que tinha — empurro algumas cartas da mesa e elas caem no chão.

Ele continua a sorrir.

— E mesmo assim você continuou jogando. Agora, tire a roupa.

Olho para ele sentindo-me uma idiota.

— Que injusto. Você me trapaceou.

Seus olhos encaram os meus com força enquanto ele bate as mãos na mesa.

— Foi totalmente justo e você sabe disso, então pare de dar uma de bebê e aceite a derrota.

Olho para ele e chego à conclusão de que não há por que discutir. Sem tirar os olhos dele, levanto e ergo o queixo.

Ele levanta o dedo ao tirar a cadeira de perto da mesa e diz:

— Só um segundo.

Vai para a sala de estar e desaparece de meu ângulo de visão.

Confusa, começo a ir na direção da porta para descobrir o que ele está fazendo, mas, assim que movo o pé, o som é ligado e começa a tocar *Closer*, do Nine Inch Nails.

— Você só pode estar brincando.

Resmungo, quando ele entra na cozinha com um sorriso de satisfação no rosto, esfregando as mãos.

— De jeito nenhum. Música não estava no acordo.

Ele abre os braços no batente, fechando a saída. A luz ressalta os músculos de seu peito e a total falta de pudor em seu olhar.

— A maioria dos caras teria escolhido uma música mais *sexy* para você dançar, mas eu mesmo sou um romântico, e acho que essa música se encaixa perfeitamente.

A letra da música faz meu rosto ficar quente.

— De forma alguma eu ofereci um *striptease*.

Sua língua escorrega lentamente para fora, e, ao recolhê-la, ele desliza o *piercing* por todo o contorno dos lábios, enquanto corre os dedos pelo cabelo desalinhado e deixa algumas mechas espetadas.

— Pague a aposta, moça bonita.

Pressionando os lábios com firmeza para esconder o nervosismo, estendo os braços nas costas para abrir o sutiã. Hesito um pouco, respiro de forma insegura, então solto o tecido dos dedos e o deixo o cair no chão.

Seus olhos, despudorados, desviam-se para meu peito, enquanto ele bebe a cerveja. Quando afasta a garrafa dos lábios, ele faz um movimento com o dedo e diz:

— Continue.

Quero esmagar a cabeça dele, mas desabotoo os *jeans*. Com os joelhos tremendo, jogo a calça longe e fico vulnerável, na berlinda, algo que desprezo. Graças a Deus estou usando uma calcinha de corte masculino, pelo menos assim minha bunda está coberta. Os olhos dele se demoram em minhas pernas longas e meu abdome nu, finalmente parando em meus olhos.

— Agora você pode se sentar — ele diz, como se fosse o chefe.

Tentando marcar um ponto, atravesso a cozinha e pego uma cerveja da geladeira.

— Não tenho que me sentar só porque você mandou...

Dedos quentes me agarram pela lateral e giram meu corpo, me tirando a cerveja da mão e pressionando minhas costas contra a porta da geladeira. Micha se mantém a apenas uma pequena distância, com os olhos selvagens, lábios suplicantes e a expressão cheia de desejo.

Ele se aproxima para me beijar, mas minha mão empurra seu peito, e sua pele nua é quente quando eu o afasto.

— De jeito nenhum. Você não ganhou nada além de um *show*.

Abaixando a cabeça, passo por baixo do braço dele, mas ele segura meu pulso e o prende acima de minha cabeça de uma forma um tanto agressiva. Estamos bêbados e nenhum de nós está pensando de forma racional, mas meu interesse no que virá em seguida me deixa inerte.

Suas pupilas estão tão dilatadas que somente uma fina linha de azul-claro aparece. Sua respiração é quente em minha bochecha quando ele pega meu outro braço e o prende acima da cabeça também, fazendo com que meu corpo fique exposto a ele. Eu deveria me sentir nervosa, mas a excitação borbulha por meu corpo faminto.

Ele se inclina em minha direção e seu peito roça meus mamilos latejantes.

— Você quer que eu pare? — Ele pergunta, num tom rouco.

Balanço a cabeça negativamente, com honestidade.

— Não.

O polegar de sua mão livre passeia pela lateral de meu corpo, de costela em costela, antes de parar na cintura. Molhando os lábios com a língua, ele move a boca em direção a meus seios e fecho os olhos quando ele engole o mamilo.

— Ah, meu Deus, Micha — gemo, conforme o êxtase sobe por minha perna e revira meu estômago e minhas costas se curvam em sua direção.

Ele solta meus braços, e antes que uma objeção escape de meus lábios, ele me pega e esmaga os lábios contra os meus. Enrosco as pernas ao redor de sua cintura e meus lábios se abrem, desejosos, permitindo que a língua dele entre em minha boca para um beijo de parar o coração. Ele vai para o sofá de costas, às cegas, as mãos percorrendo minha pele toda, deixando um rastro de calor por onde passa.

— No sofá não. Lila e Ethan podem voltar a qualquer momento — murmuro.

Ele olha para a porta da frente e nos vira na direção do corredor. Seus dedos percorrem a barra da calcinha e apertam minha bunda, enquanto ele abre a porta do quarto com os pés e a maçaneta acaba batendo na parede. Sem tirarmos os lábios um do outro, caímos no colchão com um pulo. Rindo, deslizo meus dedos pelo peito forte e para o botão da calça *jeans*, mas ele prende minha mão à dele.

— Ella, talvez não devêssemos — ele diz, piscando de forma perplexa em meio ao álcool.

Consigo enfiar a outra não na frente da calça dele e sua respiração ofega.

— Você não me quer? — Pergunto.

Respirando fundo pelo nariz, ele move a cabeça para a frente, enquanto eu o esfrego e o deixo louco.

— Não é isso, pode acreditar em mim. Acho que a gente...

Pego no ponto certinho e todos os pensamentos dele se afastam. Seus lábios buscam os meus novamente e ele me beija livremente conforme sua mão acaricia meu abdome e chega à borda da calcinha. Prendendo o dedo na costura, ele a empurra por minhas pernas abaixo e, quando ela chega a meus pés, eu a chuto para longe.

Em vez de seus lábios voltarem para minha boca, vão para meu abdome, bem acima do umbigo. Com beijos suaves por toda minha pele, sua língua quente lambe todo o caminho até minhas pernas, que se abrem para que a língua dele entre em mim e minha mente fique ainda mais nebulosa.

***

Quando meus olhos se abrem, a luz do sol se infiltra no quarto e minha cabeça bate forte. Um cobertor está colocado sobre mim e meus poros parecem grudentos. Limpando o suor do rosto, sento na cama e vejo a camiseta do Silverstein cobrindo meu corpo.

Um sorriso toma conta de mim assim que vejo um pedaço de papel dobrado no travesseiro ao lado e o pego. Vejo a caligrafia de Micha estampada em tinta vermelha nas linhas.

Ei linda,
Então, ontem foi uma noite de bebedeira... Nunca tinha passado por uma dessas com você antes. Acho que tenho uma nova música para acrescentar à nossa lista.
De qualquer forma, não fique toda preocupada. Eu parei antes de irmos longe demais, caso você não se lembre. Não queria que você sofresse por causa de um erro de bebedeira. Confie em mim, sou especialista nisso e esses erros não têm a menor graça.
Detesto ter que te deixar agora, mas preciso ir trabalhar. Passo em sua casa mais tarde.
E você pode ficar com a camiseta. Fica melhor em você, de qualquer forma.

Amo você mais do que a vida, mais que o sol e o ar.
Você possui minha alma, Ella May.
Micha

Ainda sorrindo, saio da cama e visto a calça *jeans*. Só mesmo Micha para escrever uma carta dessas. Ele sempre teve um jeito poético de usar as palavras e sua beleza brilha em cada letra.

Pego minha camiseta do chão, vou para a porta da frente, dobrando o bilhete com todo cuidado e guardando-o em segurança no bolso de trás da calça. Sinto-me leve mesmo estando de ressaca. Não me arrependo do que aconteceu, apesar de que teria sido bom se nós estivéssemos sóbrios. A sensação é estranha, mas talvez isso signifique que estou ficando melhor em lidar com a vida.

A sala está um lixo; há garrafas de cerveja por todo o chão e na mesa de centro, e uma garrafa vazia de Bacardi na outra mesa, junto com cartas de pôquer espalhadas. Pego um saco de lixo na gaveta da cozinha e faço o maior esforço para me lembrar onde estão meu telefone e minha bolsa. Lembro-me de estar na boate, de Micha tocando no palco, e depois de voltar para casa e sentir as mãos dele por todo o corpo. Minhas pálpebras se fecham enquanto relembro cada momento.

Only One, do Yellowcard, começa a tocar em algum lugar na sala e meus olhos se abrem com tudo. Sigo o som que me leva até o sofá.

Debaixo de uma pilha de travesseiros está meu telefone. Arqueio as sobrancelhas ao pegá-lo, sem reconhecer o toque. Quando olho na tela, contudo, faz sentido.

Atendo.

— Você mudou seu toque de identificação em meu telefone?

A risada dele preenche o outro lado da linha.

— Pareceu adequado, hoje de manhã.

— Parece que você está tentando me enviar uma mensagem por meio de seus recados e escolhas musicais.

Pego uma garrafa de cima da televisão e jogo no saco.

— Você sabe que não estou brava com ontem à noite, certo? Eu estava sóbria o suficiente para me lembrar das coisas... Você não deve se sentir culpado.

— Não me sinto culpado.

Ele me assegura, falando por cima do barulho de martelo no fundo.

— Estou feliz que a noite passada aconteceu. O bilhete e a música foram minha forma de mandar uma mensagem para você.

Abaixo, pego um pacote vazio de cerveja e o jogo no saco, depois o fecho e coloco do lado de fora na porta da frente, deixando a porta aberta para pegar a bolsa, que está perto da televisão.

— Que mensagem?

— Isso você tem que descobrir.

— E se eu não conseguir descobrir?

— Você vai. Mas se vai ou não dizer em voz alta é uma história totalmente diferente.

Ele está certo. Já descobri, mas dizer em voz alta é algo que não consigo fazer.

— Você está muito enigmático.

Saio do apartamento e sinto o calor da luz do sol, fecho a porta da frente e levo o lixo escada abaixo com as garrafas batendo umas nas outras.

No pé da escada, meus olhos rastreiam o estacionamento.

— Como é que vou para casa?

— Fique aí até eu voltar. Ou, melhor ainda, venha morar comigo — Micha sugere.

Meus pulmões se contraem, reduzindo o fluxo de oxigênio assim que o peso de suas palavras esmaga meu humor.

— Preciso ir para casa. De qualquer forma, tenho aula hoje à noite.

— Desde quando você tem aula à noite? Você está falando isso só por causa de meu comentário sobre vir morar comigo?

Passo pela lixeira e jogo o saco de qualquer jeito.

— Não, eu tenho aula mesmo.

Minto.

— Ligo para você mais tarde, certo? Preciso achar um jeito de chegar em casa.

— Tudo bem. Acho que falo com você mais tarde então — ele diz, num tom frio.

Ele desliga antes de mim e isso faz com que me sinta vazia, como se uma parte de mim tivesse sido removida. Deixando essa sensação para lá, ligo para Lila.

— Olha só, veja quem finalmente decidiu acordar.

Ela responde, com um humor radiante na voz.

— Já fez sua penitência?

— Micha e eu não transamos, Lila.

Respondo de forma ríspida, e então, sentindo-me péssima, peço desculpas.

— Sinto muito. Só estou de ressaca ou algo assim... Preciso ir para casa e deitar, mas não tenho como.

— Você poderia pegar um ônibus.

Ela diz, estourando uma bola de chiclete.

— Apesar de que eu mesma não recomendaria isso.

— Hum... Como você chegou em casa? — Pressiono os dedos no meio dos olhos ao sentir uma dor de cabeça infernal surgindo.

— Ethan me deu uma carona.

A porta bate e ouço barulho de chaves no balcão.

— Na verdade, estava de saída para almoçar com Parker.

— Pensei que tivesse terminado com ele.

— Ei, ele insistiu.

Começo a ir em direção à saída, que fica perto de um muro de tijolos.

— Tudo bem, vou pegar um ônibus.

— Boa sorte, e cuidado com os lambedores.

Ela brinca, dando uma risada maligna.

— Mantenha os cotovelos fechados e fique longe da traseira do ônibus.

— Ha ha, você é doida. — Digo, brincando.

— Falo com você mais tarde.

Arrasto minhas pernas exaustas até a Starbucks da esquina. Depois de um pouco de cafeína no organismo, meu cérebro volta a funcionar. Mas, assim que chego ao apartamento, lembro-me do que me fez beber tanto, para começo de conversa, e tudo o que quero é ir para o quarto, apagar a luz e dormir por uma eternidade. A carta de meu pai está na mesa de centro, fechada.

— Você vai abri-la, algum dia?

Lila aparece na entrada, usando um vestido azul e salto alto combinando. O cabelo loiro está cacheado e preso com alguns alfinetes de diamantes.

Tiro as sandálias, sento no sofá e fico olhando para o envelope branco endereçado a mim.

— Ainda não decidi.

Colocando o brinco, ela senta a meu lado no sofá.

— Ella, posso te perguntar uma coisa?

Dou de ombros e cruzo os pés sobre a mesa de centro.

— Acho que sim.

Ela pega o envelope e vira para cima o lado do remetente.

— Do que você tem tanto medo? Desta carta? De Micha? Da vida?

— De sentir tudo... De perder tudo.

Digo, e ela faz uma careta.

— Não é nada. É só que não tenho certeza do que meu pai vai dizer e isso meio que me preocupa.

Lila não sabe o que aconteceu com minha mãe. Sabe que ela morreu, mas não conhece as circunstâncias que a levaram à morte. Só meu pai, Dean e Micha sabem desse segredo assustador, e planejo manter as coisas assim.

Abro o envelope, respirando fundo, e desdobro o papel, dizendo a mim mesma que posso lidar com o que quer que esteja ali. Que sou mais forte do que costumava ser.

Ella May,
Quero começar dizendo que sinto muito por tudo que aconteceu. E não estou falando por falar. Estou sóbrio há quase um mês, agora, e estou sem medicação. Minha cabeça está clara e não gosto do que há nela, especialmente no que diz respeito a você.
Minha terapeuta fez com que eu escrevesse tudo de que me arrependo na sessão de ontem e tudo parecia ser a seu respeito. Foi como se tivéssemos jogado todo nosso lixo sobre você, deixando para você limpar, e isso nunca deveria ter acontecido. Quanto mais eu escrevia, mais percebia que você nunca teve infância. Todo o tempo que passei em um bar, eu não estava sendo nada além de egoísta. Sou um péssimo pai, que jogou tudo para cima da filha, por nenhuma outra razão além de não ter querido ser um adulto. Aquela noite não foi culpa sua. Você tinha dezessete anos e o adulto era eu. Eu deveria ter ficado em casa com ela, mas o Jack Daniels era mais importante e mais fácil de lidar.

Eu sabia como ela estava mal, mais do que você jamais irá entender, e lá no fundo eu sabia que estava errado por deixar tudo sob sua responsabilidade naquela noite. Agora que tudo está claro em minha cabeça, posso imaginar como deve ter sido difícil para você lidar com isso. Toda a dor que você deve estar sentindo. Não paro de pensar nisso. A dor em seus olhos da última vez que vi você me consome.
Sinto muito, Ella. Por ter arruinado sua infância, por ter tirado sua felicidade e por ter feito de seu futuro uma confusão.
Eu te amo.
Papai

— Que diabos devo fazer com isso?

Minhas mãos tremem e eu seguro a carta com força. Lágrimas rolam de meus olhos e forço meus pulmões a respirar, quando uma parede a meu redor cai no chão.

Capítulo 15

Micha

Não sei por que fiquei tão chateado com Ella hoje de manhã ao telefone, a não ser pelo fato de que algumas vezes as coisas entre nós parecem sem saída. Eu a amo e sei que ela me ama, mas às vezes acho que ela não me ama tanto. Dói quando começo a analisar isso.

À noite, arrumo as coisas e vou para a cama cedo, sentindo-me triste porque Ella não está comigo. Passamos os feriados juntos todas as vezes desde que tínhamos cinco anos. Era a única maneira de comemorar, já que a família dela nunca foi muito de festas e a minha não podia fazer muita coisa devido à falta de grana. Minha mãe tentava, porém, decorando a casa e nos servindo um café da manhã especial. Ela também sempre embrulhava alguns presentes para nós dois. Não era muito, mas ainda assim era legal.

Muito tempo depois de eu pegar no sono, meu telefone toca. Acordo atrapalhado, procuro o telefone no criado-mudo e derrubo a luminária, até que, finalmente, encontro o aparelho. Ainda meio sonolento, pisco os olhos e tento ler o nome na tela. É Ella.

Atendo rapidamente:

— Aconteceu alguma coisa?

Sua voz está rouca.

— Você pode vir abrir para mim? Eu não queria tocar a campainha e acordar Ethan.

— Você está aqui em casa? — Esfrego os olhos e consigo ver a hora.

— Sim, de pé, bem na porta.

Tropeço ao sair da cama e, só de cueca, corro até a porta, com o telefone ainda junto à orelha. Acendo a luz do *hall* de entrada e abro a porta. A luz mostra seus olhos inchados e listras vermelhas em seu rosto, deixadas por lágrimas agora secas. Ela está usando *shorts* listrados e chinelos de dedo e o cabelo está preso para cima em um coque bagunçado. Ela não está usando sutiã sob a camiseta sem manga e, dessa forma, posso ver seus mamilos através do tecido.

— O que você está fazendo? — Levo-a para dentro para esconder seu corpo mal coberto dos olhos de qualquer outra pessoa. Sua pele está gelada e ela está tremendo. Pergunto:

— Você veio andando até aqui?

Ela balança a cabeça negativamente e abraça os próprios braços.

— Não, peguei o ônibus.

Meus olhos passam rapidamente por suas pernas desnudas e seus mamilos arrebitados.

— Vestida... Assim?

Ela encolhe os ombros e afunda no sofá, segurando um envelope na mão.

— Não havia quase ninguém no ônibus.

Acendo a luminária, sento-me no sofá e coloco meu braço em torno de seu ombro, desesperado para fazê-la se sentir melhor.

— O que aconteceu? E o que é isso em sua mão?

Ela me dá o envelope amassado, com seu nome e endereço.

— Isto chegou ontem, pelo correio.

Eu o pego, notando que ela o abriu e, portanto, leu o que estava dentro.

— Quem mandou?

Ela aponta o remetente.

— Meu pai.

Droga!

— O que ele disse?

Ela olha para o chão, com os olhos arregalados.

— Que ele estava arrependido e que o que aconteceu com minha mãe não foi minha culpa. Que a culpa toda era dele, porque ele era o adulto e nunca deveria ter delegado aquele tipo de responsabilidade a uma criança. Que ele deveria ter sido mais presente em casa, cuidando da família, em vez de frequentar o bar... E que ele me ama.

Lágrimas inundam seus olhos e escorrem pelo rosto. Sua respiração está ficando irregular.

— Eu sempre quis que ele me dissesse isso.

A dor em sua voz quase me faz chorar. Ela sobe em meu colo e enterra o rosto em meu peito, soluçando enquanto se agarra em mim desesperadamente. Pego-a em meus braços e levo-a ao quarto, deitando-me junto dela.

A cada lágrima derramada ela rouba uma parte de meu coração, até que o possui completamente. Percebo que, apesar dos tempos difíceis que certamente enfrentaremos, nunca serei capaz de me afastar dela.

***

Acordo com a cabeça de Ella pressionando a curva de meu pescoço e seus braços apertando minha cintura com força, como se ela temesse que eu fugisse no meio da noite.

Ela chorou tanto até praticamente desmaiar, e meu coração quase se partiu em dois. Embora isso faça que me sinta péssimo, às vezes eu odeio a porcaria da família dela. Eles pegaram uma menina bonita e cheia de vida, que poderia ter feito coisas incríveis, e transformaram-na em um monte de cacos. Embora a situação seja reversível – percebo isso agora – ela ainda está muito destroçada e vulnerável.

— Levante-se e brilhe. Temos que pegar a estrada — Ethan praticamente derruba a porta ao abri-la, e quando vê a situação, fica boquiaberto:

— Você ainda vai, não é?

Concordo com a cabeça enquanto Ella se aconchega mais ainda em mim.

— Sim, só preciso de uns 15 minutos, mais ou menos.

— Tudo bem, cara. Apenas trate de se apressar — ele vai embora, deixando a porta escancarada.

— Amor, você está acordada? — Sussurro em seu ouvido, e beijo o ponto sensível de seu pescoço.

Seu ombro se arrepia quando ela balança a cabeça com os olhos ainda fechados.

— Como eu poderia dormir com o Sr. Bocão gritando aqui?

Mordisco a ponta de sua orelha e respiro o perfume de seus cabelos.

— Preciso me preparar para sair... Tem certeza de que não quer vir conosco? Vou ficar muito contente se você vier.

Sua perna agarra-se a meu quadril e seu corpo curva-se ao meu.

— Acho que... Quero muito ir com vocês, mas tenho que voltar para casa e correr muito para fazer minha mala. E ainda tenho que parar para uma rápida visita de despedida à minha terapeuta. E temos que ver se Lila vai com a gente também. Não a quero sozinha por aqui.

Meu corpo enrijece devido ao contato mais íntimo com ela.

— Tudo bem, mas você sabe que o Ethan vai reclamar o tempo todo...

Ela rola para cima de mim, apoia-se nos cotovelos e me olha com os olhos inchados.

— Eu sei, mas ele simplesmente vai ter que lidar com algumas horas de atraso para chegar a onde quer que ele tenha que estar.

Correndo os dedos pelo cabelo dela, puxo-a e trago seu rosto para perto do meu, amando a forma como ela revira os olhos.

— Tem certeza de que está bem? Ontem à noite você me deixou preocupado.

— Estou legal, Micha.

Ela beija meus lábios com suavidade.

— A noite passada foi boa, apesar de ter sido intensa... E acho que preciso voltar para casa. Nem que seja apenas para falar com meu pai.

Ela começa a recuar, mas, agarrando seus quadris, prendo-a no lugar, e atraio seus lábios aos meus. Deslizo a língua para dentro de sua boca e ela solta um gemido abafado. Quando finalmente a solto, nossa respiração está irregular. Ela se afasta de mim e tento não pensar sobre o desequilíbrio que há no amor que sentimos um pelo outro. Ela vai chegar lá um dia, assim que entender o que é o amor.

Quando grito "eu te amo" enquanto ela se dirige para o corredor, e ela só me responde com um sorriso, sinto um pouco de dor.

Ella

Ethan reclamou o tempo todo enquanto eu arrumava a mala e seu rosto ficou muito vermelho quando anunciei que precisava ver minha terapeuta antes de partirmos. Preciso falar com ela sobre a revelação que tive na noite passada. Desde criança, acreditei que o amor não era algo real. Então Micha me provou o contrário, mas eu ainda não consigo amá-lo como ele merece.

Intencionalmente ou não, a carta de meu pai me libertou da carga que eu estava carregando. Não da carga toda, mas de boa parte dela, e ontem à noite, enrolada ao lado de Micha, percebi algo que vinha ignorando: a esperança de um futuro.

Quando chego, Anna está fechando o consultório.

— Pensei que tínhamos consulta hoje.

Ela gira, pressionando a mão no coração e seus olhos se arregalam à medida que as chaves escapam de suas mãos e caem no chão.

— Bom Deus, você me assustou.

Pega as chaves e as entrego a ela.

— Sinto muito. Pensei que tivesse marcado uma hora para hoje.

Ela desliza as chaves para dentro da bolsa.

— Na verdade, estava para te ligar. Recebi um telefonema de minha irmã e ela precisa que eu vá com alguns dias de antecedência. Ela está muito preocupada com os preparativos do jantar de Natal.

Caminhamos pelo corredor da escola e empurramos as portas, que se fecham atrás de nós. O dia está nublado e a brisa violenta esfria minha pele e queima minhas bochechas.

— Então, nos veremos quando você voltar — digo, preparando-me para atravessar o gramado em direção a meu apartamento.

Ela segue em direção ao estacionamento, mas para junto à calçada.

— Claro, logo na segunda-feira. E não se esqueça de me ligar, se precisar de alguma coisa.

A caminhonete de Ethan sobe na calçada e ele toca a buzina. Os olhos de Anna pulam em direção a ele e o salto do seu sapato escorrega na grama, fazendo-a tropeçar.

Suspiro e redireciono minha atenção para o carro.

— Desculpe por isso. Ele fica um tanto impaciente.

— Você vai viajar? — Ela solta o sapato da grama e recua para a calçada.

Digo que sim com a cabeça.

— Decidi ir com Micha e Ethan de volta para casa.

Ela abotoa a jaqueta azul marinho e diz:

— Isso é bom. Fico feliz que você tenha decidido ir.

Protejo meu rosto do vento com a mão.

— Por quê? Pensei que você tivesse dito que não tinha certeza se eu deveria ir.

— Não, o que eu disse foi que só você poderia decidir sobre isso.

Ela hesita, e mechas de seu cabelo curto balançam com a brisa.

— Ella, você pode fazer algo por mim nestas férias?

— Claro, o quê?

— Pare de se preocupar tanto e comece a se divertir. É disso que você precisa — ela diz, com um sorriso.

— Eu me divirto... Às vezes.

— Bem, tente se divertir o tempo todo.

Removo cachos de cabelo da boca à medida que reflito sobre suas palavras.

— Você se lembra do que me disse sobre estar em um relacionamento com Micha, e que apenas eu saberia quando estivesse pronta? Bem, acho que estou pronta. Sei que é muito cedo e tal, mas ontem à noite tive uma visão de um futuro com ele, um futuro que eu realmente, realmente gostaria de ter. E isso nunca aconteceu comigo antes.

Ela não parece estar chateada, como eu esperava.

— Isso é bom. Fico feliz por você. Mas lembre-se de levar as coisas da maneira como *você* precisa. Quero que você se concentre em si mesma.

Ela acena e começa a caminhar pela grama em direção ao estacionamento.

— Divirta-se, Ella! Desejo isso de coração. Você merece.

Divertir-me? É esta a cura mágica para consertar minha mente? Encolho o queixo e luto contra o vento, indo em direção ao carro, com destino a minha casa.

***

As viagens de carro com Ethan e Micha são uma tortura. Esqueci da regra de "nada de banheiro": eles param apenas a cada quatro horas. Se não houver um banheiro por perto, eles consideram um arbusto a alternativa perfeita.

Isso não me incomoda muito, mas a pobre Lila não está acostumada com essa bobagem. Estamos sentadas na parte de trás da caminhonete em lados opostos, e ela está chacoalhando para cima e para baixo, movendo as pernas para tentar se segurar.

— Encoste o carro.

Bato no braço de Ethan por ele ser um idiota e se recusar a encostar.

— Ela não vai fazer xixi na frente de uma rampa de saída.

— Vou manobrar o carro para bloquear a visão.

Ele replica, surpreendendo Lila.

— Ninguém vai conseguir vê-la.

— Não acho que... — Lila olha para mim, pedindo ajuda.

Destravo o cinto de segurança e me inclino para beliscar o braço de Ethan.

— Manobre o maldito carro agora — ameaço, e acrescento:

— Se não por mim, faça por ela.

— Ei, você é sempre tão má.

Ethan reclama, e depois pisa fundo no freio, lançando-me longe, com força, sobre o banco.

— Mas eu sou mais perverso ainda.

Dou um salto e minhas pernas batem no painel, enquanto minhas costas vão de encontro ao câmbio. Após sentar, aliso o cabelo e estendo a mão na direção dele para fazer algo igualmente sinistro, mas Micha segura meu cotovelo e me puxa para seu colo.

— Calma.

Ele diz, abraçando-me e me ajeitando em seu colo.

— Ainda temos uma longa viagem pela frente.

Olhando para mim com um olhar travesso, Ethan manobra a caminhonete para a rampa seguinte, que leva diretamente a uma parada de caminhões. Há uma cerca contínua em volta da parada e um painel piscante prometendo a todos dez centavos de desconto por galão para pagamento em dinheiro.

Ele para junto a uma bomba de gasolina e desliga o motor à medida que sobe o zíper da jaqueta lisa com capuz.

— Mas é bom que você saiba que fiz isso pela Lila e não por você.

Encaro Ethan enquanto Lila pula da caminhonete e corre em direção à entrada do edifício. Ela está usando um vestido branco e um colar de pérolas, um visual completamente inadequado para uma parada de caminhões. Quando perguntei por que ela havia se vestido daquela forma para uma viagem de carro, ela encolheu os ombros e disse que estava acostumada a se produzir nas férias.

Micha sai do carro e oferece a mão para me ajudar. O ar frio atinge minhas pernas nuas à medida que estico os braços acima da cabeça.

Micha me olha surpreso. Depois ajeita os cabelos loiros e algumas mechas ficam penduradas na testa.

— Você sempre critica a Lila por se produzir demais, mas você se produz de menos.

Ele aponta para meus *shorts* e minha camiseta púrpura.

— O que você estava pensando quando se vestiu assim?

— Ei, estava quente quando saímos.

Defendo-me, puxando a camiseta para baixo para cobrir o abdome.

— E eu queria ficar confortável.

Ele abre o zíper da jaqueta e sua camiseta sobe um pouco, mostrando uma parte do tórax.

— Coloque isso antes que você congele.

— Vou ficar bem — asseguro-lhe, abraçando a mim mesma.

Ele me oferece a jaqueta com insistência.

— Pegue, porque não vou colocá-la novamente.

Pego a jaqueta e dou-lhe um beijo rápido no rosto, antes de colocar meus braços nas mangas e fechá-la totalmente com o zíper. Sinto o cheiro de sua colônia misturada a um perfume que só pertence a ele. É o cheirinho dele, e eu o inspiro profundamente, deleitando-me.

— Você estava cheirando minha jaqueta?

Ele indaga, com uma sobrancelha arqueada.

— É algum tipo de ritual estranho ou o quê?

— A jaqueta tem seu cheiro.

Explico, e puxo a frente da jaqueta até o nariz, para me proteger do frio.

— E eu adoro esse seu cheirinho...

Ele parece satisfeito com minha resposta um tanto bizarra e puxa o capuz para cobrir minha cabeça.

— Continue cheirando, então.

Sorrindo, viro-me em direção ao posto de gasolina, quando um Mustang vermelho, do mesmo ano que o de Blake, avança devagar em direção às bombas duas fileiras distantes de nós. Não dou a mínima, achando que é uma coincidência, até que Blake sai do carro. Ele usa um gorro cinza e um agasalho de moletom com capuz sobre uma camisa azul. Seus *jeans* não têm manchas de tinta e ele está de luvas. Micha e Ethan estão distraídos, olhando uma loira de bunda enorme que tenta abastecer o carro. Ethan está dizendo algo vulgar sobre a bunda dela e Micha o encoraja a ir ajudá-la a "encher o tanque".

Revirando os olhos, saio de fininho e vou em direção a Blake, no momento em que ele está passando o cartão de crédito na máquina.

— Então, essa é uma coincidência assustadoramente estranha — digo, surpreendendo-o; e ele acaba deixando o cartão cair no chão.

— Caraca, você me assustou.

Ele se agacha para pegar o cartão e se ergue de volta.

— O que você está fazendo aqui?

Olho rapidamente para Micha, rindo de Ethan, que tenta se exibir para a loira que, agora, revira os olhos e fecha o capô, sem mostrar qualquer interesse.

— Vou passar esses feriados em casa.

Redireciono minha atenção a Blake.

— E você? O que está fazendo por aqui? Você não sabe que a Califórnia fica para o outro lado?

Ele tenta rir da minha piada sem graça e diz:

— Minha mãe mora na Califórnia, mas meu pai vive no Colorado.

— Ah, então você está indo para o leste. Entendo — concluo.

Depois de digitar algumas teclas da máquina do cartão de crédito, ele remove a pistola da mangueira e a gasolina sai borbulhando.

Ele se inclina para trás, encostando-se no carro, e cruza os braços.

— Então você está na estrada com seu namorado — ele fala com ênfase.

Sentindo-me culpada, recuo:

— Sim. Desde aquela noite no restaurante, venho tentando te encontrar para pedir desculpas.

Cético, ele arqueia as sobrancelhas.

— Isso é engraçado, porque parece que você vem me evitando.

Suspiro.

— Nossa, então foi fácil perceber?

Ele balança a cabeça positivamente.

— Ella, você praticamente fugiu de mim quando gritei seu nome depois da aula, mas eu só queria conversar.

Minha respiração está irregular e ocupo-me com o zíper do moletom.

— Sinto muito, eu só não sabia o que dizer. Ele estava bêbado naquela noite e chateado com algumas coisas.

Ele olha por sobre o ombro para Micha, que, agora, retira a nota fiscal da bomba. Ethan está pegando alguns refrigerantes do isopor que está na parte de trás da caminhonete.

— Ele parece intenso.

— Mas esse é o problema. Ele não é.

Defendo-o, com a irritação se revelando em minha voz.

— Ele normalmente não é assim.

— Tudo bem, se é o que você diz — ele pondera, mostrando tolerância.

Sento no capô, deixando as pernas balançarem para o lado, e mudo de assunto.

— E você? Por que não trouxe sua namorada?

A bomba de gasolina faz um clique e ele se vira para retirar a mangueira.

— Terminamos.

— Mas como? Você parecia tão feliz — pergunto, surpresa.

Ele tira de qualquer jeito a nota fiscal emitida pela máquina e a enfia em um dos bolsos de trás.

— Não sei. Da última vez em que estive lá as coisas não rolaram.

Ele esfrega a mão sobre o rosto e diz:

— Estávamos namorando desde que tínhamos quinze anos e acho que só durou tanto tempo porque nós dois estávamos com medo de ficar sem algo que sempre tivemos... Estávamos juntos porque estávamos ligados à ideia de *nós*.

Mentalmente, divago sobre mim e Micha. Nós nos conhecíamos desde sempre. Será que o mesmo vai acontecer conosco? Meu peito se enche de ansiedade. Não quero perder Micha. Nunca.

— Bem, se você precisar de qualquer coisa, pode sempre ligar para mim.

Desço do capô e minhas sandálias chapinham em uma poça colorida como um arco-íris, enquanto respondo:

— Não vou fazer nada, exceto, provavelmente, entrar em alguma confusão.

Ele ri, conforme passa por trás do carro.

— Você não parece muito do tipo que se mete em confusão.

Não me contenho e dou uma enorme gargalhada, escorregando para o lado do motorista.

— Isso mostra que você sabe muito pouco a meu respeito.

Ele abre a porta do carro.

— Você está certa. Eu pouco te conheço. Sei apenas que gosta de desenhar, que não tem carro e que acha que as aquarelas da professora Marlina mais parecem saídas daqueles livros infantis para pintar.

— Mas é o que parecem.

Digo-lhe, em tom sério.

— Juro por Deus, ela só pode tê-las copiado de um desses livros.

De repente, é como se uma luz tivesse sido acesa e seus olhos se enchem de arrogância.

— Então, tenho uma pergunta.

— Vá em frente – respondo, hesitante.

Ele fica indeciso por um momento, observando a própria mão apoiada na porta do carro.

— Então, suponhamos que eu esteja na casa de meu pai e fique entediado. Posso ligar para você? Apenas para conversar.

Movimento-me com desconforto, protegendo as mãos nas mangas da roupa.

— Sim, se você quiser.

Ele pisca para mim e minha inquietação vai lá para cima. Como diabos as coisas mudaram tão rápido?

— Vou aceitar sua proposta.

Lanço-lhe um sorriso tenso conforme dou um passo para trás, para que ele possa fechar a porta. Acenando, ele dá marcha à ré e sai do posto de gasolina. Quando me viro para a caminhonete de Ethan, meu corpo dá um encontrão em alguém.

— Está se divertindo? — Micha pergunta, em um tom condescendente, mas com os olhos frios como a neve.

— Só estávamos conversando — passo para trás e depois para o lado, para caminhar com ele, mas ele bloqueia a passagem e impede que eu continue.

— Ella May, desculpe, mas vou ser franco. Aquele cara estava totalmente dando em cima de você.

Ele baixa a voz para murmurar de forma a não chamar a atenção, mas seus olhos estão injetados.

— E, se eu o pegar fazendo isso de novo, ele vai levar um murro bem no meio da cara.

— Ei, nada de violência!

Imploro, com um suspiro profundo, vindo do coração.

— Por que vocês, homens, sempre querem bater uns nos outros?

— Ao contrário de pessoas que jogam outras no chão e puxam os cabelos até que elas chorem?

Ele sai do caminho de um carro que entra no posto e segura na manga de minha camiseta para me arrastar com ele.

— Fiz isso uma vez só, quando eu tinha doze anos.

— Ah, e aquelas que mordem o braço?

Bufo, suspiro frustrada e me solto dele com força, afastando-me.

— Tudo bem, faça o que quiser. Estou me retirando da situação.

Marcho ao lado dele. Suas mãos seguram meu quadril e ele me puxa para perto de si. Colocando os braços em volta de meus ombros, ele anda atrás de mim até a caminhonete, soltando-me apenas para abrir a porta.

— Eu só quero bater nele porque te amo.

Ele diz, fazendo careta com a ajuda dos lábios.

— Fico irritado por ver como ele olha para você, como naquela noite no restaurante. Talvez você não tenha percebido, mas até para meus olhos bêbados era completamente óbvio.

O ciúme é bem claro em seu rosto.

— Você está com ciúme de Blake?

— É claro que estou com ciúme!

Ele boceja para mim como se eu fosse uma idiota.

— Ele está sempre por perto porque vocês dois estudam na mesma universidade. Além disso, sabe-se lá quantas vezes vocês estiveram juntos, enquanto eu estava na estrada.

— Fora da classe, só duas vezes.

Passo para o banco de trás e acidentalmente bato a cabeça no teto.

— E uma vez foi por Lila, que queria sair do *campus* por um dia.

— Você está infringindo as regras mesmo só falando com ele — ele adverte, sério. Fico boquiaberta e indago:

— Infringindo as *regras*? Você está louco?

Ele coloca o pé no apoio lateral da caminhonete e, com a mão, segura a parte de trás do assento.

— Chega mais para lá.

Eu me arrasto para o meio do banco traseiro e ele vem para meu lado. Cruzo os braços para demonstrar minha irritação.

— Então, sobre essas regras, você pode me falar a respeito? Do que se trata? Ou melhor, estou infringindo algum código por querer ficar sozinha no banco de trás?

Ele pisca, mostrando-se sério.

— Pode falar o que quiser, mas você não viu o jeito como ele estava olhando para você.

— Micha, não sou um prêmio a ser disputado por todo mundo.

Avanço um pouco em direção à porta para aumentar a distância entre nós. Estou chateada com as acusações de Micha e com o fato de parecer que ele não confia em mim.

— Sou uma pirralha, tenho um monte de problemas psicológicos e não consigo decidir sobre coisa alguma.

— Só o fato de você admitir isso em voz alta... — Ele desliza para mais perto de mim, colocando o braço nas costas do assento.

— Só isso já faz de você alguém muito especial. Você sabe quantas pessoas não admitem suas falhas e as coisas que precisam trabalhar em si mesmas? Sabe quantas pessoas não conseguem encarar a si mesmas?

Ele enfia a mão entre minhas coxas, seu olhar é intenso, e ele me puxa para si. Meu coração pula dentro do peito.

— Você é especial demais, e se eu tiver que ser totalmente possessivo a seu respeito quando um idiota do mundo das artes vier dar em cima, bem na minha frente, eu vou ser, mesmo. Ou isso, ou mando o Ethan ir atrás dele agora mesmo para que eu possa dar um soco na cara do engraçadinho.

Eu me contenho para não rir.

— Você fica tão engraçado quando está assim.

Ele beija minha testa.

— Bem, fico feliz que você ache minha dor tão divertida.

Dou uma olhadinha para ele por entre os cílios.

— Tenho que dizer uma coisa... Eu te vi flertando muitas vezes com diferentes garotas e levando-as para seu quarto.

Ele estremece na última parte.

— Mas o que é que eu sempre dizia quando você me perguntava a respeito?

Meu sorriso desabrocha.

— Que você estava apenas ganhando tempo até que eu me recuperasse.

— Exatamente — ele aperta os lábios e tudo o que quero é lambê-los, colocar aquele *piercing* dentro da boca e acariciá-lo com a língua. Quero fazer muitas coisas ousadas com ele nesse exato momento.

— Sua mente está pensando em um monte de coisa obscena, não está?

Ele zomba, cheio de arrogância.

— Consigo ver a indecência escrita em sua testa.

Concentro-me na janela, rindo baixinho:

— Bem, então saiba que para alguém que se diz tão seguro de si, você se preocupa demais sobre me perder.

— Isso porque eu estaria perdido sem você.

— Essa fala é joguinho total, Micha Scott.

Colocando um dedo sob meu queixo, ele força minha cabeça para trás, de modo que nossos lábios ficam a apenas alguns centímetros de distância.

— Lembre-se do pacto. Você e eu estamos predestinados a uma relação para a vida toda.

— Que pacto? — Lila pergunta, ao pular para o banco do passageiro, ofegante devido ao impulso para alcançar a altura da caminhonete. Ela tem um grande saco de balas Skittles e uma garrafa de água na mão.

— Um pacto secreto — ele sorri de alegria para mim.

Eu havia praticamente me esquecido do pacto feito por duas crianças que tentavam buscar algo que nunca poderiam ter de verdade, ou seja, normalidade.

Ethan entra no caminhão e gira os pneus para sair do posto de gasolina, avançando em direção à autoestrada, aumentando o som na música *Silhouettes*, do Smile Empty Soul.

— Acho que preciso de uma bebida — declara Micha, estendendo o braço pela janela traseira para alcançar o isopor.

Aproveito e pego a mão dele e a coloco contra o peito, sobre meu coração.

— Não enquanto estamos dirigindo.

Parece que dos olhos dele saem lanças em minha direção, e ele faz uma cara feia para minha mão, que está sobre a dele.

— Por que não? Não sou quem está dirigindo.

Penso em confrontá-lo sobre ele consumir tanto álcool, mas os avisos de Anna ecoam em minha cabeça e acabo por perder a coragem.

— Só acho que não deveríamos começar a beber ainda, quando sabemos que é o que vamos fazer na maior parte do fim de semana.

Ele desiste da bebida, agitando-se no assento.

— Faz sentido. Embora ajude a passar o tempo...

Olho pela janela e vejo a paisagem mudar progressivamente do verde para o branco, perdida em pensamentos. Será que algum dia serei equilibrada o suficiente para ajudar as pessoas, em vez de causar-lhes problemas?

Micha

É tarde quando chegamos a Star Grove. O céu está escuro e as estrelas estão encobertas por nuvens. Uma espessa camada de neve cobre as ruas, as casas e os quintais, e luzes natalinas vermelhas e verdes piscam no beiral de minha casa.

Lila está adormecida no banco da frente, com a cabeça encostada no vidro da janela. Ella adormeceu em meu colo, com o rosto tão próximo de meu pau que minha mente ficou cheia de ideias obscenas durante quase todo o percurso. Mas eu reprimi a tensão sexual, não querendo reviver outro episódio no qual Ethan nos ouça fazendo safadeza.

Quando Ethan estaciona a caminhonete na entrada de minha garagem, Lila acorda e estica os braços acima da cabeça, como um gato.

— Onde estamos? — Ela pisca olhando para meu sobrado e, em seguida, para a casa de Ella, ao lado. Não há marcas de pneu na neve acumulada na entrada da garagem dela, o que significa que ninguém está em casa.

O carro de minha mãe está estacionado na frente da garagem aberta, e a traseira do Chevelle se destaca. Ethan pula para fora, largando a porta aberta, e vai até a parte de trás da caminhonete, esmagando a neve. Lila o segue, deixando o ar frio entrar, e ambos começam a tirar as malas congeladas que estavam lá atrás.

Ella está aninhada em meu colo, profundamente adormecida, e não consigo me conter. Mordiscando o *piercing* para abafar o riso, suavemente eu a aperto na região da costela, logo abaixo do seio. Ela acorda de um salto, e seus olhos verdes e selvagens brilham na luz fraca da cabine.

— Ai, o que é isso?

Ela bate em meu braço, tentando se livrar da sonolência.

— Essa foi a forma mais cruel para me acordar!

Esfrego o braço no local em que ela me bateu.

— Foi realmente uma das coisas mais engraçadas que já vi...

— Isso não tem nada de engraçado. É idiota — ela se inclina para a frente, em direção a meu pescoço, mas no último segundo muda um pouco a rota e mordisca meu peito, que está protegido pela camisa.

Estremeço, mas sorrio.

— Você sabe que isso me excita mais do que qualquer coisa.

Ela morde o lábio inferior.

— Você ficou excitado durante a maior parte da viagem. Eu sei, porque senti a pressão na bochecha.

Pronto para acabar com a batalha, encerro com uma fala de vencedor.

— Isso é porque sua boca estava a pouquíssimos centímetros de meu pau.

Ela fica corada e solta o lábio preso entre os dentes. Estão vermelhos, inchados e muito tentadores. Desço da caminhonete para o frio cortante e lhe ofereço minha mão. Ella aceita e está prestes a saltar para a neve calçando a sandália de dedo.

— Espere um segundo.

Retiro a mão e me viro de costas para ela.

— Suba, ou você vai congelar os dedinhos dos pés.

Ela monta em minhas costas de bom grado e a levo de carona até a varanda. Há gelo por toda a parte, principalmente pendendo do beiral, e sal foi jogado sobre os degraus. Por causa do ar frio, minha respiração se materializa à minha frente, conforme me aproximo da luz da varanda e tiro a chave de casa escondida debaixo de um pombo de argila. Coloco Ella no chão, dou-lhe a chave e me sento nos degraus da frente, com as botas triturando a neve.

— Abra e entre.

Indico, recuando até a caminhonete.

— Vou pegar as coisas.

Ela me observa; sua pele é como porcelana sob a luz da varanda.

— Quem disse que eu ia ficar aqui?

— Quem disse que você não ia?

Sorrio.

— Agora, deixe de ser chata e trate de ir para dentro, onde está quentinho.

Antes que ela se afaste, um vestígio de sorriso aparece em seus lábios. Ela abre a porta e entra, enquanto pego as malas.

Ethan decide que vai ficar no sofá, o que ele fez inúmeras vezes desde que éramos crianças. Lila escolhe o quarto de hóspedes. Isso faz com que Ella tenha de vir para minha cama, algo que me excita, embora ela provavelmente não vá compartilhar desse sentimento.

Depois de mostrar para Lila onde fica o quarto, e de atirar um cobertor para Ethan, carrego as malas para o quarto. A luz está acesa e Ella está deitada em minha cama, de bruços, folheando as páginas de...

— Onde diabos você pegou isso?

Tento pegar o diário, mas ela gira para o lado, rindo e abraçando-o junto ao peito.

— Ah, meu Deus... Esse é seu caderninho secreto?

Ela recua enquanto eu pulo em cima dela e roubo o caderno de suas mãos.

— Não é um caderninho secreto — esbravejo. — É apenas um...

— Um diário com o nome de todas as meninas com quem você já dormiu.

Ela leva a mão à boca e ri tanto que seu rosto fica vermelho. Após se recompor, ajoelha-se a minha frente.

— Achava que sabia tudo sobre você, mas agora vejo que estava enganada.

Jogo o caderno na lixeira.

— Onde você pegou isso?

Ela dá de ombros, deita de novo sobre o estômago e desliza as mãos para baixo do travesseiro, dizendo:

— Estava aqui embaixo.

Chuto as malas para baixo da mesa do computador e acendo a luminária antes de desligar a luz do teto. Então, tiro a camiseta e deito na cama com ela.

Ela está tremendo porque o quarto está gelado, mas é assim que minha mãe gosta de deixar, para reduzir a conta de energia.

— Havia um monte de nomes lá... Muito mais do que eu pensava.

Respiro lentamente e esfrego a mão no rosto.

— Ella, não sei o que você quer que eu diga... Nunca quis que ninguém soubesse disso. Era apenas para uso pessoal, para que eu pudesse...

Fico tenso e digo:

— Saber quantas foram.

Ela me olha sem expressão e o nível de desconforto é enlouquecedor.

— Meu nome não estava lá.

Viro-me de lado e olho em seus olhos.

— Isso é porque eu sabia que não ia mais precisar manter um registro. Não houve outra após você e nunca mais haverá.

Sua respiração se acelera e ela começa a se levantar. Achando que ela vai embora, tento alcançá-la, mas tudo o que ela faz é descalçar os sapatos e tirar os *shorts*. Fico imediatamente excitado com a visão de sua bunda de calcinha.

Ela continua vestindo meu casaco e deita-se debaixo das cobertas.

— Está frio — afirma, com olhos enigmáticos.

Desabotoo e tiro a calça *jeans* e entro debaixo das cobertas com ela, fazendo uma careta quando meus pés acariciam os dela.

— Seus pés estão congelados.

Coloco a mão em seu quadril.

— Deus, você está fria em toda parte.

Ela mexe os pés entre meus tornozelos e ficamos mais próximos.

— Acho que você vai ter que me aquecer.

Posiciono meu queixo no topo de sua cabeça.

— Às vezes, você me confunde, moça bonita. De verdade. Num minuto você está com raiva de mim, e, no minuto seguinte, parece que me quer.

Ela enterra o rosto em meu peito e sua respiração quente aquece minha pele gelada.

— Eu mesma me confundo, às vezes.

Ela faz uma pausa e explica:

— Acho que há algo muito errado com minha cabeça, porque ler aquela lista só me faz querer transar com você.

Todos os músculos do meu corpo congelam.

— O que você acabou de dizer?

— Você ouviu muito bem.

Seu dedo faz círculos em volta de meu mamilo.

— Como eu disse, acho que há algo muito errado com minha cabeça... A leitura só me fez querer reivindicá-lo para mim ou algo assim.

— Então, faça isso — prendo a respiração, esperando sua reação.

Ela se inclina para trás e me olha nos olhos.

— Não hoje. Estou cansada, mas seu aniversário será em poucos dias.

— Só para esclarecermos as coisas desde já, quero você embrulhada em um laço e nada mais. Bem, talvez de salto alto. Essas suas lindas pernas ficam ridiculamente *sexy* de salto.

Sorrindo, ela repousa o rosto em meu peito e enrosca a perna na minha, encaixando-se em mim até o alto da coxa, e posso sentir o fluir de seu calor.

— Talvez isso possa ser providenciado.

Abraço-a com força e aproximo a perna ainda mais, esfregando-me suavemente contra ela.

— Você parece estar de bom humor.

Sua respiração aumenta com meu toque e ela move os quadris lentamente.

— Estou apenas tentando não me preocupar. Ordens médicas.

Minha mão desliza por suas costas e eu a apoio na parte de trás de sua coxa.

— Então, isso significa que a velha Ella May pode voltar?

— Não... — Ela fecha os olhos enquanto meu dedo traça uma linha, para trás e para a frente, ao longo de sua pele macia.

— Não acho que ela exista mais, mas tenho quase certeza de que posso lhe dar a Ella real, atual... Se você quiser.

— É claro que eu quero.

Aperto sua bunda, fecho os olhos e inspiro seu perfume.

— Quero tudo o que você puder oferecer.

Capítulo 16

Ella

Acordo com o cheiro de *bacon* e ovos. Faz algum tempo que não tomo um bom café da manhã, e minha boca está salivando. Saio da cama tropeçando, pego meus *jeans* e noto que Micha levou o lixo para fora, provavelmente para se livrar do caderno.

— Eu deveria estar aborrecida — digo a mim mesma, enquanto visto uma camisa de mangas compridas. Mas não estou. Meu Deus, será que minha cabeça está confusa a este ponto?

Vou até a cozinha. A mãe de Micha está junto ao fogão, cozinhando, e a fritura faz as panelas chiarem. Seus cabelos loiros estão presos em um coque, e ela veste um conjunto de moletom cor-de-rosa. Um cara, pelo menos dez anos mais jovem do que ela, está sentado à mesa, lendo a seção de esportes do jornal e bebendo suco. Os cabelos castanhos são grossos, exceto por uma pequena careca bem no alto da cabeça. Ele tem olheiras sob os olhos cor de avelã.

— Bom dia, querida.

A senhora Scott me cumprimenta com um sorriso alegre.

— Gostaria de tomar café da manhã?

Olho para o estranho à mesa, que está me avaliando, e fico nervosa.

— Hum... Onde estão Micha e os outros?

Ela vira o *bacon* com um garfo e diz:

— Estão todos lá fora. Micha está muito animado porque o pai dele pagou o conserto do carro, acho... Foi muito legal da parte dele.

— Merda.

Não quis dizer isso em voz alta, e a mãe de Micha olha para mim perplexa.

— Você está bem? — Ela pergunta, usando uma espátula para mexer os ovos na panela.

Pego uma das jaquetas de Micha do cabide perto da porta dos fundos e saio sem responder. Não há nenhuma possibilidade de ele estar animado por causa disso.

Agora, já fora de casa, a temperatura está abaixo de zero, e imediatamente começo a tremer. Minhas botas esmagam a neve conforme vou até a garagem, onde o Chevelle está estacionado. A lateral antes amassada agora está lisa como seda, pintada de preto e com uma faixa vermelho-cereja, típica de carros de corrida, ao longo do capô. Está em condições de participar de corridas, mas só por causa do dinheiro do pai de Micha.

— Você acredita que ele fez essa porra?

A voz aguda de Micha me surpreende. Dou uma volta em torno do carro e quase caindo de bunda, pois minhas botas escorregam em um pedaço de gelo.

Micha estende a mão para me ajudar, mas inclina-se para o lado e perde o equilíbrio. Agarro a bainha da jaqueta dele e, com os pés, consigo reequilibrar nós dois.

Segurando em meu ombro com uma das mãos, com a outra Micha agarra a cerveja como se fosse a coisa mais importante do mundo.

— Meu pai acha que pode me comprar.

— O que isso quer dizer? — Pergunto, soltando o braço dele e voltando-me para o carro.

Micha anda a meu redor e dá pulos, derrubando alguns pedaços de gelo da beira do telhado da garagem.

— Depois que o ajudei com aquele probleminha, ele mandou dinheiro para minha mãe, para o conserto do carro, como forma de agradecimento.

Sinto-me insegura sobre como abordar a situação.

— Bem, acho que ele foi gentil. Quero dizer, pelo menos ele fez algo de bom.

Seus olhos azuis-claros estão tão frios quanto o gelo sob nossos pés.

— Preferia que ele tivesse ligado para mim. Pelo menos, então, ele mostraria que admite minha existência. Mas, em vez disso, enviou um cartão de merda para minha mãe.

Micha luta para tirar do bolso um pedaço de papel e o atira em minha direção, mas ele fica no meio do caminho entre nós e cai na neve.

Abaixo-me para pegá-lo, tiro a neve e o abro. O texto é o seguinte: "Por favor, use esse dinheiro para consertar o carro de Micha, conforme combinamos por telefone, e diga a ele que o agradeço por me ajudar. O que ele fez foi muito bondoso, e minha família e eu somos gratos por isso".

— Ele e a família são gratos.

Ele chuta o pneu com a ponta da bota e atira contra a parede a garrafa de cerveja, que se espatifa no cimento.

— Ele é um babaca. É como se eu não fosse da família dele.

Coloco o cartão sobre o capô e abro os braços para lhe dar um abraço, mas ele se afasta.

— Só preciso de um momento sozinho, tudo bem? Dá para você entrar?

Ele está mais perdido do que eu pensava. Olhando de perto, pequenas linhas vermelhas são visíveis em seus olhos, e as bochechas estão coradas. O cabelo está meio que arrepiado para cima, como se ele tivesse passado as mãos pelos fios várias vezes. Há uma raiva em seus olhos que só uma quantidade excessiva de álcool pode provocar.

— Tudo bem, vou estar lá dentro, se você precisar de mim — caminho até a porta, mas paro nos degraus, notando a falta da caminhonete. Volto-me para Micha para perguntar sobre Ethan, mas ele está fechando a porta da garagem e pegando outra cerveja do engradado sobre a prateleira, trancando-se do mundo para afogar a dor no álcool.

Penso em confrontá-lo quanto a seu problema com a bebida e por me repelir, mas, quando chego ao quarto, o cansaço toma conta de meu corpo e caio na cama, desejando saber, para começo de conversa, por que é que fui parar ali.

***

A depressão e a ansiedade são terríveis. Qualquer coisa pode desencadeá-las e mudar meu humor em um piscar de olhos. Felizmente, Anna me ensinou a perceber quando estou afundando no buraco do desespero, que pode se transformar em um poço sem fundo. Ela me ensinou a perceber quando essa sensação começa a se apoderar de mim, e como combater a escuridão. Se eu me dedico, consigo ver um túnel e, no fim dele, a luz. Mas é tudo uma questão de vencer os pensamentos sombrios e não desistir.

Cerca de trinta minutos depois, eu me forço de volta para a luz e saio da casa marchando direto em direção à garagem. A caminhonete de Ethan está na entrada e há pegadas levando para a garagem.

Abro a porta e entro. Ethan e Micha estão sentados sobre o capô, com as botas apoiadas no para-choque dianteiro e cervejas nas mãos. Lila está no canto falando ao celular, tapando o ouvido livre com o dedo na tentativa de conseguir escutar, apesar da conversa alta de Micha e Ethan.

Os olhos de Micha encontram os meus, e a crueza em seu rosto quase faz com que eu me afaste.

— Ei, aonde você vai?

Ele escorrega do capô, com suas longas pernas, e quase cai, mas vem em minha direção.

Está vestindo uma camisa cinza quente, com um pequeno furo na bainha, e seus *jeans* pretos estão presos por um cinto cheio de adornos. O cabelo está bagunçado, e o olhar, perdido. Seu sorriso indica que um problema está prestes a começar.

Sua mão procura minha cintura, mas me afasto.

— Precisamos conversar.

Ethan olha para mim, com os cabelos pretos nos olhos, e em seu rosto há um aviso.

— Ella, é melhor deixá-lo.

— Você não sabe o que vou dizer. Então, fique fora disso — retruco.

— Sim, mas você está com esse tom, como se estivesse prestes a trazer algo pessoal à tona. Só que ele não está em condições de ter qualquer conversa pessoal agora.

Ele puxa as mangas da camisa verde para cima e se deita sobre o capô, colocando as mãos atrás da cabeça. Confuso, Micha pisca para mim.

— Espere, o que está acontecendo?

Ethan me deixou nervosa, então mudo de ideia e vou até a geladeira.

— Não é nada. Eu nem me lembro mais do que ia dizer.

Ele agarra meu cotovelo e me traz até seu peito.

— Então vamos fazer algo realmente divertido.

Tento me esquivar.

— Não quero.

Sua testa fica enrugada, e ele coça a nuca.

— Por que você está agindo de forma engraçada?

— Não, não estou.

Dobro o braço para me ver livre de seu aperto.

— Só não gosto que você esteja bêbado.

— Por quê? Já fiquei bêbado tantas vezes...

— Sei disso, e esse é o problema.

Mordo a língua e digo:

— Sinto muito. Não era o que eu queria dizer.

A raiva está em seus olhos.

— Você se embebeda tanto quanto eu.

Balanço a cabeça negativamente e digo:

— Isso não é verdade.

— É verdade, sim!

Ele se move rapidamente e o volume de sua voz me faz estremecer.

— Você bebe tanto quanto eu, seja por diversão ou para tentar esquecer alguma coisa. É o que todos nós estamos fazendo desde os quatorze anos de idade.

— Ei, não me meta nisso.

Ethan protesta, descendo do capô.

— Já resolvi minhas merdas.

— Que nada! Você não resolveu nada — Micha tropeça no cadarço das botas e bate em uma das prateleiras, derrubando ferramentas e peças de carro.

Os olhos de Lila estão marejados quando ela desliga o telefone.

— Você ainda bebe quando tem vontade de se desligar de tudo... Todos nós fazemos isso.

Um pesado silêncio se forma ao redor de nós quatro e nossa respiração parece criar um nevoeiro, conforme nos damos conta de que ele está certo. Todos nós começamos a beber com cerca de quatorze anos. Começou como curiosidade, mas, com a idade, passamos cada vez mais a usar a bebida para escapar da realidade de nossas vidas.

— Bem, pra mim chega — digo, finalmente, erguendo os braços, como que me rendendo, enquanto sigo para a porta.

— Também estou por aqui com você.

Ele grita, com uma grande vermelhidão no rosto.

— Estou cansado de seus malditos problemas e jogos mentais. Estou de saco cheio e quero cair fora.

Minhas mãos caem como que mortas.

— O que eu quis dizer foi um basta à bebida, mas é bom saber o que você quer e pensa.

— Ella, ele não quis dizer isso. Ele só está bêbado, é isso. Então, pare de agir como uma louca e esqueça tudo isso que acaba de ouvir.

Interrompe Ethan, balançando a cabeça para Micha.

— Cara, é melhor você se recompor agora mesmo!

Micha olha para Ethan e ameaça.

— Fique fora disso.

E se vira de novo para mim, mas eu já estou fora da garagem.

Ele não vem atrás quando saio correndo pela rua. O vento sopra forte em meus cabelos e pinica minhas bochechas, conforme corro fugindo do sofrimento e da dor, com a ansiedade mordendo meus calcanhares.

Micha nunca ficou tão bravo comigo. Nunca. É como ter uma faca enfiada no coração, e não sei como retirá-la. Dói em todos os lugares.

Quando chego à esquina, fico mais calma e tento controlar os pensamentos. Retiro o celular do bolso e ligo para Anna.

Ela responde, depois de quatro toques, e ouço um piano ao fundo.

— Alô?
— Oi, Anna, aqui é Ella.

Sinto-me mal por interrompê-la quando, evidentemente, ela está com a família.

Após alguns segundos, ouço uma porta se fechar e o barulho silenciar.

— O que há de errado?

Olho para cima, para o grafite em uma placa da rua.

— Fiz algo que você me disse para não fazer... Confrontei Micha sobre o problema dele com a bebida.

— E o que aconteceu?

— Ele disse umas... Coisas.

Ela faz uma pausa.

— Que tipo de coisas? Coisas que machucam?

— Um monte de coisas... E, sim, doem muito.

Pressiono a mão sobre meu coração dolorido, e me curvo.

— Dói muito, muito mesmo.

— E o que essa dor faz você ter vontade de fazer?

Ela pergunta, no momento em que um carro passa perto de mim espalhando lama e neve derretida da rua.

— Ella, onde você está?

— Estou na esquina de uma rua e tudo o que eu quero fazer é correr. Quero chorar... Quero gritar — admito.

— Então grite.

Ela incentiva.

— Vá em frente. Deixe que tudo venha para fora.

— Mas estou na rua!

Dou uma olhada no entorno e vejo um casal idoso andando na calçada.

— Mas há pessoas por perto.

— E daí?

Ela incita.

— Não ligue para as pessoas. Deixe que tudo venha para fora, deixe que a preocupação e que a dor saiam de você. Não reprima os sentimentos, Ella. Nós já conversamos a respeito disso.

Sentindo-me uma idiota, abro a boca e solto um grito silencioso.

— Você pode fazer melhor do que isso.

Ela insiste.

— Grite, Ella! Grite de verdade!

Enchendo os pulmões de ar, reúno minhas forças e ponho tudo para fora, gritando bem alto. Acho que ecoa por muitos quilômetros.

***

Depois de eliminar o que estava me oprimindo, sigo em direção a Cherry Hill, onde o cemitério está localizado, pensando nas pessoas que perdi. Minha mãe e Grady foram ambos tirados de mim muito cedo.

Uma camada de neve cobre as lápides e as árvores, a grama está encoberta e pingentes de gelo pendem da cerca. Caminhando até a árvore sem folhas na frente do túmulo de minha mãe, meus sapatos se enchem de neve e meu nariz fica rosado. Eu me inclino e removo a neve que se acumula sobre a sepultura dela.

— Maralynn Daniels, mãe e esposa amorosa — leio em voz alta as palavras que são pobres demais para defini-la. Não havia qualquer menção à luta que ela travou ou sobre como ela foi tratada como merda pela vida.

Meus pensamentos retrocedem para uma conversa que ela e eu tivemos quando eu tinha uns quinze anos. Estávamos vendo televisão, embora ela estivesse confusa e não prestasse atenção.

— Por que você acha que eu sou desse jeito? — Ela perguntou abruptamente, com um olhar contemplativo no rosto.

Diminuí o volume da televisão.

— O que você quer dizer, mamãe?

Ela olhava fixamente para a parede, como se ali estivessem todas as respostas para a vida.

— Por que não consigo escapar dos pensamentos ruins, como todas as pessoas? Por que não posso pensar do mesmo jeito que todo mundo?

Quebrei a cabeça para tentar achar uma boa resposta.

— Não acho que todo mundo pense o mesmo, mamãe. Cada um é cada um.

— Sim, mas por que isso é mais fácil para algumas pessoas?

Ela olhou para mim e seus olhos verdes estavam enormes, como se estivesse hipnotizada.

— Essas pessoas simplesmente passam pela vida sem problemas.

Deixei escapar uma respiração profunda e lenta, sabendo que minhas palavras seriam importantes para ela.

— Todo mundo tem problemas, mamãe. Só que os de algumas pessoas são mais difíceis.

Avancei em direção a ela e o medo em seus olhos começou a diminuir.

— Acho que as pessoas que passam por mais coisas podem acabar se tornando mais fortes no longo prazo. Elas têm um discernimento que muitas outras não têm. E elas também têm uma compreensão melhor, podem ter a cabeça mais aberta.

Os cantos de sua boca se inclinaram para cima e ela me deu um raro sorriso.

— Você é uma garota inteligente, Ella May, e acredito que um dia você vai crescer e fazer coisas grandes... Eu realmente desejo que você faça.

Os nós em meu estômago começaram a se desatar... Eu tinha dito a coisa certa e ela estava relaxada e feliz, o que era meu objetivo. Pensei que tivesse causado um impacto positivo nela, mas acabou que eu estava errada.

— Lamento muito, mamãe.

Sussurro em sua sepultura.

— Às vezes sinto que lhe devo minha felicidade.

O vento se agita no entorno, murmurando através de meus cabelos. Sento-me em frente à lápide e fico em silêncio, prometendo a mim mesma que voltarei para visitá-la muitas vezes, jurando que ela não vai ser esquecida.

***

Não vejo Micha pelo resto da noite. Durmo no quarto com Lila e, em seguida, fujo da casa antes que Micha acorde de seu torpor alcoólico. Realmente não estou mais com raiva dele por beber. O que ele disse era verdade. Em nossa turma, todos bebemos para esconder a dor, e todos precisamos parar. Entretanto, suas palavras duras ainda me assombram.

Lila e eu vamos para minha garagem e tento dar a partida no Firebird para que possamos ir almoçar. Meu pai mantém uma chave reserva sob o quebra-sol, mas, como o carro está parado há muito tempo, leva uma eternidade para pegar. Finalmente consigo fazer o motor funcionar e, em seguida, deixo-o esquentar por um tempo, enquanto busco, pela neve, uma maneira de entrar na casa.

Lila me segue, fechando o casaco e, em seguida, calçando as luvas.

— O frio está demais.
— É verdade.
Espio pela janela congelada da cozinha e noto que não está totalmente fechada.
— Bem, acho que encontrei nosso caminho, embora vá estar igualmente frio lá, pois esta porcaria está aberta há meses.
Recuo da janela e meu celular apita dentro do bolso, indicando que tenho uma mensagem de texto.

Blake: O que está fazendo?

Hesito um pouco, mas respondo.

Eu: Tentando invadir minha casa.
Blake: Parece divertido.
Eu: Não muito, na verdade.
Blake: Estou brincando. E o que mais está fazendo? Algo divertido? Estou pensando em cair fora da casa de meu pai uns dias antes e voltar ao campus. Quando você volta? Talvez a gente possa se encontrar e tomar um café ou algo assim.

— Quem é?
Lila espia a tela por cima de meu ombro e funga.
— Ah, meu Deus, ele está realmente escrevendo para você? Suspiro e fecho a tela, finalizando a conversa.
— Eu disse que ele podia.
Lila me recrimina com um gesto.
— Ei, estou avisando desde já para você desistir dessa suposta amizade com esse cara. Isso só pode acabar em confusão.
— É só amizade.
Afasto-me da janela e caminho até o carro.

— E, além disso, você incentivou essa amizade para que *você* pudesse pegar uma carona com ele.

— E me arrependo disso.

Ela me segue, escorregando no gelo vez por outra.

— Eu o vi falando com você no posto de gasolina e não havia nada além de desejo nos olhos dele... E agora ele não tem sequer uma namorada, então não há nada que o pare.

— Sabe... Estou me arrependendo de ter te contado isso. E não importa, de qualquer maneira. Mesmo que ele realmente gostasse de mim, eu nunca teria nada com ele.

Ela agarra meu braço e me obriga a olhar para ela.

— Caia fora disso agora mesmo. Blake é todo fogoso e vocês dois têm essa coisa de gostar de artes. Você pode achar que nada vai acontecer, mas, às vezes, as coisas acontecem. Confie em mim.

— Você está falando por experiência?

Pergunto, quando meu celular emite um novo sinal de mensagem de texto:

Blake: Será que eu te assustei? Olhe, sei que você tem namorado, então não estou propondo nenhum encontro romântico. É só um convite para um café, como dois colegas artistas que somos e que amam café.

— Creia-me, tenho muita experiência com esse tipo de porcaria.

Lila continua, soltando meu braço.

— Já conheci muitos caras que foram acidentalmente envolvidos pelo momento e que acabaram dando uma escorregada. E conheço muitas garotas que também agiram assim. E você tem tanta sorte, Ella. Tem mesmo. Faça um favor a todas as mulheres, ficando longe de Blake. Foque na linda relação que você tem com Micha.

— Depois do que aconteceu ontem, você ainda acha que é uma linda relação? Pergunto, em dúvida.

— As discussões entre vocês só fazem com que a relação fique ainda mais bonita.

Ela suspira e solta como que um nevoeiro.

— Também sei que agora você está brava e que a última coisa que quer fazer é teclar com um cara que tem lá uma queda por você. Você pode acabar fazendo algo estúpido.

— Não estou brava com Micha. Apenas chateada com umas... Coisas.

— Bom, dá na mesma.

Suspirando, mando uma resposta a Blake.

Eu: Vou ficar aqui até o final do recesso de inverno. Talvez a gente se veja quando eu voltar.

Ele não responde. Lila e eu entramos no carro, com o aquecedor a todo vapor em nossos rostos. Realmente não me importo se Blake vai ou não responder. Ele era um bom amigo, mas nunca passou disso. Meus pensamentos se voltam para um problema muito maior: quando eu encarar Micha e disser que acabou tudo entre nós.

Micha

Algo molhado me atinge no rosto e eu pulo, com os punhos já erguidos em frente ao corpo.

— Porra, cara! — Ethan está praticamente em cima de mim, segurando um copo.

— É só água.

Enxugo o rosto com a manga da camisa.

— Que diabos você está fazendo?

Ele coloca o copo em cima da cômoda.

— Bem, você estava dormindo fazia umas quatorze horas, então achei melhor verificar se ainda estava vivo.

Segurando minha cabeça que lateja, olho o relógio na parede ao lado da janela. É de manhã cedo e está nevando.

— O que aconteceu? — Balanço as pernas para o lado da cama, preparando-me para levantar, mas um gosto amargo na garganta me obriga a deitar de novo.

— Bem, você bebeu praticamente tudo o que havia de alcoólico na casa.

Diz Ethan, cruzando os braços.

— E então arruinou seu relacionamento com quase todos que você conhece, exceto comigo, porque eu estou cagando pra você.

Passo a mão pelo cabelo e fico de lado na cama.

— E quanto a Ella?

— Essa, provavelmente, é a pior parte — ele mexe no despertador em meu criado-mudo, girando o botão de trás.

Viro-me novamente.

— Por quê? O que foi que eu disse?

Ele faz aspas no ar e diz:

— Estou cansado de seus malditos problemas e jogos mentais.

Com um dos braços, cubro o rosto e balanço a cabeça negativamente.

— Merda! O que é que eu tinha na cabeça? Droga, droga, droga!

Soco a cabeceira da cama, mas me retraio quando as articulações de meus dedos estalam. Ele coloca o despertador de volta ao criado-mudo, ao lado da luminária.

— Você estava bêbado, e foi por isso que a briga começou. Ella não quer que você continue bebendo tanto e tenho de concordar. Sim, todos nós bebemos, mas parece que você, mais do que o resto de nós, faz isso como um mecanismo de enfrentamento ou de fuga, sei lá... Na verdade, você anda bebendo muito mesmo, ultimamente.

Olho para ele por debaixo do braço.

— Cara, que diabos você anda lendo? Parece até um psiquiatra...

Ele caminha para a porta com um sorriso no rosto.

— "Como consertar os maiores erros de seus amigos bêbados". Agora, trate de tirar a bunda da cama e vá tentar consertar as coisas com sua amada antes que ela fuja novamente.

Chuto o cobertor de cima de mim e, ao levantar, balanço para um dos lados.

— Ela fugiu... Ela se foi?

— Calma.

Ethan revira os olhos.

— Depois que você gritou com ela, ela correu para o final da rua, mas acabou voltando. Dormiu com Lila na noite passada. Acho que ela não tem cópia da chave da própria casa... Aliás, que coisa estranha...

— Não é estranho.

Sinalizo para que ele saia do caminho, enquanto pego um par de *jeans* limpos na gaveta da cômoda.

— O pai e o irmão dela são uns idiotas.

Concordando com a cabeça, ele sai do quarto e fecha a porta. Meu estômago dói e minha cabeça parece que vai explodir, mas a maior dor é a do coração.

Eu era o único na vida de Ella que nunca tinha feito nada para machucá-la intencionalmente, mas agora não sou mais.

***

— Ela não atende ao telefone — murmuro, andando pela sala de estar.

O tapete é velho, marrom e tem furos, e as paredes são daquele tom nojento de verde que parece vômito.

— E se ela fugiu de novo?

— Acalme-se, cara!

Ethan abre um pacote de palitinhos de queijo e senta no sofá de couro, no qual falta um braço.

— Mandei um torpedo para Lila e ela disse que estão apenas saindo para almoçar.

Esfregando a testa, jogo-me na cadeira reclinável e chuto uma garrafa de refrigerante vazia para fora do caminho, para que eu possa colocar os pés na mesa.

— Deus, por que nossa relação é sempre tão cheia de altos e baixos?

Ethan ataca os palitinhos de queijo e revira os olhos.

— Porque vocês dois têm os respectivos problemas. No entanto, vocês não falam um com o outro a respeito desses problemas porque querem se poupar.

Roubo um punhado de doces do prato que minha mãe colocou na mesinha de centro.

— Então, pergunto mais uma vez... O que você anda lendo? Porque hoje você está inspirado, de verdade.

Ele acaba por rasgar a embalagem e jogar tudo em cima da mesa.

— Acontece que conheço vocês dois desde sempre, e não sou cego. Além disso, minha mãe age assim com meu pai o tempo todo. Ela o deixa fazer qualquer coisa só porque tem medo do confronto.

— É isso o que fazemos? — Cogito a esse respeito.

Seus olhos se arregalam em gozação.

— Hum, sim. Isso é o que vocês têm feito desde crianças.

Ele se levanta, limpando algumas migalhas que caíram em seus *jeans*.

— Talvez, se vocês dois fossem completamente honestos um com o outro de uma vez, então se acertariam. Bem, mas tenho que ir. Minha mãe quer que eu vá buscar uma droga de presunto para o jantar.

Procurando as chaves no bolso, ele se encaminha para a porta dos fundos.

— Pelo amor de Deus, estamos em plena véspera de Natal. Não sei como ela pensa que vou encontrar presunto.

— Você é um homem sábio, Ethan.

Sei que vou irritá-lo, bem como a mim mesmo, mas é algo que precisa ser dito:

— Obrigado por verbalizar tudo isso.

— Não fique estranho comigo porque eu disse o que penso.

Ele dá um passo para fora e, em seguida, a porta bate.

Inquieto, ligo a TV e passo pelos canais. Finalmente, ouço o rangido da porta de trás. Minha mãe e Thomas entram.

— E aí, cara, tudo tranquilo?

Ele acena com a cabeça para mim e senta no sofá. Ele usa calças *cargo* e botas de trabalho marrons, e há uma mancha em sua camisa branca.

— Está vendo o jogo?

Jogo o controle remoto na mesinha de centro.

— Eu pareço alguém que está assistindo a um jogo?

Ele olha a tatuagem em meu braço, o *piercing*, minha camisa preta e a calça *jeans*.

— Hum... Não sei.

Forçando-me a revirar de olhos, para que ele perceba, deixo o sofá e vou para a cozinha com minha mãe.

— Tudo bem, mas eu não entendo.

Ela está descarregando um saco de mantimentos na geladeira e olha para mim por cima da porta.

— Não entende o quê?

Movimento o polegar por cima do ombro em direção à sala de estar, onde Thomas está passando pelos canais.

— Ele parece um idiota.

— Ele é muito bom, Micha.

Ela revira um saco plástico sobre a bancada e pega algumas latas de abóbora.

— E ele me faz feliz.

Olho a camisa branca de botões amarrada na cintura de seus *jeans*, enfeitados com apliques que imitam diamantes.

— Ele está fazendo com que você se vista de um modo estranho.

— E daí se me visto de um jeito mais jovem?

Ela levanta o queixo, com confiança.

— Perdi muito de minha juventude, e se quero me divertir agora, eu posso.

— Porque me teve?

Roubo um saco de batatas fritas de sua mão.

— Ou por causa do pai?

Ela balança a cabeça quando abro o saco.

— Não. Você foi a melhor coisa que já me aconteceu. Perdi a juventude por causa de minhas escolhas, mas atualmente desejo recuperar um pouco do que perdi e, assim, poder curtir a vida um pouco.

Lanço um olhar para trás, para Thomas, que está rindo de alguma coisa que está passando na televisão, e pergunto:

— Com ele?

Ela fecha o armário e diz:

— Com ele.

Pego um monte de batatas, fazendo uma bagunça no chão.

— Tudo bem, se é isso que você quer agora, então eu volto atrás.

Estalo os dedos e digo:

— Mas, se ele te machucar, vou socar a cara dele!

Ela despenteia a parte de cima de meu cabelo com paciência, como se eu ainda fosse criança, e, em seguida, pega duas cervejas da geladeira e sai em direção à sala de estar.

— E se você está querendo fazer as pazes com Ella, saiba que acabei de vê-la escalar a janela e entrar em casa.

Pego as batatas que deixei cair no chão.

— Como você soube que brigamos?

Ela ri.

— Meu lindo, quando vocês dois brigam, o mundo inteiro acaba sabendo.

Não tenho ideia do que ela quer dizer, mas visto a jaqueta e saio no frio. A neve cai e se acumula no chão, enquanto pulo a cerca de arame. O metal congela as palmas de minhas mãos quando me seguro nele e bato à porta dos fundos.

Após duas batidas, Lila abre. Ela usa botas cor-de-rosa com pele de animal por cima, um casaco, um chapéu e um cachecol.

— Sim?

— Está frio?

Brinco, na tentativa de aliviar o clima, mas tudo o que ela faz é uma careta.

— Ah, desculpe aí, não é a melhor hora para brincadeiras, é?

Ela cruza os braços. Seus olhos verdes deixam claro que não sou bem-vindo.

— Você sabe o quanto eu a encorajei a te admitir em seu coração, o quanto disse que você a amava demais, e que nunca a machucaria? O que você fez, basicamente, foi esmagá-la e me fazer passar por mentirosa.

— Vou colocar tudo no lugar certo — insisto, já passando pela porta, esperando que ela se mexa e me deixe passar.

Mas Lila fica onde está, bloqueando a passagem.

— Antes de eu te deixar entrar, você tem que prometer que não vai mais beber quando estiver aborrecido, e também que nunca mais vai machucá-la. Juro por Deus, se você fizer isso de novo eu arranco seu *piercing*.

Coloco a mão sobre a boca para proteger os lábios.

— Eu prometo, nunca mais.

Ela dá um passo para trás para que eu entre e, em seguida, fecha a porta atrás de nós.

— Ela está lá em cima, no quarto dela.

Sigo em direção à escada.

— Sabe Lila, você é bem durona. Não conheço muita gente que ousaria ameaçar um *piercing*.

— Bem, mas eu não sou a maioria das pessoas — ela grita. — Ella é minha melhor amiga e precisa de proteção. Algo que você em geral faz, só que, desta vez, foi você quem causou a necessidade de proteção.

Deixo-a sozinha na cozinha e subo as escadas. A casa está congelada e o som da música flui pelo ar: *One Thing*, do Finger Eleven. A porta do banheiro, onde a mãe dela morreu, está completamente aberta, e há algo colorido por todo o piso.

— Ella.

Digo, andando em direção à porta.

— Você está ai?

Ela sai do quarto segurando um punhado de canetas marca-texto e seus olhos se arregalam quando ela me vê.

— Como você chegou aqui?
— Lila me deixou entrar.
Explico, a respiração enevoando a minha frente.
— Você não ligou o aquecedor?
Ela balança a cabeça e me dispensa, indo direto para o banheiro. Ela está vestindo uma jaqueta de couro e luvas sem dedos. Quando chega ao banheiro, ela se agacha e rabisca algo no chão.
Aproximo-me com cuidado, sabendo que aquilo deve significar algo importante.
— Moça bonita, o que você está fazendo?
Ela traça uma linha preta no ladrilho.
— Estou fazendo um santuário... E, por favor, não me chame de moça bonita.
Agacho atrás dela e seguro minha respiração enquanto coloco as mãos em seus ombros. Ela não se agita para se libertar, mas fica tensa com meu toque.
— Você não tem ideia do quanto eu sinto muito.
Ela traça um círculo em torno de uma mulher com asas e um bolinho na mão.
— Você não precisa se desculpar. Não estou zangada com você.
Minhas sobrancelhas arqueiam-se de perplexidade.
— Então, o que há de errado?
Ela sombreia os olhos do anjo e, em seguida, preenche a chama da vela do bolinho.
— Que eu estava certa, em quase tudo.
Ponho seu cabelo para o lado enquanto ela escreve "eu te amo" abaixo dos pés do anjo.
— Certa sobre o quê?
Ela escreve "eu te amo, mamãe, e feliz aniversário atrasado".

Colocando a tampa de volta na caneta, ela vira de frente para mim.

— Que eu te faço mal.

Meus olhos se abrem à medida que ela passa por mim e corre para o quarto. Não era isso que eu esperava, absolutamente.

Vou atrás dela e a alcanço antes que a porta se feche.

— Você não me faz mal, Ella May. Como você pôde pensar uma coisa dessas?

— Acho que porque é verdade.

Ela joga as canetas sobre a penteadeira.

— Meus problemas fazem, de qualquer forma.

Mordo o lábio, esforçando-me para manter a voz firme.

— Você sabe tão bem quanto eu que quando as pessoas estão bêbadas elas dizem coisas ofensivas que na realidade não pretendiam dizer.

Ela engole em seco.

— Mas, às vezes, realmente pretendiam.

— Eu não. Juro. Deus, como eu gostaria de poder voltar no tempo, e me esbofetear só por pensar naquelas palavras.

— Voltar no tempo é impossível.

Ela respira suavemente.

— E não acho que eu deva mais fazer isso. Eu nem deveria ter começado, para início de conversa. Eu deveria ter ficado longe de relacionamentos até resolver meus problemas pessoais, mas sempre que me aproximo de você, isso é impossível. É só você olhar para mim que eu me derreto toda.

— Acho que não entendi direito o que você quer dizer com isso.

Digo, com cautela, e continuo:

— Isso é uma coisa boa ou ruim?

Ela suspira frustrada, cai na cama e enterra o rosto nos braços.

— Poderia ser uma coisa boa, se eu não estivesse tão confusa... Quando estamos juntos, cada parte de mim é consumida por você.

Subo na cama e coloco a mão suavemente sobre suas costas.

— Você sabe que essa foi a coisa mais honesta que você já me disse.

Ela olha para mim através de seu véu de cabelo ruivo.

— Eu sei.

Removo seu cabelo para longe dos olhos.

— Ethan sugeriu uma coisa estranha para mim, hoje. Que talvez você e eu precisássemos ser mais honestos um com o outro, em vez de sempre tentarmos nos proteger.

— Acho que você foi bem honesto na garagem.

Ela responde, com frieza.

— Micha, se você quiser ir embora, vá agora, porque se as coisas ficarem mais profundas, juro que vou acabar morrendo da próxima vez.

— Você não faz ideia do quanto é importante para mim.

Saio da cama e estico a mão em sua direção, sabendo que é hora de confessarmos o que realmente sentimos um pelo outro.

— Você viria comigo até um lugar?

Ela olha com desconfiança para minha mão estendida.

— Para onde?

— É segredo.

Pisco para ela, agindo calmamente, embora por dentro esteja apavorado com a possibilidade de que ela não venha comigo, de que eu possa ter arruinado tudo o que construí junto a ela com tanto esforço.

— Mas eu prometo que será bom.

Ela coloca a mão na minha, confiando em mim, e consigo respirar novamente. Faço um voto em silêncio, jurando que nunca mais vou magoá-la.

Capítulo 17

Ella

— Tudo bem, às vezes eu realmente não te entendo.

Meu olhar percorre o parque cheio de barras amassadas e quebradas e de sonhos vazios. É o parque infantil em que crescemos, mas havia mais venda de drogas do que crianças brincando. O carrossel está torto e na gangorra falta um assento. As correntes do balanço estão enferrujadas e o escorregador está enterrado na neve.

Ele me puxa em direção ao balanço, com um grande sorriso no rosto.

— Não posso acreditar que você não se lembra.

Ele remove a neve e se senta.

— Esta visão é uma das melhores lembranças de minha infância.

Limpo a neve do balanço ao lado e me sento, passando os dedos ao redor das correntes geladas de metal.

— Você quer dizer quando fizemos o pacto? Eu me lembro disso.

Ele corre para trás e levanta os pés, voando em direção ao céu.

— Sim, mas você se lembra do que estávamos fazendo antes de o pacto ser feito?

Vou para trás e para a frente à medida que a neve cai dos elos da corrente.

— Estávamos brincando de jogo da verdade.

Freando com os sapatos, ele interrompe o balanço e gira para me encarar.

— Então você realmente se lembra.

— É claro que lembro.

Reviro os olhos e giro uma vez com as pernas esticadas para a frente.

— Foi o dia em que você me fez admitir que eu nunca tinha beijado alguém antes.

Seu sorriso se amplia.

— E o dia em que roubei seu primeiro beijo.

Aperto a boca, fechando-a para não sorrir.

— Mas só porque eu era muito ingênua para ver que você estava brincando comigo.

— Eu tinha apenas quatorze anos. Não estava brincando com você, só estava curioso para saber como seria beijar minha melhor amiga, porque todas as outras garotas que eu tinha beijado não me agradaram muito.

Cutuco seu pé com a ponta do sapato.

— Você é um tremendo mentiroso.

Com os dedos, ele faz o sinal da cruz junto ao coração.

— Estou sendo totalmente sincero. Ethan ficou contando sobre sua incrível sessão de beijos e eu simplesmente não entendi. Toda vez que estava com uma garota, sentia-me como se devesse ter mais.

Eu seguro uma risada.

— E o beijo preencheu seus mais enlouquecidos sonhos?

— Certamente.

Ele sorri com insolência.

— Fiquei pensando na maciez de seus lábios por muitos dias.

Seus olhos se fecham.

— Mas o que realmente aumentou minha obsessão por você foi tê-la visto, um ano e meio depois, andando nua pelo quarto.

Espeto sua canela com o pé.

— Você não me viu.

Ele sorri com orgulho e aponta para os balanços em que estamos sentados.

— Claro que sim. Estes balanços são uma área livre de mentiras, lembra-se?

Deixo o balanço ir para trás e para a frente.

— Bem, já que estamos falando a verdade, uma vez tive um sonho travesso com você.

Sob o brilho fraco do poste de luz, seus olhos cintilam como a neve.

— O que aconteceu exatamente nesse sonho travesso?

Tomo impulso com as pernas e balanço cada vez mais alto, à medida que me inclino para trás livremente.

— Este é um segredo que eu nunca vou contar.

— Então, é invenção sua.

Ele se projeta, juntando-se a mim no céu.

— Vamos lá, moça bonita. Você me fez ganhar o dia. Sabe quanto tempo pensei que minha paixão era unilateral?

Sorrio por dentro enquanto meu rosto se aquece com a lembrança do sonho.

— Micha, tenho vergonha de contar.

Ele segura a corrente de meu balanço e planta os pés na neve, levando-nos a uma parada abrupta.

— Por favor, se não vou ficar maluco.

Nossos rostos estão a centímetros de distância e sinto sua respiração quente.

Olhando para o chão, meu cabelo cai na lateral do rosto.

— Em meu sonho você e eu transamos sobre o capô do Chevelle.

Ele desliza meu cabelo de volta para trás, e, pelo olhar em seu rosto, sinto que estou em apuros.

— Você estava de barriga para cima ou deitada de costas para mim?

Minhas bochechas congeladas começam a queimar.

— Eu estava em cima de você sobre o capô.

Ele esfrega o queixo, soltando uma risada bem baixinho.

— Com certeza, vamos fazer isso enquanto estivermos aqui.

Golpeio seu braço.

— Devemos ir devagar... E depois do que aconteceu na...

Ele fecha minha boca com a mão.

— É por isto que te trouxe aqui: para contar a verdade. Você precisa entender o que sinto por você, e acredito que este seja o lugar perfeito, pois foi aqui que tudo realmente começou.

— Você quer brincar de jogo da verdade novamente?

— Sim, quero.

Olhamos para a rua tranquila. Alguma coisa nos feriados e na neve caindo faz todo mundo ficar fechado em casa. É bom, e era minha época favorita do ano quando criança.

— Eu te faço infeliz? — Pergunto, de repente.

Ele balança a cabeça rapidamente.

— Nunca. Nem uma única vez. Triste, sim. Infeliz, não.

Ele respira fundo.

— Você e Blake nunca fizeram nada?

Minha cabeça gira rapidamente em sua direção.

— Essa é a sua pergunta?

Ele dá de ombros e diz:

— Preciso saber.

— Não. E nunca pensei nisso. E você? Alguma vez fez algo na estrada?

Ele revira os olhos como se a pergunta fosse a mais ridícula que já ouviu.

— Mesmo quando acreditei que você havia me traído e pensei em voltar aos hábitos antigos, simplesmente não consegui ir adiante.

Ele faz uma pausa e confessa.

— Mesmo assim, Naomi tentou me beijar.

Meu queixo se aperta, enquanto a raiva aumenta.

— Lila estava certa.

Ele coloca o capuz sobre a cabeça e põe as mãos para dentro das mangas.

— Sobre o quê?

— Sobre aquela Naomi ter uma coisa por você.

— Foi por causa disso que aconteceu aquilo tudo em LA?

Concordo com a cabeça.

— Sim, ela ouviu Naomi falando coisas ruins de mim.

— Por que você não me contou? — Ele pergunta.

— Porque confiei em você.

Respondo, dando de ombros.

— E porque não queria causar problemas.

Ele traça o contorno de meu lábio com o dedo gelado e propaga um arrepio por meu corpo.

— Quero que você seja mais honesta comigo. Não quero que você tenha medo de me contar coisas.

— Mas você não me conta tudo – eu o lembro.

— Não me conta as coisas porque não acredita que eu possa lidar com elas. E eu preciso aprender, caso contrário, as explosões continuarão acontecendo.

Ele leva a mão de volta para a corrente.

— Como os ataques de pânico?

Engulo o caroço gigante que se forma em minha garganta.

— Sim, como aqueles... E você precisa realmente considerar se quer lidar com isso para o resto da vida, porque até posso ser capaz de alcançar certo controle, mas é certeza que algumas vezes as explosões irão acontecer.

— Para o resto da vida?

Sua voz se suaviza.

— Você gostaria disso, Ella May? Você me quer eternamente, infinitamente, para sempre, até que a morte nos separe?

Meu peito se aperta com o peso de suas palavras, e faço uma piada.

— Você andou lendo o dicionário novamente?

— Sem gozação.

Ele arregaça a manga da jaqueta, revelando as linhas pretas da tatuagem do infinito.

— Não estou pedindo para você se casar comigo, mas quero saber se você nos vê juntos para sempre, porque eu certamente nos vejo.

Meu interior treme diante da honestidade de seus olhos azuis.

— Mas eu não estou bem.

Seu olhar nunca se afasta de mim.

— Eu sei onde estou me metendo e quero isso mais do que tudo, mas a verdadeira pergunta é: você me quer?

Meu coração bate com irregularidade dentro do peito à medida que o escudo em volta dele vira pó, permitindo que eu, enfim, o escute totalmente, carregando a preocupação para longe.

— Sim.

Sinto como se o céu se abrisse e o sol tivesse se libertado das nuvens.

Micha solta um suspiro gradual enquanto observa a estrada.

— Eu esperei a vida inteira para ouvir você dizer isso.

Inclino-me para beijá-lo, mas ele se afasta e levanta a mão.

— Agora precisamos refazer nosso pacto.

— Não vou cuspir na mão.

Digo, com nojo.

— E, em seguida, deixá-lo misturar com o seu.

— Por que não? Você já fez isso antes.

Ele cospe na mão.

— Além disso, já fizemos coisas mais sujas.

Sei que, ao concordar com isso, estarei assumindo um compromisso.

— Temos tantos problemas.

— Vou diminuir a bebida, se é disso que você precisa. Na verdade, eu cortaria a porra do braço só para ficar com você. Mas Ella, podemos esperar, desperdiçando anos na esperança de que um dia alcançaremos a perfeição em nossas vidas. Só que isso não existe. Sempre teremos problemas, mas, se os enfrentarmos juntos, acho que ficaremos bem.

— Os problemas são muitos.

Retiro a luva e cuspo na palma de minha mão trêmula.

— Porém, se é isso que você quer, então estou dentro. Mas devo dizer que decepar um dos braços seria um gesto lamentável.

— Tudo bem, se você realmente quer, vou manter o braço.

Ele brinca e depois hesita, afastando a mão.

— É isso que você realmente quer? Porque tudo o que eu quero é que você seja feliz.

Vasculho a mente para encontrar a verdade.

— Quero isso mais do que tudo, contanto que você me prometa uma coisa.

— O quê?

— Que se as coisas ficarem difíceis, pesadas demais, você vai me deixar, seguir com a vida, partir para outra.

— Isso nunca vai acontecer.

Ele me garante.

— Você precisa me dar algum crédito. Você me abandonou, partiu meu coração, depois voltou como se nada tivesse acontecido e, mesmo assim, superamos tudo isso. Você e eu, bem ou mal, pertencemos um ao outro. Completamos um ao outro.

Lágrimas ameaçam cair e meu coração quase deixa de bater. Para qualquer outra pessoa, aquilo soaria como um discurso pronto, mas eu sei que é verdade. Levanto a mão com a palma virada em sua direção.

— Preciso que você prometa, só assim terei paz de espírito.
— Está bem.

Ele responde, tolerante.

— Prometo que, se as coisas ficarem muito ruins, vou embora.

Deixo escapar um suspiro de alívio.

— Então, estou dentro.

Foram exatamente as mesmas palavras que eu disse em nosso último pacto, quando prometemos fugir juntos, montar uma bela casa, arrumar bons empregos e ter uma vida feliz.

— Eu também.

Ele cospe na mão de novo e diz:

— Tenho que garantir que esteja adequado e pegajoso para você.

Soltando uma risada, pressiono minha palma contra a dele e posso até jurar que a Terra parou de girar, porque esse momento sela o nosso começo para sempre.

— Agora temos que nos beijar.

Diz Micha, inclinando-se.

— É a tradição.

Eu o encontro no meio do caminho e esfrego meus lábios nos dele. Sua mão envolve meu rosto e ele imediatamente intensifica o beijo, acariciando minha língua com a sua. Nossas respirações se unem e formam um vapor a nossa volta, enquanto as correntes do balanço se chocam e soam com nossos movimentos.

Afastando-se um pouco, ele me segura pela cintura e me puxa até seu colo, de maneira que eu o olho de frente enquanto minhas pernas se encaixem a seu redor.

— Nada de nos derrubar no chão.

Ordeno, colocando as luvas antes de enrolar as mãos nas correntes.

— Da última vez, quase quebrei o braço.

Um olhar travesso toma conta de seu rosto quando ele toma impulso e nos eleva para o céu. O frio está congelante, há cães uivando ao fundo e alguém começa a gritar, mas eu ainda posso sentir a leveza – a leveza que vem ao permitirmos que alguém nos ame completamente.

Capítulo 18

Micha

Na manhã seguinte, Caroline telefonou perguntando se Ella poderia fazer as compras para a ceia de Natal. Ella concordou e Caroline ditou uma lista de coisas. Fiquei um tanto irritado, porque Ella tinha de fazer isso o tempo todo quando estávamos crescendo. Dean deveria ter dado um descanso a ela. Então, depois que escondemos todo o álcool da casa, em preparação para a chegada do pai de Ella, fomos ao supermercado.

— Tenho uma confissão a fazer.

Anuncio, enquanto caminhamos pelo setor dos congelados. A loja está lotada, pois é Natal e todos da maldita cidade correram para comprar uma última coisa.

— Não tenho certeza se quero ouvir sua confissão.

Ella responde com um sorriso, enquanto confere a lista. Ela está vestindo uma calça *jeans* bem apertada junto aos quadris, e a cada vez que se inclina para pegar algo na prateleira de baixo, tenho uma bela visão de sua bunda.

— As coisas estão indo tão bem.

— Mas é algo importante e que tem me incomodado muito desde que brincamos de jogo da verdade ontem, pois precisa ser dito.

Faço uma pausa e digo:

— Quero que você saiba que conversei com um produtor musical em San Diego.

Seus olhos se levantam lentamente do papel.

— Quando isso aconteceu?

— Aconteceu há alguns dias.

Tiro o carrinho do caminho, pois uma mulher idosa quase me atropela por trás. Estou de capuz e ela me olha como se eu fosse roubá-la, então eu a desarmo com um sorriso, antes de voltar minha atenção para Ella.

— Não é assim uma grande coisa. Um cara veio e me deu um cartão enquanto eu estava tocando no The Hook Up. Eu sequer reconheço o nome, mas pesquisei no Google e descobri que ele realmente trabalha para um pequeno estúdio.

— Você ligou para ele? — Ela pergunta, ao abrir a porta do congelador para pegar um saco de ervilhas congeladas.

Concordo com a cabeça, pegando o saco de sua mão e jogando no carrinho.

— Sim, e ele quer que eu vá para uma reunião daqui a duas semanas.

Ela aperta a jaqueta de couro em torno de si, com um olhar confuso no rosto.

— E o que acontece se der certo? Você vai se mudar para a Califórnia?

— Talvez... Não sei. Não me permiti pensar nisso ainda — minto, hesitante.

Ella coloca mais um saco de ervilhas congeladas no carrinho e continua andando.

— Mas e se der certo? É possível. Afinal de contas, você é incrível.

— Bem, se der certo...

Limpo a garganta, me sentindo um covarde por estar tão nervoso.

— Estava pensando que talvez você pudesse ir comigo. Você poderia se transferir para uma faculdade próxima, não precisaria desistir.

Os olhos dela se arregalam como eu previa.

— E faríamos o quê? Moraríamos juntos?

— Bem, não estava pensando em nos mudarmos para lá para vivermos separadamente.

— Morar juntos.

Ela repete.

— Com você.

— Vamos com calma. Você não tem que responder agora.

Jogo um saco de batatas fritas no carrinho e o empurro para a frente.

— Apenas pense a respeito, está bem?

Ela risca um item da lista com a caneta.

— Está bem... Vou pensar a respeito.

Prefiro terminar a conversa ali, em alta, porque isso vai me manter de bom humor durante todo o dia.

Ella

Guardo as compras e começo a ler as inúmeras contas vencidas que estavam acumuladas na caixa de correio. Uma em particular é a notificação de que a hipoteca da casa está prestes a ser executada. Meu peito se aperta à medida que a leio e o papel treme em minha mão.

— O que há de errado? — Micha pergunta, surgindo atrás de mim.

— Não é nada.

Coloco a carta de volta no envelope e depois sobre a mesa da cozinha.

— Só um monte de contas, e não tenho a mínima ideia do que fazer com elas.

Decido ir tomar um banho. Estou congelada desde que chegamos e a água quente parece uma ótima solução, no momento. Além disso, preciso de um minuto sozinha para meditar sobre ele querer que a gente more junto. *Morar junto.* Minha mente mal consegue compreender a ideia.

Micha vem atrás de mim.

— Você poderia me deixar entrar com você.

Ele diz, com um sorriso cativante nos lábios.

— Poderia ser por meu aniversário.

— Não é seu aniversário até amanhã.

Lembro-o, parando no início das escadas.

— E, além disso, tenho que tomar um banho rápido e começar a preparar o jantar.

Olho para o relógio e digo:

— Todos vão estar aqui em quatro ou cinco horas.

Ele pressiona a mão junto ao coração, com um olhar carente no rosto.

— Serei rápido. Juro.

— O que você acha que vai acontecer durante este banho?

Pergunto, enquanto seus dedos se espalham por meus quadris, logo abaixo da barra da camisa, e ele me puxa contra seu corpo.

— Porque eu planejo ficar limpa.

Ele balança a cabeça lentamente, com fogo ardendo nos olhos.

— Nem pensar. Chuveiros são feitos para coisas sujas.

Ele me apoia no corrimão e na parede, enredando os dedos por meu cabelo, com força, e mergulhando a voz em um sussurro rouco.

— Pense sobre a última vez que tomamos banho juntos. Como foi bom.

Sua mão sobe por entre minhas coxas, sem parar até alcançar o topo. Mesmo através do tecido da calça *jeans*, o calor devora minha pele.

Algo parecido com um gemido escapa do fundo de minha garganta, e ele entende isso como um sim, colidindo seus lábios nos meus. Sugo sua língua profundamente, enquanto desabotoo a frente de sua camisa e a arranco.

— Não tenho roupas limpas.

Murmuro contra seus lábios, enquanto ele nos leva em direção ao banheiro de baixo.

— Isso não é problema. A gente dá um jeito.

Micha abre a porta com o pé, entramos e ele fecha o trinco antes de voltar seus lábios aos meus. Aplicando beijos suaves em meu queixo, ele desabotoa minha calça *jeans* e a desliza para fora, em seguida, puxa minha camisa e sacode meu cabelo.

O desejo em seus olhos quase me derrete e meu corpo anseia por ele dentro de mim. Rapidamente solto meu sutiã, em seguida agarro a cintura de sua calça *jeans* e o puxo para mim. Meus mamilos se excitam quando tocam sua pele e seus olhos se fecham quando seus lábios encontram os meus. O desejo jorra de dentro de mim enquanto suas mãos deslizam por minhas costas e espalham calor conforme aproximam nossos corpos.

Colocando a mão por trás das costas, consigo abrir o registro, e o vapor lentamente toma conta do ambiente. Minha pele umedece e minhas coxas suplicam para serem tocadas. Começo a tirar sua calça *jeans* e ele me ajuda, entusiasmado. Assim que ficamos nus, vamos para baixo do chuveiro e ele fecha a cortina. Não posso deixar de sorrir diante das lembranças que surgem.

A água escorre por seu cabelo loiro, alcançando os lábios e descendo até seu peito magro. Sua mão percorre meu corpo até chegar ao estômago, mas, antes que ele possa deslizar seus dedos para dentro de mim, envolvo sua cintura com as pernas, surpreendendo-o.

— Quero você dentro de mim.

Sussurro, deixando minhas dúvidas de lado.

— Agora!

Suas pálpebras se abrem e seus cílios se agitam contra os respingos da água. Minha confissão choca nós dois, e, sem qualquer hesitação, ele apoia a mão na parede e se empurra para dentro de mim.

Minha respiração fica irregular e minhas pernas apertam seus quadris enquanto ele penetra mais fundo em mim. Mal posso respirar... Ou pensar. A sensação é de puro prazer. Quando ele atinge o ponto certo, gemo e meus dedos apertam seus ombros.

— Micha, eu te amo.

Murmuro entre as respirações, e percebo que é isso o que eu realmente quero. Para sempre.

Micha

Fico surpreso quando ela diz que me quer dentro dela. Ela nunca foi tão franca e isso me excita tanto que meu pau chega a doer.

Uma vez que estou dentro dela, a sensação é tão incrível que provavelmente vou gozar logo. A água escorre por nossos corpos e faz tudo ficar escorregadio, o que é um bônus. Apoiando na parede com uma das mãos, para evitar que a gente caia, movimento o quadril para a frente e para trás, levando-a ao delírio. Quando sua cabeça cai para trás, o fluxo da água do chuveiro escorre ao longo de seus seios e não consigo me conter. Preciso chupá-los.

Levo minha boca a seus seios e começo a sugar, passando a língua sobre os mamilos até fazê-la gemer de prazer. Seus dedos se enrolam em meus cabelos e ela orienta minha boca, querendo mais. E atendo sua vontade. Com mais intensidade. Até que ela grita meu nome. Seus cabelos estão encharcados e a água escorre dos cílios, enquanto sua cabeça encosta na parede e seus olhos verdes ficam vidrados. Momentos depois me junto a ela, respirando ruidosamente enquanto luto para nos manter de pé.

Quando recuperamos o fôlego, afasto-me dela, desligo a água e saímos. Ela se envolve em uma toalha e eu amarro uma em volta da cintura. Sinto-me tão vivo agora que não há palavras para descrever a sensação.

Ela morde o lábio enquanto se inclina contra a parede.

— Por que você está sorrindo?

Dou de ombros, girando minha língua para impedir que o sorriso aumente.

— Não sabia que estava.

Ela me beija na bochecha.

— Você está com um sorriso enorme no rosto, então me diga o que você está pensando.

— Você realmente quer saber a verdade? Porque é algo intenso.

Ela acena com a cabeça e a água pinga do cabelo para os ombros.

— Quero a verdade.

Beijo seus lábios levemente e sussurro em seu ouvido.

— Estava pensando que poderíamos fazer isso todos os dias quando tivermos um lugar só nosso.

Sua forte respiração alcança meu rosto e me preocupo que ela tenha um surto.

— Além do chuveiro, acho que devemos começar a tentar locais diferentes.

Meu sorriso se amplia à medida que me inclino para encontrar seus olhos.

— Eu poderia deitá-la sobre nossa mesa. Ou, melhor ainda, poderia inclinar você sobre o corrimão.

— Não nos imagino tendo um corrimão.

Ela responde, pensativa.

— Acho que prefiro um apartamento pequeno. É mais fácil de manter limpo.

— Você está me deixando excitado, Ella May — anuncio.

— Fico feliz. Quero que você fique excitado.

Ela morde o lábio inferior.

— Mesmo assim, estou com medo. É um passo enorme, você sabe.

Estou feliz por ela ter admitido isso para mim.

— Eu também, mas depois penso na regra "nada de roupas dentro de casa" e fico feliz novamente.

Ela revira os olhos e penteia os cabelos com os dedos.

— Mas e se você não se mudar para a Califórnia, o que vai fazer?

— *Nós* vamos ter nossa casa de qualquer forma, não importa onde.

Digo, e beijo sua testa.

— Você pode achar que estamos indo rápido demais, mas deve se lembrar que, tecnicamente, estamos vivendo juntos desde que éramos crianças. Na verdade, mal saímos do lado um do outro desde que tínhamos seis anos de idade.

Faço uma pausa, enquanto as lágrimas enchem seus olhos.

— Amor, o que há de errado?

Ela enxuga as lágrimas com as costas da mão.

— Não é nada. Eu apenas quero muito que tudo dê certo.

Abraçando-a, descanso meu queixo no topo de sua cabeça e, gentilmente, esfrego suas costas.

— Vai dar. Quer saber por quê?

Pergunto, e ela acena com a cabeça.

— Porque em geral as pessoas fazem isso às cegas. Elas não conhecem o lado escuro da outra pessoa. Nós, ao contrário, conhecemos nossos defeitos e falhas, sabemos muito bem no que estamos nos metendo, e isso nos fortalece.

— Realmente te amo — ela me abraça.

— Também te amo.

Respondo, beijando seu pescoço.

— Mais do que qualquer coisa.

Capítulo 19

Ella

Estou orgulhosa de mim mesma por ter contado a verdade para Micha e por não me preocupar muito durante a viagem, pelo menos até agora. No momento em que me visto e saio do quarto, estou sentindo uma espécie de alegria. Quando entro na cozinha, no entanto, esta sensação acaba.

Caroline está ao lado do fogão, com um avental amarrado na cintura e os cabelos pretos presos acima da cabeça, mexendo a panela. Micha está inclinado sobre o micro-ondas, esperando o aquecimento da manteiga. Ele veste uma calça *jeans* bem larga, e seu cabelo loiro ainda está um pouco úmido depois do banho de chuveiro. Dean está à mesa, trajando calças e uma camisa de botões, e está descascando as espigas de milho.

— Trouxemos as espigas.

Ele explica, quando me vê observando o milho.

— Caroline queria.

— Ah, tudo bem.

Viro-me para Caroline.

— O que ainda precisa ser preparado?

Ela me enxota para longe com a mão livre e diz:

— Você não vai cozinhar nada.

Pego uma colher da bancada e respondo:

— Sempre cozinho o jantar de Natal.

— É por isso que o jantar está sempre horrível — comenta Dean baixinho, ao atirar uma casca no lixo.

— Sempre fiz o melhor possível.

Digo, em minha defesa.

— Não porque eu quisesse, e sim porque ninguém mais o faria. E, na maior parte das vezes, ninguém comia.

Caroline diminui a temperatura do forno.

— Você não vai cozinhar este ano. Não é certo, já que passou a vida inteira cuidando de todos.

Olho por cima do ombro para Micha.

— O que você andou dizendo para ela?

O micro-ondas apita e ele abre a porta, dizendo:

— Eu não disse nada.

Perplexa, olho para meu irmão:

— Você teria...

Revirando os olhos, ele joga uma espiga em uma grande panela elétrica sobre a mesa.

— Olha, só o que fiz foi dizer que você cozinhava para nós quase todos os dias, durante nossa vida aqui.

Caroline sorri ao colocar a tampa na panela.

— Ele está se tratando com um profissional sobre questões mal resolvidas.

Meus olhos se voltam para Dean, esperando que ele fique bravo com ela, mas ele apenas dá de ombros e pega uma nova espiga de milho que precisa ser descascada.

— Nós vamos fazer o jantar — Caroline faz um sinal para que Dean também diga algo.

Ele solta um suspiro de frustração.

— Por que você não sai um pouco para se divertir? Só para variar, dê uma de criança ou qualquer coisa assim. Vamos preparar tudo para quando papai chegar.

— Como é que ele vai chegar aqui?

Pergunto, pousando a colher na bancada.

— Ele não tem carro.

— Seu orientador vai trazê-lo.

Explica Caroline, ligando a batedeira.

— Acho que ele mora a cerca de uma hora daqui.

Ela começa a cantarolar enquanto bate alguma coisa à base de laranja em uma tigela. Dean se concentra no milho e fico lá sem saber o que fazer comigo mesma. Finalmente, olho para Micha, buscando ajuda.

— Poderíamos dar uma saída, passando pela Back Road para gastar os pneus.

Ele sugere, colocando a manteiga sobre a bancada.

— Seu carro não gosta de dar cavalos de pau.

Digo, enquanto ele caminha em minha direção.

— Lembra-se da última vez? Ficamos atolados.

— Agora eu tenho as correntes.

Ele rouba um *marshmallow* de um saco aberto sobre a bancada.

— Além disso, preciso de alguns amassados naquele carro estragado para deixá-lo totalmente por igual.

Micha joga um *marshmallow* para mim e abro minha boca para pegá-lo, mas ele se fixa em minha testa.

— Mas eu amo seu carro.

Pego o *marshmallow* e lanço-o ao lixo.

— Não quero vê-lo arruinado.

— Agora eu o detesto.

Ele anuncia.

— Meu pai oficialmente acabou com ele.

— Há uma marreta na garagem.

Dean interrompe.

— Caso você queira destruí-lo.

— Tudo bem, valeu.

Responde Micha, enunciando claramente cada palavra, enquanto pega o pacote de *marshmallows* e me puxa para a porta. Micha nunca gostou muito de Dean.

— Tenho outra ideia.

Pego minha jaqueta que está pendurada na maçaneta da porta e sorrio quando ele me puxa em direção à cerca. Micha a pula sem nenhum esforço, me pega pela cintura e me levanta com a mesma facilidade.

— Qual é a sua grande ideia?

Pergunto, sem fôlego, enquanto ele nos leva para a garagem e a neve enche meus sapatos.

— Bater contra um muro, acelerar até que o motor exploda?

Ao abrir a porta da garagem, ele solta uma gargalhada que imita a de um vilão.

— Vamos fazer umas manobras radicais.

Rapidamente balanço a cabeça e digo:

— De jeito nenhum. Da última vez, quase tive uma concussão quando você trombou com um banco de neve.

— Bem, então é melhor você se preparar como homem!

Ele abre a porta do passageiro para mim.

— Porque desta vez vai ser intenso.

Abaixo a cabeça e caio no assento.

— Mas não sou um homem! Sou uma menininha delicada.

Ele bufa e dá uma risada.

— Tudo bem, se você diz assim...

Micha bate a porta e dá a volta pela frente do carro. Seu olhar rapidamente avista o engradado que está na prateleira entre a caixa de ferramentas e o óleo. Quando vê que o estou observando, ele sorri, entra no carro e abre a garagem acionando o controle remoto preso ao quebra-sol. Pisando fundo, Micha logo nos faz sair da garagem, e o carro derrapa da esquerda para a direita e vice-versa, e finalmente pegamos a estrada gelada.

— Você pode me fazer um favor? — Pergunto, enquanto ele trava e libera as rodas.

— Faço qualquer coisa que você quiser — ele responde, ao endireitar o carro.

— Será que dá para você não nos matar?

Digo, ligando o aquecedor.

— Agora que estamos começando a planejar um futuro, eu até que gostaria de vivê-lo.

***

Ethan e Lila nos seguem até a Back Road na caminhonete de Ethan. O céu está nublado e a neve cai. Estamos na metade do caminho que leva ao antigo local dos rachas quando Micha tem de sair e colocar as correntes nos pneus. Vê-lo curvar-se e colocá-las é muito divertido, porque suas calças deslizam pelo quadril. Quando percebe que o estou observando, ele pisca e mexe as sobrancelhas sugestivamente. Reviro-me no assento, sorrindo para mim mesma.

Quando chegamos ao fim da estrada, Micha sai do carro e remove as correntes, de maneira que podemos fazer as tais manobras radicais, como ele diz. Ethan estaciona a caminhonete perto de um banco de neve e Lila e ele entram em nosso carro. A área a nossa frente é um descampado cheio de neve. Pingentes de gelo pendem dos galhos das árvores que margeiam a estrada, e o telhado do The Hitch, uma construção de tijolos em ruínas, que um dia abrigou um restaurante, desmoronou para dentro.

Com a mão no volante e os olhos fixos à frente, Micha acelera, e uma nuvem de fumaça sai pelo escapamento. Os pneus giram e cubro os olhos com as mãos.

— O que há de errado?

Ele pergunta, achando graça.

— Onde está minha garota que gosta de perigo, nesta noite?

— Estou passando por apuros, vendo você destruir o carro. Espreito por entre os dedos.

— É que é tudo trágico demais.

— Não vou destruí-lo.

Ele pega o iPod e o entrega a mim.

— Você quer fazer as honras?

Pego-o e vejo a lista de músicas, finalmente escolhendo *Face to the Floor*, do Chevelle.

Micha sorri e diz:

— Excelente escolha.

No mesmo momento, minha mão desliza para o lado do banco e apoio o pé no painel, para ficar em uma posição mais relaxada.

— Ella, o que você está fazendo?

Do banco de trás, Lila me olha com curiosidade:

— E que diabos de música é essa?

— É Chevelle — Ethan diz, como se ela devesse saber.

Ela arqueia as sobrancelhas quando afunda de volta no assento.

— Tudo bem...

— Basta colocar o cinto de segurança — falo, enquanto Micha ri, acelerando o motor.

Ela obedece, rapidamente colocando o cinto, e Ethan se inclina para a frente, descansando os cotovelos nos apoios para os braços.

— Não bata na porra do banco de neve, como da última vez. Não quero uma concussão de novo.

Ethan e eu nos entreolhamos, porque a concussão envolveu nós dois, que batemos a cabeça com o impacto.

— Entendo.

Micha nos fala com segurança, mudando de marcha.

— Pelo menos eu acho... Mas se alguém quiser cair fora, esta é a hora.

Olhamos para Lila.

— Ei, não sou covarde.

Ela coloca a mão sobre a cabeça, ofendida.

— Estou dentro.

Micha acelera e os pneus cantam. Damos um bote adiante, vamos ganhando velocidade e fazendo mudanças bruscas de direção, como se o carro estivesse lutando contra a neve profunda. Flocos se agitam por todo lado, enquanto Micha engata uma marcha mais alta e acelera, indo para o final de uma estrada que está bloqueada por um enorme monte de neve. Fechando os olhos, fico no aguardo, pois sei que está chegando. É algo que acontece sempre.

— Todo mundo se segure aí! — Micha instrui, antes de puxar o freio de mão.

O carro gira fora de controle, como em um cavalo de pau. Com os olhos fechados, parece que estou voando. Quero manter minhas mãos firmes e aquecidas. Momentos depois, o carro bate no banco de neve e o impacto abrupto me faz voar de verdade. Caio sobre Micha, batendo a cabeça na dele, quando o carro finalmente para.

— Ah, sacana — Ethan geme.

— Que merda! Ei, Lila, você está bem? — Ethan pergunta.

— Sim, sim.

Ela assegura, com a voz trêmula.

— Mas por que ninguém me avisou?

Abro os olhos diretamente para os de Micha, azuis como o céu.

— Oi.

— Você está bem?

Ele toca minha cabeça com as pontas dos dedos, delicadamente.

— Foi uma pancada e tanto.

Pressiono a mão com força na cabeça.

— Acho que você fez isso de propósito, para que eu acabasse em seu colo.

— Quem sabe?

Ele se inclina e me beija apaixonadamente, sugando meu lábio inferior, antes de se afastar, deixando meu corpo sufocado no calor.

— Na verdade, eu tinha planejado um deslizamento tranquilo, mas o motor afogou e não puxei o freio de mão rápido o suficiente.

Começo a me arrumar no assento, mas ele me mantém onde estou, colocando a mão em meu peito.

— Só acho que você deve ficar um pouco mais nessa posição. É um bom lugar para você.

Minha cabeça está apoiada no colo dele e consigo sentir o volume em suas calças:

— Sério? Mesmo nessa situação?

Seus olhos brilham de alegria:

— Mais uma vez, seu rosto está a centímetros dele.

— Que tal vocês dois calarem a boca?

Reclama um indignado Ethan, lá no banco de trás.

— Sério, já está ficando chato, e não aguento mais essa palhaçada.

Micha me beija de novo, gemendo mais alto para irritar Ethan. Ele sai do carro e bate a porta. Micha ajuda-me a sentar. Fico no assento do motorista.

— Volto em um segundo. Vou pegar a cinta de reboque no porta-malas.

Assim que ele sai do carro, Lila pula para o assento do passageiro e praticamente mergulha no painel de controle.

— Então, deixe-me ver se entendi direito. Ele atolou o carro só para poderem rebocar?

Hesito e aumento o aquecedor para o máximo.

— Ele atolou o carro como uma declaração ao pai sobre o conserto.

— Mas o pai dele não está aqui.

— Sim, na verdade é mais para ele mesmo...

Ela não entende, mas também não tento explicar. Se isso faz com que Micha se sinta melhor, então fico feliz. É o que ele merece.

***

Cerca de uma hora depois, o carro já desatolado. Micha colocou calços nos pneus e eles finalmente conseguiram tirar a neve com as pás que Ethan tinha na parte de trás da caminhonete.

Não é a primeira vez que atolamos ali e aprendemos a lição, de forma que estamos sempre equipados com pá de neve, cinta de reboque e correntes. Caso contrário, é encarar uma longa caminhada para casa sob temperaturas abaixo de zero.

Depois que o carro está de volta para a parte rasa da neve, Micha tira a cinta de reboque e a enrosca na mão, enquanto orgulhosamente observa os arranhões e o amassado no para-choque dianteiro.

— Volto para casa com Ethan — Lila fala, estendendo a mão para abrir a porta.

— Espere, tenho que te perguntar uma coisa.

Hesito e giro no assento para ficar de frente para ela.

— Você está dormindo com o Ethan?

Seus olhos azuis olham o entorno enquanto ela amarra o cachecol ao redor do pescoço.

— Não. Somos apenas amigos. Pelo amor de Deus, Ella, eu não durmo com todo mundo.

— Não é isso. É só que vocês dois parecem tão próximos... E eu gostaria de saber o que vocês fazem quando estão sozinhos.

Ela empurra a porta e sai, com os pés afundando na neve.

— Conversamos.

Inclino-me, perguntando-me o que os dois poderiam ter em comum.

— Sobre o quê?

— A vida — ela fecha a porta, caminha para trás do carro, onde a caminhonete de Ethan está com o motor ligado, e sobe.

Qualquer dia, conseguirei que ela confesse o que é que eles fazem. Ligo o som e canto junto, enquanto espero que Micha entre. Quando ele abre a porta, uma rajada de vento sopra e esfria o interior do carro.

Quando ele entra, seu rosto está rosado devido ao frio, e há flocos de neve no cabelo.

— O quê? Você vai dirigir?

Passo a mão pelo volante e digo:

— Eu estava pensando a respeito... Por quê? Você não vai deixar?

— É claro que vou deixar, totalmente. Mas há algo que preciso fazer em primeiro lugar — ele diz, rindo.

Com os ombros baixos, passo a perna por cima do painel e sento-me no banco do passageiro.

— O que você precisa fazer?

Ele fecha a porta e faz uma pausa, enquanto mordisca o *piercing* e olha pensativamente pelo para-brisa para o céu, que está escurecendo.

— Ainda estou decidindo.

— É melhor voltarmos.

Sugiro, enquanto verifico minhas mensagens.

— Dean me deixou uma mensagem de texto há uns cinco minutos e disse que o jantar fica pronto em uma hora. Acho que meu pai já está lá, agora, e que sua mãe e o namorado vão chegar em breve.

— Você parece triste em saber que seu pai está lá — diz ele, olhando fixamente para mim.

Olho para o céu nublado e os flocos de neve caindo do céu.

— Não estou triste, apenas nervosa.

— Mas eu pensei que a carta tivesse te deixado melhor... — Ele pondera e conclui:

— O fato de ele permitir que você saiba que não foi sua culpa.

Minha respiração fica irregular.

— Micha, vou sempre levar aquela noite comigo, quer meu pai diga que foi minha culpa ou não.

— Ella, não foi sua culpa! — Há pânico em seus olhos; ele está preocupado que eu tenha uma recaída, e diz:

— Você tem que começar a acreditar nisso!

— Micha, eu estou bem — coloco a mão na dele, como a passar uma sensação de reconforto, e explico:

— É quando não digo essas coisas em voz alta que, então, há um problema.

Seu pomo de adão sobe e desce, quando ele engole em seco e diz:

— Tudo bem.

Ficamos em silêncio observando os flocos de neve se acumularem sobre o capô e pairarem na frente das lanternas do carro.

Quando ele olha para mim de novo, o desejo em seus olhos me obriga a inspirar profundamente.

— Tudo bem, nada mais de nos afogarmos em nossas dores. É a hora da verdade, de novo.

— Já não fizemos isso várias vezes nos últimos dias?

Enrosco meus dedos nos dele.

— Acho que já pus tudo para fora.

— Eu tenho um sonho — ele diz, ignorando meu pedido, e continua:

— Bem, é mais como uma fantasia... Mas, enfim, você e eu transamos em meu carro. Estamos no banco do motorista e você em cima de mim.

— Isso parece muito com o sonho que tive.

— Isso é porque mentes incríveis pensam igual. Mas transar sobre o capô com esse tempo não parece que iria dar certo, por isso prefiro do lado de dentro.

Olho para a estrada por cima do ombro.

— Você quer transar dentro do carro? Agora? E se alguém aparecer de repente?

— Quase ninguém vem aqui com o frio. Você sabe disso — ele olha para mim, mordendo o bendito *piercing*, e meu corpo queima de desejo. Sem mesmo pensar, manobro sobre o painel e sento-me de pernas abertas em seu colo.

Seus lábios se agitam.

— Realmente pensei que teria de ser mais persuasivo.

Ele pensa em algo, depois me põe de lado e sai do carro. Abrindo o porta-malas, pega alguma coisa e volta correndo para dentro, tremendo com o ar frio. Há neve em seus ombros e um cobertor na mão.

— Apenas para o caso de realmente aparecer alguém, ao menos podemos nos cobrir.

— Você guarda um cobertor no porta-malas? Cara, você está sempre preparado. Quantas vezes já transou no carro?

Ele me puxa de volta para seu colo e põe o cobertor em torno de nós.

— É minha primeira vez, moça bonita.

— Você nunca transou no carro antes? — Questiono, com cinismo.

Seu rosto fica sério à medida que ele penteia uma mecha de cabelo para trás de minha orelha.

— Sei que você me viu com um monte de garotas, mas você não imagina o esforço tive que fazer para sair com elas. Transar no carro seria bem complicado. Além disso, guardei este lugar para você.

Revirando os olhos, aperto os braços em volta de seu pescoço.

— E o que teria acontecido se não tivéssemos ficamos juntos? Você nunca teria vivido a sua fantasia. E se eu não estivesse a fim?

Ele aperta minha bunda.

— Ah, eu sabia que você estaria a fim. Por mais que você se sinta envergonhada sobre essas coisas, carros sempre te deixam excitada. Lembro-me da primeira vez que te levei para um passeio na Besta. Era um ferro velho na época, mesmo assim, arrasava. Você estava sentada no banco de passageiro com a mão para fora da janela e tinha certo olhar no rosto, estava com o maior tesão. Isso me deu tanto tesão, que precisei me aliviar quando cheguei em casa.

— Eu não estava com tesão. Estava curtindo o momento — minto.

Um sorriso maroto se forma em seus lábios.

— Se eu tivesse estacionado e pedido para você transar comigo, você nem teria hesitado.

Balanço minha cabeça em protesto.

— Teria sim. Você teria me assustado se tivesse pedido.

A intensidade em seu rosto se transforma em seriedade.

— Na verdade, eu sei disso. Quando se tratava de fazer coisas loucas, como pular de telhados e brigar, você nem hesitava. Mas quando era desafiada a enfrentar seus sentimentos, você sempre fugia como se estivesse em chamas.

— Isso era porque não os entendia.

Digo, baixinho, olhando para a escuridão lá fora.

— Anna... Minha terapeuta acha que é porque ninguém nunca me abraçou ou algo parecido. Sei lá... Ela me diz coisas estranhas como essa o tempo todo. Ela acha que foi a infância que me fez assim.

O silêncio nos cerca e, finalmente, atrevo-me a olhar para ele, com medo de tê-lo apavorado com minha confissão.

— Sinto muito. Eu deveria manter essas coisas só para mim.

— Mas eu quero que você fale comigo sobre as coisas, Ella. Só estou surpreso que você tenha feito isso. Você nunca fala sobre o que acontece na terapia.

— Porque é pessoal — meu peito sobe e desce à medida que respiro profundamente.

Ele envolve meu rosto com as mãos e desliza um dos polegares sob meu olho.

— Você sabe que já ultrapassamos a linha das coisas pessoais.

Ele está certo, portanto, busco mais confiança e continuo.

— Ela me disse que não fui abraçada o suficiente e eu respondi que você me abraçava o tempo todo, mas ela não ficou impressionada.

Ele ri baixinho.

— Lembro-me da primeira vez que tentei abraçá-la... Acho que tínhamos oito anos ou algo assim. Você tinha arranhado o joelho ao tentar subir em uma árvore e eu queria fazer você se sentir melhor, então te abracei.

Estremeço com a lembrança.

— E então eu te dei um soco no braço. Eu lembro... Você me assustou. Ninguém nunca tinha feito isso comigo.

— Eu sei.

Ele pressiona os lábios contra os meus, e depois passa o dedo em meu rosto.

— Na vez seguinte fui bem mais cuidadoso, embora tenha lançado um braço aqui e ali, e dado alguns tapinhas em suas costas.

— Foi estranho para mim quando você fez isso. Confesso.

— Havia muita gente por perto e eu não queria parecer maluca ao fugir de seu abraço... Deus, não posso acreditar que já era tão crescida quando fui abraçada pela primeira vez.

— Quanto anos tínhamos, treze?

Micha começa a recordar, à medida que enrola uma mecha de meu cabelo em torno do dedo.

— Estava tão animado por ter ganhado aquela aposta estúpida.

— Foi uma aposta estúpida.

Minhas pálpebras vibraram quando sua mão alcançou as raízes de meu cabelo.

— Todos nós sabíamos que Danny tinha medo de altura. Não tenho ideia por que ele tentou saltar do penhasco para o lago.

— Prendi a respiração durante toda a queda.

Agarro seus ombros.

— Acho que estava com medo de que você se machucasse.

— Isso é porque você já me amava. Só que ainda não sabia.

— Você também não sabia. Era tão cego quanto eu.

— Eu sei, mas eu me lembro de ter nadado muito feliz naquele lago por ter ganho duzentos dólares. Além disso, eu estava tão estimulado pela adrenalina. Quando vi você de *shorts* em pé na margem, mostrando as longas pernas, não pensei duas vezes — ele belisca minha bunda e eu balanço a cabeça — fui até você e te agarrei.

— Você quase me matou com aquele abraço. E molhou minhas roupas... Mas eu gostei.

Ele levanta uma sobrancelha e diz:

— Não pareceu que você gostou.

— Gostei muito.

Vou ao encontro de seu olhar, precisando encará-lo.

— Foi assustador, mas agradável. Tudo com você é assustador, mas agradável.

A expressão dele muda com minha honestidade e ele se inclina para me beijar fervorosamente, encerrando a conversa. Ansiosamente desço o zíper da jaqueta e a jogo no banco de trás. Ele puxa minha camisa sobre a cabeça e rapidamente solta meu sutiã com um toque de dedo. Seu olhar desce instantaneamente. Envolvendo um seio com a mão, ele leva a boca até o outro e eu caio para trás, batendo na buzina. A buzina dispara na noite, mas estou muito ocupada para me importar, à medida que sua mão desliza até meu abdome e mergulha para dentro de meus *jeans*. Uma vez que seus dedos estão dentro de mim, meus olhos se fecham e o calor se espalha por meu corpo. A buzina permanece tocando e *Don't Wait*, do Dashboard Confessions, flui pelos alto-falantes.

— Micha, quero você.

Gemo, enquanto ele beija meu pescoço e mal posso respirar.

— Realmente quero você.

Ele recua levemente, seus olhos penetrando nos meus. Quando seus lábios retornam para minha boca, não se trata apenas de luxúria ou desejo, trata-se de nos tornarmos um todo.

Levanto os quadris para tirar a calça e a calcinha, e acidentalmente bato a cabeça no teto. Rindo baixinho, Micha força minha boca de volta para a sua, enquanto tento desabotoar os *jeans* e em seguida ele os desliza para fora. Segundos depois, ele está dentro de mim. Inclino-me para a frente, impedindo que a buzina continue tocando. Abro a boca, permitindo que sua língua me devore. As janelas embaçam à medida que ele se empurra para dentro de mim, e eu me agarro a ele como se ele fosse a razão de minha vida. Porque ele é.

Capítulo 20

Micha

Sorrio o tempo todo enquanto dirijo de volta para casa. Não só porque ela me deixou fazer aquilo com ela no carro, mas também porque tanta coisa mudou. Ella se abriu para mim e seus olhos perderam um pouco da tristeza que guardavam.

Quando manobro o carro até a frente da casa dela, no entanto, sinto meu interior se revirar com a ideia de que todo o progresso pode ir por água abaixo em um piscar de olhos se Dean ou seu pai decidirem trazer à tona assuntos difíceis. Antes de sair do carro, decido que, se o fizerem, vou machucá-los.

O Porsche vermelho de Dean está na entrada da garagem, junto com a caminhonete de Ethan. À medida que caminhamos em direção à porta dos fundos, de mãos dadas, a neve caindo do céu e sendo triturada sob nossos sapatos, nenhum de nós fala. Quando chegamos, faço uma pausa antes de abrir a porta.

— Você tem certeza de que quer fazer isso? Porque ainda podemos sair agora, apenas você e eu, e irmos para onde quisermos.

Ela fica na ponta dos pés para beijar meu rosto e depois acena com a cabeça:

— Acho que devo.

Relutante, abro a porta e entramos de cabeça na cova do leão. À mesa, o pai de Ella, Lila e Ethan estão sentados em silêncio, junto a tigelas e pratos cheios de milho, vários tipos de recheio, frango, ervilhas. Há pãezinhos e manteiga e muito mais do que nós dois estamos acostumados a ver. Segurando a mão de Ella, dirijo-me à mesa e sentamos lado a lado.

— Vocês demoraram para voltar.

Murmura Ethan, respirando e rindo de um jeito acusador.

— O que foi? Ficaram atolados de novo ou coisa parecida?

— Pare com isso.

Pego um pãozinho enquanto Ella aperta minha mão debaixo da mesa, fixando os olhos na toalha. Seu pai parece estranho à nossa frente, cortando um pedaço de frango em fatias absurdamente finas.

— Olá, Ella.

Diz ele, muito formal, sem fazer contato visual.

— Como tem passado?

Meus músculos ficam tensos à espera da resposta. Leva um segundo.

— Estou ótima. Tudo está bem, realmente muito bem.

Solto o ar, e o peso e a preocupação da noite se aliviam por um momento. Dean entra com uma caixa na mão e um olhar confuso no rosto.

— Quem desenhou no chão do banheiro?

Ele deixa a caixa cair sobre a bancada. Ella levanta a mão e diz:

— Fui eu.

— Tudo bem.

Seu tom demonstra aborrecimento.

— Bem, da próxima vez, feche a maldita porta. Você sabe como me sinto quando ela está aberta.

Cerro os dentes, tentando não dizer nada. Então, Ella levanta o queixo e olha para o pai, que parece obcecado com o frango.

— Papai, acho que o frango já está cortado.

— Ah.

Ele coloca a faca em um dos lados do prato e suspira.

— Nem percebi que estava cortando o frango.

Caroline cochicha para Dean, atrás de nós:

— Seja bonzinho. Ou juro por Deus que você vai dormir sozinho hoje à noite.

Ela aparece à mesa com um prato de biscoitos e queijo. Está usando um vestido vermelho com um esqueleto na parte inferior e uma cruz no pescoço.

— Muito bem, quem está com fome?

Todos nós atacamos como se fôssemos animais esfomeados, e minha mãe e Thomas chegam na hora certa. Minha mãe usa um vestido verde um tanto curto, e Thomas veste uma camisa polo e calças *cargo*. O pai de Ella se levanta para dar um beijo rápido no rosto de minha mãe, e eles se sentam na extremidade oposta, em cadeiras dobráveis.

Com todos sentados, Caroline, com delicadeza, bate o garfo no copo.

— Muito bem. Então, minha família tem a tradição de cada um dizer alguma coisa pela qual é grato.

— Querida, eu não acho que esta seja uma boa ideia.

Diz Dean, pegando o molho.

— Pelo menos, não aqui.

Ela dá um tapinha na mão dele, para que largue a comida e diz:

— Não me importo com o que você pensa, de verdade. Acho, sim, que devemos fazer isso.

Esperamos por uma reação dele, pois o Dean que conhecíamos tinha um temperamento infernal. Quando éramos, de certa forma, amigos, tocávamos em uma banda, ele ficava chateado por tudo e quebrava um monte de baquetas.

Tenso, ele esfrega uma das mãos na nuca e diz:

— Tudo bem, sou muito grato por você cozinhar esse delicioso jantar para todos.

Caroline sorri para ele com alegria.

— E eu sou grata por todos terem vindo.

Minha mãe dá continuidade:

— Sou grata por nossos filhos terem conseguido chegar. Sinto tanto a falta deles.

Thomas olha para todos ao redor da mesa, parecendo perdido.

— Hum... Sou grato porque os Vikings ganharam o jogo.

Reviro os olhos e Ella cobre a boca para esconder o riso. Minha mãe faz uma cara feia para nós, mas, em seguida, o pai de Ella limpa a garganta, parecendo nervoso.

— Sou grato por estar sóbrio.

Ele diz, e toma uns goles de água.

— Este é o primeiro Natal em que não estou bêbado, pelo que me lembro.

Ella solta um suspiro trêmulo e seus olhos ficam marejados, como se estivesse prestes a chorar. Ninguém fala por um minuto. Finalmente, Caroline olha para Ethan.

— E você? — Ela indaga.

Ele contempla a situação com um leve sorriso no rosto.

— Sou grato pelos sutiãs vermelhos de renda com fechos frontais de fácil acesso.

Contenho uma gargalhada quando Ella bate a cabeça na mesa e sacode os ombros de tanto que ri, ainda que baixinho; Lila a acompanha.

— Ethan Gregory.

Minha mãe chama a atenção dele.

— Isso não era necessário.

Ele coloca a mão na frente do rosto:

— Ei, eu só estava sendo honesto.

Minha mãe revira os olhos.

— E você, Lila?

Lila enrola um pouco do cabelo loiro nos dedos, com um brilho em seus olhos azuis.

— Sou grata pelos doces.

Ella levanta a cabeça e arruma o cabelo, parecendo tão perplexa quanto todos os outros, com exceção de Ethan.

Ele pisca para Lila, que fica um pouco corada.

— Essa é uma boa coisa para agradecer.

Ella permanece quieta por um tempo, com um olhar estranho no rosto, como se estivesse pensando profundamente; depois, olha para mim:

— Sou grata por ter Micha.

Inclino-me e a beijo na frente de todos.

— Sou muito grato por você dizer isso.

— Esperem!

Dean interrompe, olhando boquiaberto e indignado para nós.

— Vocês estão namorando?

— Sim.

Ella responde de maneira indiferente, manobrando a cadeira para mais perto da mesa.

— E agora, será que podemos comer?

Voltamos à refeição e conversamos amenidades. Ella continua mordendo o lábio e avaliando cada um. No entanto, não parece triste, somente bastante interessada no que todos estão fazendo e dizendo. Há alguns momentos em que ela parece até feliz.

É muito bom vê-la assim.

Ella

O jantar é um acontecimento estranho, principalmente quando Caroline nos faz admitir aquilo por que somos gratos.

No começo, tento pensar em algo significativo, mas, depois, apenas ouço meu coração. Quando o jantar acaba, arrumamos tudo sem drama. Não é nada especial, é normal, algo que eu sempre quis desde quando era uma garotinha. Nada de pais bêbados, nada de gritos, nada de me esforçar para preparar um jantar que ninguém vai comer.

Ajudo Caroline na limpeza e lavo a louça, enquanto meu pai vai até o quarto para desfazer as malas. Dean desaparece e Micha vai um pouco para a casa dele, pois sua mãe tinha um presente para lhe dar. Lila e Ethan vão para a sala de estar, na tentativa de enfeitar um pinheirinho que Dean cortou do jardim.

Levo o lixo para os fundos e, quando dou a volta pela varanda, uma nuvem de fumaça encobre meu rosto. Dean está no escuro, encostado na casa, fumando um cigarro e vestindo uma antiga jaqueta de flanela grossa com o capuz puxado sobre a cabeça. Tenho um *flashback* de quando eu tinha quatorze anos e o peguei fumando outra coisa na garagem.

— O que você está fazendo aqui? — Abro a tampa da lixeira e deposito o saco nela.

Ele coça a cabeça e dá outra tragada.

— Faça-me um favor, não diga para Caroline que estou aqui. Ela acha que parei. E realmente parei. Quer dizer, mais ou menos.

Fazendo que sim com a cabeça, abraço-me por causa do frio e viro em direção à casa.

— Então, é estranho, não acha? — Ele diz, de repente.

Volto e olho de soslaio para ele, por entre a escuridão.

— O que é estranho?

Ele sopra uma nuvem de fumaça.

— Tê-lo aqui, sóbrio.

Pela janela da casa, vejo que Caroline está conversando com meu pai. Ele veste uma camisa listrada e calças largas. Os cabelos castanhos estão bem penteados e o rosto está bem barbeado.

— É estranho.

Concordo, voltando minha atenção para Dean.

— E ele parece tão limpo!

Dean balança a cabeça para cima e para baixo.

— Eu sei... Juro que fazia um ano que ele não tomava banho.

Ele dá outra tragada e chuta a neve.

— Por acaso... Por acaso ele escreveu uma carta para você?

— Sim...

Paro, constrangida por falar com ele sobre coisas pessoais.

— Pelo jeito, ele escreveu-lhe uma também...

— Deve ter sido uma sugestão do terapeuta, orientador ou sei lá como se chama.

A ponta do cigarro brilha no escuro enquanto ele inala.

— Não estou realmente muito certo sobre o que pensar a respeito.

— Nem eu.

Balanço-me de um lado para outro para me manter aquecida. Sem um casaco, minha pele fica dormente e, provavelmente, roxa.

— Gostei que ele tenha escrito, mas isso não apaga o passado.

— Nada pode apagar o passado.

Ele afirma, sem rodeios.

— Mas podemos seguir em frente, caraca, que é o que eu estou tentando fazer há algum tempo.

— Eu também — e mentalmente me pergunto se, conversando assim, vamos novamente parar naquele ponto em que ele me diz que tudo o que aconteceu foi culpa minha.

A neve flutua sobre nossas cabeças quando olho para a rua, onde as luzes do poste iluminam o gelo na calçada.

— Ela herdou o carro.

Ele admite.

— Foi assim que ela o conseguiu.

Movimento a cabeça para trás, na direção dele, e indago:

— O quê?

Ele dá uma longa tragada:

— O Porsche. Acho que ela, sei lá, tinha uma tia-avó rica ou alguém que ninguém realmente conhecia e que, quando morreu, deixou alguma coisa a cada um de seus parentes, e foi assim que ela o herdou.

— Ela te contou isso?

— Sim, algumas semanas antes de... Antes de morrer. Foi também quando ela me disse que, quando partisse, eu poderia ficar com ele. Na hora, pensei que ela estava agindo de forma estranha, mas hoje, quando olho para trás, pergunto-me se ela não estaria planejando a própria morte.

Faço muita força para engolir o tremendo nó na garganta.

— Você tem certeza de que ela não estava mentindo? Às vezes, ela contava histórias. Como aquela sobre como ela e o papai se conheceram em uma estação quando ambos perderam o trem, sendo que, na verdade, eles começaram a namorar no ensino médio.

— A história do trem era muito, muito boa.

Dean comenta, em meio a um sorriso, enquanto apaga o cigarro.

— E, sim, ela estava dizendo a verdade. Sei disso porque era um de seus dias normais.

Deixo escapar um suspiro duvidoso, pensando em seus dias normais cada vez mais raros. Aqueles dias estão para sempre gravados em meu coração, porque eu sabia que não haveria outros.

Dean me oferece um cigarro:

— Isso vai te acalmar. Pode confiar em mim.

Eu o pego e trago:

— Sabe, o gosto deste é tão ruim quanto o daquele que você me deu na última vez.

Falo, já tossindo, e cubro a boca com a mão.

Sorrindo, ele deixa a ponta do cigarro cair na neve e o apaga com a ponta do sapato.

— Mesmo assim, você o aceitou novamente.

Balançando a cabeça, piso na neve em direção à porta, mas ela se abre e meu pai sai, puxando o capuz para proteger a cabeça:

— Jesus, está muito frio aqui fora!

— Bem, estamos em dezembro — observa Dean, arqueando as sobrancelhas.

Meu pai pega um cigarro e o acende:

— Parece que deveríamos ter decorado a casa ou feito algo parecido. Na verdade, nós nunca a enfeitamos, não é mesmo?

— Uma vez só.

Respondo, arrastando a ponta dos sapatos na neve.

— Mas você não estava. Acho que foi quando você viajou com Bill para duas semanas de pesca no gelo. Mamãe queria que enfeitássemos a casa — paro de falar e todos nós ficamos quietos.

— Bem, talvez devamos começar uma tradição.

Ele solta a fumaça, que vem em minha direção.

— Quem sabe voltarmos aqui no Natal, enfeitarmos a casa e prepararmos um jantar bem gostoso, como esse de há pouco.

Ele faz uma pausa, parecendo nervoso.

— O que vocês acham?

Dean olha para mim e, então, encolhe os ombros:

— Que seja. Parece bom. Mas, vejam, não estou prometendo nada. Tenho minha própria vida.

Meu pai não responde e tudo volta a ficar tranquilo. Rio baixinho. Isso é o que provavelmente vai acontecer conosco, pelo menos até que todos possamos superar nossos problemas. As coisas vão ser estranhas, vamos ter dificuldades em nos relacionar uns com os outros, e provavelmente diremos coisas que magoam.

Mas o que me faz ser capaz de lidar com isso é o fato de ter na vida pessoas que estão prontas para me ajudar. Tenho Lila. E Ethan. E tenho Micha. Posso falar sobre qualquer assunto com ele e sei que ele vai fazer com que eu me sinta melhor. Ele vai me ouvir, ele vai estar sempre a meu lado.

Fico de costas para a cerca.

— Acho que vou dar uma passadinha na casa do vizinho.

Pulo a cerca e eles me observam com perplexidade. Continuo:

— Olhe, papai, adoro a ideia, sobre essa coisa do Natal. Parece que vai ser legal. Conte comigo.

Ele balança a cabeça e continua fumando, mesmo após Dean entrar em casa.

Entro na casa de Micha sem bater, exatamente como fazia quando era criança. Ele está sentado à mesa da cozinha comendo um pedaço de torta que deve ter surrupiado lá de casa ao sair. Os cabelos loiros cobrem seus olhos claros como água, e a forma como sua boca se move me faz querer beijá-lo.

Ele coloca o garfo no prato e, quando olha para mim, arregala os olhos:

— Deus, você parece estar congelando. Seu rosto está todo vermelho e seus lábios estão roxos.

Pressiono meus lábios para aquecê-los.

— É que fiquei lá fora um tempo conversando com Dean e meu pai.

Ele faz uma careta ao levar o prato para a pia.

— E como é que foi?

— Tudo bem.

Dou de ombros e atravesso a cozinha em sua direção.

— Ninguém disse nada de ruim e isso é sempre um bônus.

Ele lava o prato e fecha a torneira:

— Você está bem?

Eu o envolvo em meus braços e o abraço com toda a intensidade.

— Agora estou.

Seus braços me envolvem e ele inclina meu queixo para cima para me dar um beijo suave, mas suculento. Quando ele se afasta, as sobrancelhas estão franzidas:

— Você fumou?

Mordo o lábio inferior para esconder a consciência pesada:

— Hum... Mais ou menos.

Ele espera que eu me explique, mas, como não o faço, ele me beija novamente, provavelmente desfrutando o sabor.

— O que você quer fazer no resto da noite? — Ele murmura, contra meus lábios.

Considero seu pedido e digo:

— Quero ir para a cama com você.

Ele pega minha mão e me conduz pelo corredor, dando-me exatamente o que quero.

Micha

Tenho uma surpresa para Ella neste Natal, mas não tenho certeza sobre como ela reagirá. Na verdade, minha mãe me deu isso de presente na noite de hoje. No início, pensei que ela estivesse ficando louca, mas ela me garantiu que estava lúcida.

— Acho que você deve dá-lo a Ella.

Ela disse, entregando-me uma pequena caixa preta. Estávamos sentados no sofá, de frente um para o outro, enquanto Thomas estava sentado ao lado dela, bebendo uma cerveja.

— Pertencia à sua bisavó.

Thomas abraçou minha mãe, fingindo estar interessado.

— Sem dúvida, garotas adoram bobagens assim.

Abri a caixa e era exatamente o que eu pensava:

— Ella não... Que merda, ela vai ficar brava se eu mostrar isso para ela.

— Micha Scott, olha a língua!

Minha mãe alerta, apontando o dedo para mim.

— Eu acho que Ella te ama mais do que você pensa.

— Eu sei que ela me ama.

Agarro a caixa fechada e a estendo em sua direção.

— Mas ela não vai gostar disso.

Ela se recusa a pegar a caixa, cruzando as pernas enquanto se inclina para trás, junto a Thomas.

— Nunca te contei a história de sua bisavó, contei?

Pego a caixa e a coloco sobre a mesa. Cruzo os braços, curvo-me para trás e coloco as botas sobre a mesinha de centro.

— Não, mas começo a achar que você está prestes a contar.

— Você é um garoto muito esperto — ela suspira.

Sempre que minha mãe falava sobre sua bisa, referia-se a ela como a sortuda da família.

— Não sei se você sabe ou não, mas venho de uma longa linhagem de mulheres que sofreram por amor.

— Isso não vai ajudar em seu objetivo — digo a ela, e Thomas ri ao brincar com um dos enfeites na árvore de Natal minúscula, equilibrada na mesinha lateral.

Ela revira os olhos e abre a caixa, de modo que o anel ficou me encarando.

— A história não é sobre as mulheres que não encontraram o amor, mas sobre a única pessoa que o encontrou. Sua bisavó Sherri, minha avó, foi casada durante cinquenta e três anos com um cara que ela conheceu na adolescência.

— Você está me enrolando.

Reclamo, balançando a cabeça.

— Mas tenho de aplaudir sua inventividade ao criar a história.

— Não é uma história, Micha Scott. É a mais pura verdade.

Ela pega a caixa da mesinha de centro e a equilibra na palma da mão, encorajando-me:

— Você é o único que encontrou o amor. As pessoas têm inveja de você e Ella. Ei, até eu invejo vocês...

— Isso é porque você esteve casada com um idiota durante seis anos.

— O que vocês dois têm não é o mesmo que seu pai e eu tínhamos. Eu mal o conhecia quando o encontrei.

Desistindo, decido ser tolerante com ela, e pego a caixa de sua mão.

— Vou pensar a respeito.

Ela sorri, recostando-se em Thomas, que sussurra algo em seu ouvido. Quanto mais eu olho para o anel, mais minhas reservas a respeito desmoronam. No final das contas, tenho uma ideia.

Quando Ella e eu estamos deitados em minha cama com a luminária acesa, abraçamo-nos e ficamos bem juntos por causa do frio. As luzinhas de Natal dos vizinhos, que são vermelhas e douradas, entram pela janela e iluminam o quarto. Ella usa uma camisa do Silverstein, sem sutiã; seu cabelo cheira a baunilha misturada com cigarro. Adoro o cheiro.

— O que você está pensando?

Ela rola na cama de modo a ficar por cima e apoia o queixo em meu peito, batendo os cílios em mim.

— Você está realmente muito tranquilo.

Observo profundamente seus olhos, estudando as próximas palavras com cuidado:

— Estou pensando em te dar seu presente de Natal.

A cabeça dela pende para o lado:

— E desde quando temos essa coisa de dar presentes de Natal? Nunca fizemos isso!

— Bem, é que estou pensando em começar uma nova tradição.

Inspiro o ar profundamente, pego a caixa sobre meu criado-mudo e a coloco no peito, bem em frente ao rosto dela.

— Na verdade, talvez algumas novas tradições.

Seus grandes olhos verdes ficam maiores ainda enquanto ela rapidamente recua e se ajoelha na cama.

— O que é isso?

Pegando a caixa, sento-me:

— É exatamente o que você está pensando... No entanto, antes de entrar em pânico, deixe-me terminar meu discurso... Tudo bem?

Seu peito se eleva conforme ela respira:

— Tudo bem.

Estou surpreso por receber dela um "tudo bem", então prossigo rapidamente.

— Então, minha mãe me contou uma história sobre minha bisavó, que, aparentemente, foi a única mulher na família sortuda o bastante para encontrar o amor.

Faço uma pausa, tentando entender o que ela está sentindo, mas, com a pouca luz, seus olhos estão escuros e o rosto é apenas uma sombra.

Ajoelho-me na frente dela, tomando-lhe a mão, que treme.

— Ela também me explicou que nós temos essa mesma sorte, e que até ela tem inveja de nós.

Ela se contém para não rir:

— Sua mãe inveja um casal de adolescentes?

— Ei, amanhã estou oficialmente fora dessa categoria.

Lembro-a disso em um tom sutil.

Ela engole seco e seus olhos piscam na direção da caixa em minha mão.

— O que significa que deveria ser eu a dar presentes para você.

— Ah, mas você vai.

Garanto a ela com um sorriso, enquanto seguro a caixa com força na mão suada, lutando para esconder o nervosismo.

— Mas a noite de hoje é sobre você, eu e nosso futuro.

Seus lábios se abrem como se ela fosse fazer alguma objeção, mas continuo falando e os olhos dela se voltam para a porta.

— Então, quando minha mãe sugeriu isso, eu sabia que você não estava pronta. Eu te entendo, Ella May, muito.

Toco seu rosto e obrigo-a a olhar para mim:

— Entendo tanto que sei que, neste exato momento, você quer sair. Não é porque você não me ame, mas porque você está com medo. Você não pode fazer nada com medo. Com medo, você vai me machucar. Mas, mesmo com medo, você vai ficar realmente feliz com o que eu vou te pedir.

Ela morde o lábio inferior, parecendo dilacerada; tem os olhos arregalados e o peito arfando devido à respiração instável:

— Às vezes acho que você é capaz de ler pensamentos.

Sorrio e digo:

— Na verdade eu sou mesmo, mas não conto a ninguém porque iria assustar muita gente.

Ela revira os olhos e se senta na cama, o que me deixa um tanto quanto nervoso. Sento-me em frente e coloco a caixa entre nós.

— Não vou pedir que se case comigo.

Digo, e suas sobrancelhas se mexem quando ela eleva o olhar da caixa para mim.

— Vou fazer uma proposta.

— Uma proposta?

Ela indaga, confusa.

— Que tipo de proposta?

Agora estou me divertindo bastante, sabendo que ela está curiosa. Tomo sua mão na minha e abro a palma para nela colocar a caixa.

— Quero que você o use, não no dedo anular, mas em algum outro dedo. Depois, quando você estiver pronta, você pode usá-lo no dedo anular.

Ela olha para a caixa, boquiaberta.

— E o que acontece quando eu o mover para o anular? A gente simplesmente se casa?

— Sim.

Respondo, objetivamente.

— Essa é a proposta.

Seu olhar encontra o meu, e as pupilas estão enormes.

— Então, mas, assim, nós estaríamos casados, realmente casados.

— Isso não está acontecendo agora, então trate de se acalmar. Massageio seus quadris para tentar relaxá-la.

— Agora, você vai abrir ou ficar olhando para a caixa a noite inteira?

Ela ainda fica olhando por uma eternidade e, em seguida, hesitando um pouco, resolve abri-la. Ela prende a respiração:

— Meu Deus! — Ela respira, e deixa a caixa cair.

Tentando não rir, eu a recolho e tiro o anel, segurando-o para ela.

— O que você me diz, moça bonita? Está dentro ou fora?

Espero o que parece uma eternidade e, em seguida, ela leva o dedo trêmulo para o anel.

— Estou dentro.

Está no dedo anular da mão errada, o que significa que nós ainda não chegamos lá. Mas um dia chegaremos. E isso é tudo o que preciso no momento.

Capítulo 21

Ella

Sinto-me tão estranha no dia seguinte, de uma maneira tal que não consigo explicar. Tenho um anel no dedo, uma faixa torcida de diamantes que se espirala para cima até uma pedra preta, no centro das pedrinhas brilhantes. Na verdade, é o anel mais perfeito para mim. Não é daquele tipo que as patricinhas adoram, com um diamante enorme e chamativo bem no centro. É escuro, diferente, e tem alguns arranhões na superfície, como eu.

Quanto mais penso sobre o anel, mais perfeito ele me parece.

Decido despertar Micha com um belo presente de aniversário, por ele ser a melhor pessoa que já agraciou minha vida.

Ao amanhecer, quando a luz do sol mal passa pela cortina, saio da cama e caminho até minha casa, onde ainda reina o silêncio. Lila está dormindo em minha cama e vou na ponta dos pés até o armário. Buscando por entre minhas roupas velhas, acho o que estou procurando.

Lembro-me de quando eu o usei em um *halloween*. Eu tinha dezesseis anos e decidi agir de um jeito bem feminino, naquela noite. Normalmente, eu fazia algo assustador, mas naquele ano coloquei um vestido de couro e sapatos de saltos tão grandes que me deixavam mais alta do que praticamente todo mundo na festa de Micha. Arrumei o cabelo e passei batom vermelho brilhante nos lábios. Aquele tinha sido um dia difícil lá em casa. Meu pai tinha destruído o carro e minha mãe havia gritado com ele por horas a fio, então eu estava aliviada por sair e ter uma pausa.

Quando cheguei, a festa já estava a todo vapor. Havia muita música, as pessoas estavam totalmente bêbadas, as garotas estavam praticamente nuas e alguns móveis tinham sido quebrados. Micha conversava com uma garota de cabelos castanhos e encaracolados, usando um vestido tão curto quanto o meu, mas os seios eram bem maiores, e o tecido mal os cobria. Ele vestia uma camiseta preta com uma estampa de caveira vermelha. Havia caveiras pequenas por todo o cinto que prendia sua calça *jeans* preta. Com um *spray*, ele havia feito listras pretas no cabelo, e havia faixas de couro em torno dos pulsos.

Eles estavam na cozinha ao lado de um barril e caminhei até lá naturalmente, como se nada estivesse fora do normal.

— Você sabe que alguém quebrou o prato de cerâmica de sua mãe, certo?

Falei para ele, enquanto me debruçava para pegar um copo de plástico.

— Lá fora, na varanda dos fundos.

Ele estava todo grudado na morena.

— Bem, limpo depois...

Quando seus olhos pousaram em mim, sua voz falhou, e a morena me fulminou com o olhar. Ele viu minha roupa e não pareceu feliz.

— Que raios você está vestindo?

Bebi minha cerveja e disse:

— Uma fantasia de *halloween*.

Ele me inquiriu:

— E que diabos você queria ser?

— Uma puta.

E completo, espiando a morena.

— Parece que é o tema dessa noite.

Ela olhou para mim e sorriu com doçura para Micha.

— Vou dançar. Você vem comigo?

Com a mão, ele fez um sinal de desdém para ela.

— Você não pode andar assim por aí.

— Por que não?

Eu estava curtindo muito o fato de ele ter ficado todo chateado por causa do vestido.

— É como todas as garotas estão vestidas.

Ele se inclinou para o lado e examinou meu traseiro.

— Sua bunda está basicamente pulando para fora do vestido... E as garotas se vestem assim quando querem se oferecer para transar... Então trate de voltar para casa e escolher outra roupa.

Comecei a ficar enfezada. Bebendo toda a cerveja de uma só vez, amassei o copo e o joguei na bancada.

— Você está agindo como um namorado ciumento e isso é estranho.

— Estou tentando protegê-la, Ella May.

Ele respondeu, em voz alta por causa da música, enquanto me dirigia à sala de estar, onde todos estavam dançando.

— Protegê-la de todos os outros caras que estão tendo os mesmos pensamentos sujos que eu.

Por um breve momento, as palavras de Micha me animaram, mas tratei de sufocar tal sentimento.

— Você não tem o direito de tentar me impedir de fazer qualquer coisa, quando você mesmo faz o que quer e com quem quer o tempo todo, e eu nunca digo uma única palavra.

Ele olhou para mim e fiz cara de brava, antes de recuar para o meio da multidão, com o queixo para cima, de forma desafiadora.

Cerca de uma hora depois, eu estava muito bêbada dançando com um cara de cabelos castanhos e olhos injetados; ele cheirava a maconha. Até era bonito, mas eu não estava na dele. Sempre que ele tentava me tocar, eu pulava fora, com o pânico começando a tomar conta de mim.

Finalmente, ele agarrou minha cintura, apertando seus dedos em mim, na maior grosseria, forçando-me a ficar bem perto dele. A ansiedade se apoderou de minha garganta enquanto seus dedos se espalhavam pelos próprios quadris. Eu estava prestes a dar uma joelhada naquele lugar especial quando ele foi puxado para longe de mim.

— Dê o fora daqui — Micha o empurrou e preparou os punhos para o caso de precisar brigar.

O cara tropeçou em algumas pessoas, recuperou o equilíbrio e veio na direção de Micha com os punhos armados. Mas a ameaça nos olhos de Micha fez com que ele repensasse e recuasse para a multidão.

Quando Micha olhou para mim, fiquei desconcertada devido à intensidade daquele olhar.

— Vá para meu quarto e deite-se, antes que você acabe fazendo algo de que vá se arrepender.

— Vá se foder.

Respondi, odiando brigar com ele; porém, ele estava sendo possessivo e isso já estava me dando nos nervos.

— Você está agindo como um idiota controlador.

Sua expressão se suavizou e ele ofereceu a mão para mim:

— Só estou tentando te proteger. Você está bêbada e vestida como...

Desviou o olhar de meu corpo e, em seguida, balançou a cabeça, piscando os olhos.

— Por favor, venha deitar comigo.

Agarro sua mão e o deixo guiar-me na frente dele; caminhando atrás de mim, ele apoia as mãos em meus quadris. Ele não me soltou até que chegássemos a seu quarto.

Micha fechou a porta atrás de si e sugou o *piercing*, parecendo desconfortável, o que não era de seu feitio.

— Quer uma das minhas camisas para dormir?

— Você está estranho, bem estranho.

Sentei-me na cama, soltei a tira do sapato e balancei o pé, antes de fazer o mesmo com o outro.

— O que há de errado com você hoje à noite? Será que uma garota não te deu bola ou algo assim?

— Nunca fico chateado por causa de uma garota, exceto com você.

Com um movimento de língua, ele soltou o *piercing* preso ao dente e começou a tirar as faixas dos pulsos.

— Acho que cabe a mim perguntar o que há de errado com você. Nunca te vi vestida assim.

— Estou bem.

Tirei meu pé do sapato e virei para subir em sua cama.

— Eu só queria fazer algo diferente.

Virei-me para ficar debaixo das cobertas, e, quando olhei para ele novamente, havia um sorriso de diversão em seu rosto.

— O quê?

Perguntei, puxando o cobertor para cima de mim.

— Por que você está me olhando desse jeito?

Enquanto tirava a camisa, Micha sinalizou para que eu me movesse de forma a deixar um espaço para ele.

— Não é nada. Eu simplesmente não acredito que você apareceu vestindo aquilo.

Espumando de raiva, rolei para o lado e fiquei de costas para ele:

— Aquele cara na pista de dança pareceu gostar.

Ele foi para a cama comigo, pressionando o corpo contra o meu, mais do que o habitual.

— Eu não disse que era uma coisa ruim... É só surpreendente. Só isso — levemente, ele colocou uma das mãos em meu quadril e meu estômago vibrou, algo que nunca tinha acontecido.

Uma respiração alta escapou de meus lábios e estremeci. Mantendo a boca fechada, cruzei os dedos e torci para que ele não tivesse ouvido. Ele se aproximou tanto que seu peito tocou minhas costas e seu hálito quente cobriu minha pele.

— Ella — ele parecia sufocado.

Levei um segundo para me recompor o suficiente para falar:

— Sim?

O silêncio que se seguiu me deixou louca.

— Tenha bons sonhos — ele finalmente disse, e beijou minha nuca antes de se virar para o outro lado.

Agora, resgatando a lembrança daquela noite, não posso deixar de sorrir, pois percebo o que realmente estava acontecendo.

Colocando o vestido e os sapatos na mochila, desço as escadas correndo e me deparo com Caroline na cozinha. Seu cabelo preto destaca-se por toda a parte e ela está usando um pijama listrado. Bocejando, ela serve-se de café e quando me vê, sorri.

— Ah, pensei que você estivesse na cama. Você também gosta de acordar bem cedo?

Balanço a mochila no ombro.

— Geralmente não. Hoje foi uma exceção.

Ela retira a xícara de café e puxa uma cadeira à mesa.

— Quer um café?

— Claro, por que não?

Colocando a mochila no chão, sirvo-me de café e me junto a ela à mesa, respirando o vapor.

— Deus do céu, como amo cafeína!

Ela acrescenta um pouco de leite a seu café e toma um gole. Gostaria de tirar algumas fotos de você e Micha ainda hoje, se não se importarem. Sempre tiro fotos em épocas de feriados.

— Tudo bem. Tenho que perguntar a Micha, mas tenho certeza de que ele também vai gostar.

Ela faz uma pausa prolongada.

— Gostaria de fotografar vocês, o Dean e seu pai também.

Meu entusiasmo diminui e coloco a xícara na mesa.

— O que o Dean disse sobre isso?

— Disse que tudo bem.

Ela responde, e se levanta para colocar o leite na geladeira.

— Contanto que vocês também concordem.

Forço um sorriso:

— Legal, acho que tudo bem comigo.

Ela retorna para a mesa, parecendo hesitar:

— Dean está diferente do que costumava ser, pelo menos é o que acho. Pelo jeito as sessões de terapia estão ajudando mesmo.

Ela faz uma pausa para tomar mais café.

— Sabe, ele levou uma eternidade para se abrir completamente comigo... Sobre tudo.

Fico olhando as rachaduras na mesa, sentindo-me incomodada.

— Ah.

— Não se preocupe, Ella. Não estou procurando falar sobre essas coisas.

Ela diz, com delicadeza.

— Só queria que você soubesse que ele está diferente, e que talvez você pudesse incluí-lo um pouquinho mais.

Levanto os olhos para contemplá-la.

— Eu o incluo conforme ele permite que eu o inclua.

Ela pega sua xícara vazia e a leva para a pia.

— Não é verdade, embora ele provavelmente não admita. Ele realmente não admite nada, a menos que você o force bastante. Ele guarda muitas coisas dentro de si.

Minha cabeça fica bem confusa:

— Ele sempre diz o que pensa quando está comigo.

— Não, ele diz certas coisas para que você se afaste.

Ela me dá um tapinha no braço e, em seguida, se dirige para a porta; a luz do sol penetra na cozinha pela janela a seu lado.

— Mas isso é algo que vocês dois vão precisar conversar um dia, em um futuro distante... Quando ambos estiverem prontos. Na verdade, sabe o que você deveria fazer?

— Não — e, na verdade, não sei se quero saber.

— Você deveria vir para ficar conosco no verão.

Ela diz, olhando para mim por cima do ombro.

— Talvez para passar algumas semanas.

— Não sei se é o melhor a fazer.

— Apenas pense a respeito, certo?

Concordo com a cabeça e ela sai da cozinha. Depois que termino o café, pego a mochila e saio, logo sentindo o impacto do frio, refletindo sobre meu futuro.

Micha

Sou acordado por alguém chupando meu pescoço e por um aroma de baunilha no ar. Decido não abrir os olhos e deixar que Ella faça o que quiser.

— Levante-se e brilhe, aniversariante — ela sussurra em meu ouvido, enquanto morde a ponta de minha orelha e desliza a perna sobre mim, cobrindo-me.

— De jeito algum.

Respondo, com os olhos fechados, sentindo a pele entre suas pernas roçarem contra meu abdome.

— Você vai ter que chupar muitas outras partes de meu corpo para me tirar desse sono profundo.

Ela ri e se inclina para trás. Abro os olhos e um contentamento me invade por completo. Ela usa um vestido curto de couro que mal cobre seu corpo, e saltos altos combinando. O cabelo ruivo está arrumado, mas há partes dele que estão soltas e caem sobre o rosto. Os lábios estão pintados de vermelho.

— Já vi essa roupa.

Minhas mãos buscam seus quadris.

— Na verdade, lembro-me muito bem daquele dia.

— Você ficou furioso.

Ela passa os dedos por meu cabelo.

— Pensei que você ia dar um soco naquele cara na pista de dança.

— Ah, tive de me controlar muito.

Digo a ela, pressionando-a contra meu pau, que já está no ponto.

— Fiquei muito chateado porque ele tentou tocar em você.

— E daí?

Ela pergunta, curiosa.

— Outros caras já tinham tentado, mas você nunca fez nada.

— É porque você costuma se antecipar e tomar a iniciativa de afastá-los. Mas naquela noite você agiu como se estivesse querendo.

Defendo-me.

— Sabe, quando você estava subindo na cama, tive uma visão completa daquela sua calcinha minúscula e indecente... Ela praticamente não cobria nada!

Os lábios de Ella se entreabrem:

— É por isso que você estava sorrindo?

— Caraca, é claro que sim!

Enfio meus dedos por dentro do vestido e aperto seu bumbum durinho.

— Eu tinha uma garota atraente e estava tão excitado.

— Ah, meu Deus.

Ela cobre a boca com a mão, sacudindo a cabeça.

— Isso é tão embaraçoso.

— Por quê? Eu já vi de tudo, a esta altura. Já estive dentro de você!

Empurro o vestido para baixo, surpreendendo-a, e forço seus seios em direção a minha boca.

— Eu já beijei cada parte do seu corpo — tomando fôlego, enrolo minha língua em seu mamilo, até que ela geme.

— Eu tinha um plano.

Diz ela, sem fôlego.

— Eu ia... — Sem forças, ela geme enquanto eu chupo apenas com a força suficiente para levar seu corpo à loucura e fazê-la tremer contra mim.

Dou um tempo e abaixo a calcinha dela até os tornozelos.

— Fique com o vestido e os sapatos.

Um sorriso aparece em seus lábios; ela tira a calcinha e, aos poucos, abaixa-se sobre meu corpo. Eu a agarro e entro nela. Ela respira com dificuldade conforme sua cabeça cai para trás e alguns fios do cabelo deslizam, caindo ao longo dos ombros.

— Micha...

Ela geme quando tomo novo impulso dentro dela.

— Ah, meu Deus...

Eu a beijo intensamente enquanto passo as mãos para baixo a partir de seus ombros nus, ao longo da parte lateral do vestido de couro e paro em seus quadris, onde a agarro com firmeza. Nossa pele fica úmida de suor, conforme nossos movimentos se encaixam perfeitamente. Quando ela grita meu nome, seus olhos brilham e ela se solta completamente; eu me junto a ela. Assim que recuperamos o fôlego, beijo seu queixo e me inclino para trás, saindo dela. Colocando meus braços em torno dela, rolo para o lado, puxo-a para perto e olho em seus olhos.

— Esse foi o melhor presente de aniversário que já recebi.

Digo, e beijo suavemente a palma de sua mão, sentindo o anel em seu dedo.

— Acho que nenhum outro aniversário vai superar este aqui.

Ela sorri, satisfeita:

— Você acha?

Toco a borda do anel e ele provoca uma descarga de adrenalina por todo meu corpo, sabendo que ela está perto de ser minha para sempre.

— Não, eu não acho. Eu sei.

***

Só saímos da cama no final da tarde. Ella se queixa de estar dolorida e isso me deixa orgulhoso.

Mas ela faz uma cara de mau humor quando lhe digo isso, enquanto veste uma camiseta.

— E então, o que você quer fazer pelo resto do dia?

— Te deixar ainda mais dolorida — respondo, puxando uma camisa de mangas compridas sobre a cabeça.

Ela suspira, deixando os braços caírem ao longo do corpo.

— Posso fazer uma pequena pausa? Vai, por favor... Talvez apenas por uma hora.

— Tudo bem.

Fecho a cara, desapontado, e procuro algo para fazer.

— Tudo bem, já sei o que quero fazer.

Ela veste os *jeans* e os abotoa.

— E o que é?

Vou para a porta, pegando um isqueiro que meu pai deixou para trás quando fugiu para longe de mim.

— Quero queimar todas as coisas que me fazem lembrar meu pai.

Espero que ela faça um discurso de reprovação, mas ela pega a jaqueta e fecha o zíper.

— Melhor fazermos isso em uma área aberta, como a entrada da garagem.

Ela sugere, destemida.

— Tudo em nome da segurança.

— Não há ninguém no mundo que consiga me entender como você, moça bonita!

Pego a mão dela e vamos para fora para fazer uma fogueira.

O sol está se pondo e, portanto, o ar está ficando cada vez mais frio. Tudo está oculto sob a geada e temos que limpar a entrada da garagem.

Ella sai em busca de combustível para o isqueiro e pedaços de madeira, enquanto vou para a garagem e recolho algumas coisas que pertenciam a meu pai. Quando volto, ela já conseguiu acender uma fogueirinha. Seu olhar e seu rosto parecem descontraídos, enquanto ela olha para as chamas, com a cabeça inclinada para o lado.

Jogo as coisas no fogo uma a uma, começando com uma velha camisa de trabalho que foi deixada na garagem.

— Decidi que não vou mais falar com ele.

Ela pega o isqueiro e o joga no fogo.

— Mas e se ele ligar e realmente quiser participar de sua vida de novo?

Atiro uma de suas velhas chaves de fenda no fogo, mesmo sabendo que ela vai resistir.

— Ele vai precisar de muito mais do que apenas telefonar — respiro fundo e olho para a foto em que estamos meu pai e eu na frente do velho Dodge Challenger dele, estacionado na garagem. Costumávamos mexer nele todos os dias. Era uma coisa nossa, até que ele caiu fora levando o carro, e tudo o que restou foi uma garagem vazia, cheia de lembranças de merda.

Rasgo a foto e a jogo no fogo, observando-a ser tragada.

— Ele vai ter que se esforçar muito para me reconquistar.

Os dedos de Ella chegam aos meus e ela aperta minha mão.

— Bom, porque ele não te merece.

Quando pego outra coisa para jogar, ela rapidamente tenta me parar.

— O que você está fazendo? — Ela pergunta, agarrando meu pulso para me impedir de jogar o engradado de seis cervejas no fogo.

— Vou me livrar de minha bagagem.

— Micha, eu não disse que você tinha que parar de beber; disse apenas que você deveria parar de tentar lidar com os problemas bebendo.

— Eu sei. Mas, neste exato momento, acho que é disso que nós dois precisamos.

Olhando-me nos olhos, ela balança a cabeça em concordância e solta meu braço. Atiro o engradado às chamas, que sobem em direção ao céu, animadas conforme as garrafas estouram. Enquanto estamos fixamente observando as chamas derreterem a neve, a caminhonete de Ethan chega, e ele e Lila saltam.

— Muito bem, quero saber o porquê disso.

Lila diz, colocando as mãos nos bolsos do casaco; o brilho do fogo se reflete em seus olhos arregalados.

— Estamos dizendo adeus — digo, envolvendo o ombro de Ella e trazendo-a para junto de mim.

— Adeus a quê? — Ethan pergunta, fechando o casaco e puxando o capuz para proteger a cabeça.

Ella e eu trocamos um olhar de cumplicidade.

— Ao passado — ela responde, e eu sorrio, porque é a mais pura verdade.

Capítulo 22

Ella

Os dias seguintes são relaxantes e cheios de passeios longos e conversas amenas. Caroline nos fotografa no jardim da frente. Conseguimos sorrir em algumas delas, mas é muito mais fácil quando somos apenas Micha e eu. Quando estamos nos preparando para voltar para nossas vidas, ela garante que vai me enviar cópias.

Lila e Ethan voltaram para Las Vegas no dia anterior, e Micha e eu estamos levando o amassado Chevelle de volta para casa. Micha espera no carro enquanto dou um rápido tchau para todo mundo. Dean me dá um hesitante tapinha nas costas e Caroline me dá um abraço de verdade, deixando-me um tanto constrangida.

Quando ela recua, a ansiedade está batendo forte no peito, mas consigo me acalmar mentalmente e depois me aproximar de meu pai, que está na varanda, vestido com um pesado casaco marrom.

— Você tem certeza de que não quer que eu fique alguns dias a mais, para ajudá-lo com a casa ou para ir com você à primeira reunião dos AA?

Na verdade eu não quero ficar, mas me preocupo que ele não compareça, se estiver sozinho.

— Vou ficar bem — ele me assegura, arrastando a mão pelo corrimão enquanto desce pela escada. O cabelo está penteado e os olhos têm vida. Não sei de quanto tempo vou precisar para me acostumar com seu novo visual. Faz um bom tempo que não o vejo saudável assim.

— Mas podemos conversar por um minuto?

Perplexa, aceno com a cabeça e depois o sigo. Uma camada de gelo cobre todo o quintal e a luz do sol brilha sobre ela. Ele hesita em seus pensamentos por um tempo, olhando para a garagem como se ela guardasse todas as respostas para a vida.

— Quero que você saiba que eu realmente quis dizer tudo o que escrevi naquela carta.

Ele finalmente diz, com um tom pouco à vontade.

— Às vezes, tenho dificuldade para verbalizar certas coisas.

Concordo com a cabeça à medida que raspo minhas botas na neve.

— Entendo. Realmente entendo.

Ele esfrega a mão no rosto.

— Você consideraria a possibilidade de voltar aqui durante as férias, apenas para visitar, não para cuidar de mim ou algo parecido?

— Pai, você sabe que a hipoteca da casa está prestes a ser executada, não sabe?

Pergunto, assustada.

— Você não viu as contas sobre a mesa?

Ele balança a cabeça, passando as mãos pelos cabelos.

— Eu vi e acredito que não haja mais nada a fazer. E você não tem que se preocupar com isso, Ella. É disto que se trata: você precisa viver sua vida e deixar que eu viva a minha. Estou aprendendo a fazer isso, agora.

O sentimento me deixa nervosa, mas também me traz uma sensação de liberdade. É confuso e novo, porém, no fim das contas, tudo é assim.

— Certo, vou tentar.

— Bom — ele hesita e, em seguida, abre os braços para me dar um abraço.

Coçando a nuca, vou desajeitadamente em direção ao abraço e os braços dele me envolvem. Não me lembro de ter sido abraçada por ele antes. Nunca, nem mesmo quando criança. É esquisito e antinatural, mas estou feliz que tenha acontecido. Quando acaba, aceno um adeus e caminho em direção à rua, relaxada e seguindo em frente.

Quando entro no carro, Micha sorri, coloca o iPod no painel, entrelaça nossos dedos e diz:

— Você está pronta?

Concordo com a cabeça e solto um sorriso.

— Estou mais do que pronta.

Retribuindo meu sorriso, ele manobra para a rua coberta de neve derretida. Ao nos afastarmos de nossas casas, sinto que estou avançando em direção ao início de minha própria vida.

Epílogo

Seis meses mais tarde

Ella

Estamos em junho e o calor de Las Vegas me faz transpirar, apesar de estar vestindo camisa regata e *shorts*. Lila e eu estamos na sombra do estacionamento do apartamento de Micha e Ethan.

— Ah, meu Deus, vou sentir muito sua falta.

Lágrimas invadem os olhos de Lila e ela me abraça.

Muitas pessoas têm me abraçado ultimamente, e eu estou me acostumando com isso. Embora, às vezes, ainda seja um tanto estranho, como quando Ethan me abraçou. Ele estava bêbado, mas ainda assim...

— Vou sentir sua falta também.

Abraço-a da melhor maneira que posso e depois nos afastamos.

— Mas você vai me ver em menos de uma semana, quando você e Ethan trouxerem o resto das coisas.

— Mas não é a mesma coisa. Você não vai estar do outro lado do corredor.

Ela enxuga os olhos, limpando o rímel, e funga.

— Não posso acreditar que você vai me deixar aqui sozinha, para ir morar na minha cidade natal.

— Você sempre pode voltar.

Digo, esperançosa.

— Aposto que você poderia até mesmo convencer Ethan a ir junto.

— Ei, não sou tão influenciável assim.

Ethan reclama, enquanto joga a última caixa no porta-malas do Chevelle.

— E nenhuma garota vai me fazer mudar minha vida.

— Tá, tá bom, vamos ver — afirmo, com uma atitude que sei que vai irritá-lo.

Ele faz uma careta e fecha o porta-malas com força; em seguida, inclina-se contra a porta, cruzando os braços e olhando para uma árvore. Seu cabelo cresceu, deixando-o com uma aparência desordenada, e ele acrescentou mais três tatuagens à coleção.

— Ele está triste porque o melhor amigo está indo embora. E por você também.

Lila sussurra com um pequeno sorriso, e depois fixa uma mecha de seu cabelo loiro que escapou da presilha.

— Ele admitiu isso para mim ontem à noite, quando estava bêbado.

Rimos baixinho para não irritá-lo ainda mais.

A expressão de Lila fica séria quando ela esbarra no anel em meu dedo.

— Ah, sim, e me avise quando isso mudar de dedo. Na verdade, é melhor que eu seja a primeira pessoa a saber.

Solto um sorriso com a ideia, que não é mais assustadora, mas emocionante.

— Tudo bem, prometo, e não deixe de avisar quando você e Ethan finalmente ficarem juntos.

Ela revira os olhos.

— Isso nunca vai acontecer.

Esperamos silenciosamente junto ao carro até que Micha desce pelas escadas com o telefone na orelha. Ele está vestindo uma camiseta cinza e um par de *jeans* preto, e mechas de cabelo loiro balançam por seus olhos azuis.

Logo que voltamos dos feriados de inverno, Micha começou a conversar com o produtor musical de San Diego pelo telefone. No início, não deu em nada, então ele continuou com sua vida, tocando no The Hook Up e em outros lugares e trabalhando na construção civil. Mas, então, recebeu um telefonema. Ele deu um passo de fé e foi até lá para participar de uma reunião. Eles o amaram, e não fiquei nada surpresa quando ele disse que estava se mudando para lá. E que eu iria com ele. Eu me escondi em meu apartamento durante um dia.

— Moça bonita.

Micha me chamava do outro lado da porta.

— Deixe-me entrar para conversarmos. Você está aí já há algum tempo e estou começando a ficar preocupado.

Caminhei pelo quarto com as mãos em meus quadris, inspirando e expirando.

— Estou bem, mas não posso falar sobre isso ainda.

Houve uma pancada suave.

— Nós já conversamos sobre isso, lembra? Você sabia que isso ia acontecer.

Parei no meio do quarto e girei à procura do celular.

— Apenas me dê um tempinho, tudo bem? Prometo... Prometo que vou sair logo.

Levou um segundo para que ele respondesse.

— Tudo bem, mas vou ficar esperando na sala de estar.

Espero até que ele desça e, em seguida, ligo para Anna. Assim que a ouço atender, esbravejo:

— Micha quer que eu vá com ele para San Diego.

— Agora, acalme-se, Ella. Você sabia que isso poderia acontecer. Você vem falando sobre isso desde que voltou das férias de Natal...

— Eu sei.

Afundo na cama.

— Mas agora é real. E real é assustador, às vezes.

— Eu sei. Mas você não pode fugir disso.

— E não vou. Só não sei o que fazer.

— Você poderia fazer uma lista. Entre os prós e contras e como você se sente — ela sugere.

Olho para o caderno e a caneta em cima da cômoda no canto.

— Esse é seu conselho.

— Esse é meu conselho.

Ela diz, e ouço uma voz do fundo.

— Tenho que ir, mas faça uma lista como eu disse e me ligue mais tarde para conversarmos.

— Tudo bem — suspiro, desligo e faço o que ela me disse para fazer. No final, a lista confirma o que eu já sabia, mas estava com muito medo de admitir isso em voz alta sem algum incentivo.

Candidatei-me *on-line* a alguns empregos em San Diego e algumas semanas atrás fomos até lá para fazer entrevistas. Escolhemos um apartamento de um quarto em uma área decente. É assustador, mas com Micha a meu lado sei que posso lidar com isso.

— Você está pronta? — Micha pergunta, ao se aproximar de mim com a mão estendida.

Minha ansiedade aumenta quando deslizo minha mão na dele. É a primeira vez que vamos morar juntos e estou interessada em ver como nossa história vai se desenrolar.

Lila me dá outro abraço, enquanto Ethan e Micha se despedem punho contra punho e tapas masculinos um nas costas do outro. Micha e eu entramos no carro e ele dá a partida, enquanto eu equilibro uma foto no painel.

Caroline havia me enviado a foto depois do Natal. Micha e eu estávamos na varanda da frente e sua cabeça estava virada para mim, não para a câmera. Ele havia sussurrado um comentário safado em meu ouvido e eu estava rindo quando Caroline tirou a foto. Era uma imagem perfeita, porque, embora não estivéssemos olhando para a câmera, estávamos felizes e fazendo um ao outro feliz também.

O banco de trás está repleto de sacos e caixas, por isso Micha usa o espelho lateral para olhar, enquanto dá marcha à ré. Aceno rapidamente para Lila, que está chorando, e Ethan aparece e coloca o braço ao redor dela.

Assim que saímos, meu celular toca e eu atendo.

— Vou ficar bem. Prometo.

— Sei que vai. Mas queria ter certeza de que você ligou para o terapeuta que te indiquei.

— Sim, e já marquei uma hora para a próxima semana.

Digo, afivelando o cinto de segurança.

— E pode ter certeza de que vou, como te prometi ontem.

— Ótimo.

Ela faz uma pausa.

— E se você precisar de alguma coisa, qualquer coisa, não hesite em me ligar.

— Claro que vou. E Anna, obrigada pelo que você disse outro dia, sobre eu ser uma garota diferente daquela que entrou em seu consultório pela primeira vez. Sei que mudei, mas é sempre bom ouvir.

— Só disse a verdade, Ella. Você mudou, e acho que vai se dar bem na vida. Você só precisa se lembrar de que pedir ajuda não é uma coisa ruim, portanto certifique-se de pedir, pois haverá momentos em que você precisará fazê-lo.

Sorrio para Micha, que está me observando com curiosidade.

— Pode deixar.

— Ótimo. Lembre-se de se divertir e não se preocupe tanto.

— Claro, pode deixar.

Desligo, e Micha entrelaça os dedos nos meus.

— Quem era? — Ele pergunta, parando em um sinal vermelho.

— Anna.

— O que ela queria?

Olho para a luz do sol brilhando no céu.

— Dizer que acha que vou ficar bem.

***

Algumas horas depois, paramos em uma área de descanso para uma rápida ida ao banheiro e retirada de petiscos do porta-malas. Estacionamos ao longo de um penhasco rochoso com vista para um lago. Bem ao lado, pessoas estão mergulhando. O penhasco não é muito alto e parece que eles estão se divertindo. Enquanto espero Micha, inclino sobre a borda e observo a água ondulando na luz do sol, lembrando-me da ponte e do quanto eu queria pular naquela noite.

— O que você está fazendo? — A voz preocupada de Micha surge de repente sobre meu ombro e suas mãos agarram minha cintura.

Fico observando uma mulher enquanto ela cria coragem para saltar da borda. Com os olhos fechados e braços abertos, ela se atira para baixo, tão livre quanto poderia estar. Segundos depois, ela atinge a água.

— Acho que devemos saltar — quando olho nos olhos de Micha, ele não parece feliz.

— Não acho que é uma boa ideia.

Ele me pega pela mão e me puxa para longe do penhasco.

— Precisamos pegar a estrada.

Escapo da mão dele, descalço os sapatos e uso o elástico em meu pulso para prender os cabelos.

— Vamos, vai ser divertido.

— Nem pensar.

Ele enfia as mãos nos bolsos e balança a cabeça:

— Não de roupa.

Cruzo os braços e pergunto:

— Por que não?

— Porque....

Ele dá de ombros, chutando a ponta da bota no chão.

— A ideia de você pular me deixa apavorado.

Pego na mão dele e me aproximo do penhasco.

— Não tem nada a ver com aquilo. Trata-se de deixar tudo para trás. Quero fazer isso.

Ele hesita, olhando para o lago cintilante.

— Tudo bem, você ganhou. Vou pular, mas só porque te amo e não consigo dizer não para você, principalmente quando você olha para mim desse jeito.

Micha tira a camiseta, revelando os músculos e a tatuagem no peito. Ele desamarra as botas antes de tirá-las e, em seguida, retira a carteira e os trocados do bolso.

— Mas você vai ficar segurando minha mão o tempo todo.

Abro um sorriso, animada.

— Combinado.

Caminhamos para a borda de mãos dadas. O penhasco é uma queda livre, com apenas algumas bordas irregulares no caminho, uma queda factível, ao contrário daquela ponte perto de casa.

Ele hesita, sugando o *piercing*, e então um sorriso se espalha por seu rosto.

— Quando você estiver pronta, moça bonita.

Respiro fundo, fecho os olhos e sussurro:

— Estou pronta.

Ele conta baixinho:

— Um... Dois.... Três.

Saltamos do penhasco, de mãos dadas. A queda é breve; ainda assim, parece demorar uma eternidade até atingirmos a água juntos. Com a ajuda dele, volto à superfície rapidamente.

Ofegante, olho para o penhasco, que não parece tão alto. As roupas se agarram a meu corpo e meu peito está leve.

— Foi divertido.

Ele ri, enquanto tira a água da pele, dos lábios, dos longos cílios e de seus cabelos loiros penteados para trás à medida que ele passa a mão sobre a cabeça.

— Estou feliz, mas agora podemos nadar de volta e pegar a estrada? Quero chegar lá antes do anoitecer.

Olho dentro de seus olhos azuis-claros.

— Qual é a pressa? Poderíamos ficar aqui o dia todo, flutuando na água, só você e eu.

Ele me puxa para perto de si e rema para trás em direção à costa arenosa próxima ao penhasco.

— É isso que você quer fazer? Flutuar em um lago o dia todo?

— Não, eu só quero ver se você faria isso por mim.

Ponho meus braços ao redor de seu pescoço e vou girando o anel até que ele escorregue do dedo e fique na palma de minha mão, ainda decidindo.

— Você sabe que faço qualquer coisa que você me pedir.

Ele me beija e eu sugo a água de seus lábios.

— Porque viro um banana diante desse olhar tristonho de cãozinho abandonado que você me dá cada vez que quer alguma coisa.

Tiro as mãos do pescoço dele, prendendo as pernas em volta de sua cintura para me equilibrar. Continuo hesitando, mas finalmente deixo todas as reservas de lado.

— E agora quero te dar alguma coisa.

Ele arqueia a sobrancelha, confuso até que eu deslize o anel para meu outro dedo. A sensação é boa, como se pertencesse àquele lugar desde sempre. No início, a expressão dele é impassível e eu me preocupo que tenha mudado de ideia sobre se casar comigo.

— Posso tirá-lo.

Digo, rapidamente.

— Se você não quiser que eu o coloque neste dedo por enquanto.

— Tirá-lo?

Ele fica boquiaberto como se eu estivesse maluca e me puxa para mais perto, para que cada parte de nossos corpos molhados se toquem, enquanto nos mantém flutuando ao mover as pernas.

— Por que diabos eu iria querer isso? Quero que você nunca mais o tire. Nunca mais.

— Mas parece que você está chateado com alguma coisa.

— Estou em choque. Pensei que iria demorar anos até você o colocar neste dedo.

Um sorriso surge em meus lábios.

— Você quer que eu mantenha?

— Claro que sim.

A felicidade enche seus olhos, tão ofuscante quanto a luz do sol atrás dele.

— E não permito que você o tire.

Concordo com a cabeça e ele esmaga meus lábios com os seus, beijando-me com toda a plenitude, e eu retribuo sua paixão na mesma medida, conforme damos o primeiro beijo de nosso para sempre.

Impressão e acabamento:

tel.: 25226368